中国科幻基石丛书
主编：姚海军

傀儡战记

城堡与隐德莱希

索何夫 著

四川科学技术出版社

图书在版编目(CIP)数据

傀儡战记:城堡与隐德莱希 / 索何夫 著.
-- 成都:四川科学技术出版社,2023.1
(中国科幻基石丛书 / 姚海军 主编)
ISBN 978-7-5727-0854-1

Ⅰ.①傀… Ⅱ.①索… Ⅲ.①幻想小说 – 中国 – 当代
Ⅳ.①I247.5

中国国家版本馆CIP数据核字(2023)第002683号

中国科幻基石丛书

傀儡战记:城堡与隐德莱希

ZHONGGUO KEHUAN JISHI CONGSHU
KUILEI ZHANJI: CHENGBAO YU YINDELAIXI

丛书主编	姚海军
著 者	索何夫

出 品 人	程佳月
责任编辑	宋 齐 姚海军
特邀编辑	郭凤哲
封面绘画	黄哲霖
封面设计	甄沛佳
版面设计	甄沛佳
责任出版	欧晓春
出 版	四川科学技术出版社

成都市锦江区三色路238号 邮政编码 610023
官方微博:http://e.weibo.com/sckjcbs
官方微信公众号:sckjcbs
传真:028-86361756

成品尺寸	147mm×208mm		印 张	11.125
字 数	240千		插 页	2
印 刷	成都博瑞印务有限公司			
版 次	2023年1月成都第一版			
印 次	2023年1月成都第一次印刷			
定 价	48.00元			

ISBN 978-7-5727-0854-1

邮 购:成都市锦江区三色路238号新华之星A座25层　邮政编码:610023
电 话:028-86361770

写在"基石"之前

姚海军

"基石"是个平实的词,不够"炫",却能够准确传达我们对构建中的中国科幻繁华巨厦的情感与信心,因此,我们用它来作为这套原创丛书的名字。

最近十年,是科幻创作飞速发展的十年。王晋康、刘慈欣、何夕、韩松等一大批科幻作家发表了大量深受读者喜爱、极具开拓与探索价值的科幻佳作。科幻文学的龙头期刊更是从一本传统的《科幻世界》,发展壮大成为涵盖各个读者层的系列刊物。与此同时,科幻文学的市场环境也有了改善,省会级城市的大型书店里终于有了属于科幻的领地。

仍然有人经常问及中国科幻与美国科幻的差距,但现在的答案已与十年前不同。在很多作品上(它们不再是那种毫无文学技巧与色彩、想象力拘谨的幼稚故事),这种比较已经变成了人家的牛排之于我们的土豆牛肉。差距是明显的——更准确地说,应该是"差别"——却已经无法再为它们排个名次。口味问题有了实际意义,这正是我们的科幻走向成熟的标志。

与美国科幻的差距，实际上是市场化程度的差距。美国科幻从期刊到图书到影视再到游戏和玩具，已经形成了一条完整的产业链，动力十足；而我们的图书出版却仍然处于这样一种局面：读者的阅读需求不能满足的同时，出版者却感叹于科幻书那区区几千册的销量。结果，我们基本上只有为热爱而创作的科幻作家，鲜有为版税而创作的科幻作家。这不是有责任心的出版人所乐于看到的现状。

科幻世界作为我国最有影响力的专业科幻出版机构，一直致力于对中国科幻的全方位推动。科幻图书出版是其中的重点之一。中国科幻需要长远眼光，需要一种务实精神，需要引入更市场化的手段，因而我们着眼于远景，而着手之处则在于一块块"基石"。

需要特别说明的是，对于基石，我们并没有什么限定。因为，要建一座大厦需要各种各样的石料。

对于那样一座大厦，我们满怀期待。

CONTENTS
目录

序 章

军事法庭与莫须有的罪名

临时军事法庭——对任何具有最起码的思维能力（只要智商比100的一半更高一丁点儿），而且没有患上失心疯的家伙而言，这地方都不是什么令人心驰神往的去处：自打傀儡战争爆发、联合军政府在废墟上成立之后，这种基于紧急状态法案设立的法庭就在和谐星上遍地开花了。由于程序简单、审理迅速，而且可以根据军事法典而非当地的刑法和民法量刑，这玩意儿大受那些急吼吼地想要枪毙几个人但却又不想浪费时间走上几个月乃至几年标准程序的上校和将军们的欢迎（对其他人而言则完全相反）。

好吧，其实我姑且也算是个在联合军政府武装力量服役的军官，但至少在此时此刻，我可是个百分之百的"其他人"。

因为现在的被告是我，而因为诸多顾虑，我不能亮明自己的身份。

负责审判的那家伙是个瘦削得有些诡异、一脸疲倦样的年轻男人，看上去很像是一具离开了棺木、拆除了绷带的木乃伊。只有那对像夜行动物般圆睁着的黑色眼睛能够表明，他在生命力方面也就比真正的木乃伊稍微强上那么一丁点儿。这家伙穿着军法少校的制服，却歪戴着一顶空降兵部队的灰绿色贝雷帽，而且完全没扣好制服大衣的排扣，让下面那件满是汗渍，甚至还带着可疑的红色嘴唇状印痕的脏衬衫露了出来，天知道他在被手下拽到这处临时军事法庭前到底在干什么事儿。不过，我很清楚，无论看上去到底有多么差劲，这浑蛋接下来做出的判决都会决定我的命运。

而我已经大致能够猜到判决的内容了。

在和两个助手模样的家伙交头接耳了一阵，又随手翻了翻统共只有三页纸的卷宗之后（难得他居然还会去翻一翻这东西，真是尽职尽责），军法官大人用他干瘦的拳头代替法槌，在墙壁上胡乱擂了两下。

"肃静！肃静！"

这句话的音量并不大，而且几乎没有起到任何效果。在这间由一处废弃的小型会议室临时改造而成的法庭里，除了审判人员、我、两个卫兵，外加坐在证人席上的奥菲莉亚·谢林和可可之外，还挤着规模大致相当于一个排的趁机看热闹的闲杂人等。在审判人员围着那位木乃伊先生合计的时候，一些耐不住性子的围观群众已经开始肆意起哄了——其中一些是针对我的，也有一些是针对奥菲莉亚和可可的。

"看啊，这家伙就是那个诱拐犯！"

"据说他自己都承认了呢！"

"真的吗？看上去就不是什么好东西！一定是惯犯！是不是还有别的什么前科？"

"对对对,我第一眼就看出来他不是好人!"

"正所谓相由心生,你看他长得这么阴险狡诈,内心深处自然也是污秽不堪的。这可是常识……"

该死的,你们眼瞎了吗?我哪里不像是好人啦?我阿德南·阿卡迪亚·奥雷利安努斯中校原本可是大陆北方的据点镇公认的美男子(好吧,也许还得加上个"之一"),怎么看也是个仪表堂堂、值得信赖的正人君子才对吧……嗯,当然,由于这几天在这座城市的废墟里艰苦挣扎,外加之前那场倒霉透顶的战斗留下的痕迹,我现在确实有点衣冠不整,身上也血迹斑斑、遍布尘土,但我可不认为这就能构成嘲笑我的理由。

"被诱拐的受害者呢?原告在哪里?"

"这次好像是由军法官担任公诉人……嗯,据说被诱拐的就是证人席上的那两位!"

"她们吗?那个小萝莉是很不错。但那个年纪大点的女人好像很一般呢……要是她脸上没那么多雀斑,眼神也没这么凶的话,倒是会可爱得多……"

"喂!别说了,她在瞪着我们呢!"

还有一些闲得发慌的浑球儿把议论的目标指向了我的两名同伴,结果立即在奥菲莉亚凶狠的吊梢眼的瞪视下发出了惶恐的呜咽声。在我们的目光相遇时,我发现可可已经小声地抽泣起来,奥菲莉亚一脸担忧地用力摇了摇头,似乎在暗示我些什么。但我只是无奈地耸了耸肩作为回应——说实话,虽然我也非常不喜欢接下来会发生的事,但除此之外,我实在是想不到别的做法了。

"活见鬼,给我肃静!你们这些藐视法庭的浑蛋东西!"满脸疲惫的瘦削军法官又一次喊道。见没什么效果,他索性从大衣下抽出了那些文职军官最喜欢用的5.56毫米口径袖珍手枪,照着天花板打光了一个6发弹匣——这下子,临时法庭内总算是彻底安静了下来。

"本庭要正式宣判了!"

好吧,是时候了。

"根据809年通过的《临时军事法庭相关条例》……嗯……那个,本庭审理在交战区内的一切刑事及民事案件,并有权通过快速审判程序做出判决,适用对象为包括军事人员在内之一切自然人。裁定一旦做出即视为终审判决,不得上诉、抗诉,"军法官一边给手枪换上一个弹匣,一边照着他的助手递过来的手册念道,"被告是否明白这一点?"

"是。"

"被告是否认为自己当时正处于中毒、摄入致幻剂、精神疾病发作或者其他类似状况下? 如果回答是,可以请求本庭派遣医生进行必要的医学检查。"

"不。"

"嗯……很好。"木乃伊君咂了咂只剩两块干瘪的薄皮的嘴唇,显然对我的答案很是满意,"被告人还有最后一次机会进行那个……嗯……自行辩护。现在……"

"我没什么要说的。"我耸了耸肩,直接答道。与此同时,在我脑子里的某个角落,一个声音正在大骂我的愚蠢。说实话,我今天的所作所为确实有些不像是平常的我,但事到如今,我也没有多少选择了。

在一旁的证人席上,一直一言未发的奥菲莉亚和可可显然也已经快忍不住了。奥菲莉亚浑身颤抖着,紧抓着椅子的扶手,似乎随时都可能把它抓起来砸向身边的人;而可可则蜷缩成一团,小声地抽泣着。值得庆幸的是,她们还算是知道轻重,没有随便开口。

"既然如此……嗯……基于被告之前主动承认的全部罪行,被告被控的罪名成立。"木乃伊君挠了挠脑袋,用刻意拖长的语调说道,"本庭认定,被告犯有绑架罪及武力胁迫罪。二罪并罚,那个啥……对了,判处死刑,立即执行,不得上诉。"

好极了,我就知道这家伙会这么说。

当然,像我阿德南·阿卡迪亚·奥雷利安努斯这样的一贯遵纪守法、正直坦荡之人,自然是不可能犯下什么绑架罪的——当然,这浑球儿的判决也绝对毫无道理,纯属扯淡。要是在平时,我肯定不会让自己落到如此境地。但很不幸,命运又一次对我开了个混账透顶的玩笑,让我不得不自己把脖子塞进绞索。

至于我到底是怎么落到这步田地的? 我只能说,这不是我的错,真的不是我的错……

第一章

热水澡与闯入者

词条解释088：尼尼微城

释义1：已经毁灭的古地球城市，原亚述帝国（一个灭亡的古地球政治实体）首都。该城市曾位于亚欧大陆西南部被称为"美索不达米亚"的地区，因为古代历史资料大量散佚，具体状况不明。

释义2：目前兰檀地区法理上的首府，俗称"新尼尼微城"，该城市以贯穿全城、最终通向新阿斯旺湖的复杂运河系统而知名，目前总人口约105万人（因为当地人口普查开展不力、数据更新迟缓等问题，可能存在着以万人为单位的漏报），是重要的有色冶金工业、轻工业、商业和科技考古业中心。

释义3：在946年的"鲜血黎明"战役中被摧毁的前兰檀地区首府、第九军团司令部原驻地，俗称"旧尼尼微城"。该城曾经是傀偶战争爆发前和谐星的第二大城市，同时也是一座自黄金时代第一次拓殖时便已经奠基的城市（一般认为，该城市正是得名于这一时期，以纪念地球上的古尼尼微城）。在被毁灭之前，旧尼尼微城被称为运河与温泉之城。城市周边的盾状火山丘陵源源不断地为城区多个地点供应着温泉。有如今日的新尼尼微城一般发达的运河、公路和轨道交通系统共同支撑着这座巨型城市的运转。在鼎盛时期，旧尼尼微城及其周边区域总共居住着200万以上的人口，周围的巨型工业区拥有全世界12%的工业产能，丰富的地热能和发达的能源工业确保了当地工业用能的自给自足。

截至整场战役结束，旧尼尼微城市民及参与城市防御行动的军人中，有12万—14万人（依不同统计数据有一定差异）死亡或失踪。之后因为不明事件（参见词条解释092：尼尼微城的闪光），侵入城内的傀儡军团活动转入完全消极状态，其具体原因不得而知。之后，兰檀当局将旧尼尼微城及周边部分工业区、卫星城（总面积约1250平方千米，含15.2平方千米水域）划为军事禁区。

词条解释092：尼尼微城的闪光

众多目击报告及事后调查指出，在"鲜血黎明"战役的最后一日，许多人在行将沦陷的旧尼尼微城周围目睹了一道所谓的"闪光"。因为记忆混乱、记录差错等原因，对"闪光"事件的具体描述存在着因人而异的差别。但可以肯定的是，在"闪光"出现后，攻入旧尼尼微城的傀儡军团立即停止了进一步的攻击行为，其行动转入消极状态。

不过，这种"消极"并非许多未经确认的消息所声称的"如同死亡一般的沉眠"。根据战后对旧尼尼微城的侦察报告（往往以侦察人员、装备全部或大部损失为代价），目前已经可以确定，虽然城内的傀儡军团确实处于休眠状态,但仍有相当一部分武器装备,尤其是便于保养储存的轻武器可以使用,且一旦发现人类接近,这些傀儡便会立即苏醒并展开攻击。故而进入,甚至仅仅靠近旧尼尼微城都仍然是极端危险的行为。

和谐星的科学家、科技考古学家及科学史专家目前均无法解释"闪光"事件的原因。

词条解释100:下尼尼微城

根据部分都市传说、谣言和学者的假说(其中包括著名的历史学家乔东福教授于777年的一篇论文中提出的假说),在旧尼尼微城下方存在着一座被称为"下尼尼微"的规模远超过旧尼尼微城的古代城市,而该城市的秘密一直被兰檀地区原先的领袖家族——谢林家族所掩盖。事实上,"下尼尼微城"的传说确实有一定真实性:在旧尼尼微城地下的部分坚固基岩区域的确存在大型空穴和竖井系统,据推测,它们可能是黄金时代未完成的建筑工程的遗迹。

在旧尼尼微城被攻陷前,上述地下建筑已经被全面系统性勘察。部分空穴已经被改造为地下仓储设备和居住区,在战前有超过4万人居住于其中,竖井则作为危险垃圾填埋区域。至于其余与"下尼尼微城"相关的传闻,均无任何可信依据。

——摘自《联合军军事词典》(第13版)

1

　　虽说兰檀是一个以炎热潮湿而闻名的地方，但在黄昏降临时，只穿着一件破破烂烂的衬衫和一条短裤的我还是冷得牙齿打战——当然，我目前所处的位置也在一定程度上加剧了这种状况。我正趴在一段通风管的尽头，从管道另一侧涌入的凉风持续不断地从我身旁刮过，透过我裸露的皮肤将热量吸走，而管道内狭窄的空间对气流起到的加速作用更是大大地加快了我的身体失温的速率，让我的皮肤上冒出一片片的鸡皮疙瘩。

　　不过，我仍然决定留在这儿。

　　尽管这地方又冷又湿、让人很不舒服，但也有个非常明显的好处：透过装在通风管末端的满是锈迹的金属格栅，可以清楚地看到对面大厅中的景象——在这座阴暗的地下大厅内，两堆柴火烧得正旺，在柴火上方，两只起码已经有近半个世纪历史的大号金属燃料桶架在摆成环形的石灶上。在刚被造出来时，这些一米多高的大桶自然是用来装运用于供应军队的燃料的，但现在，满满两桶热水在昏暗的地下空间中不断散发着惨白的水汽。

　　我现在身边仅剩的两位同伴，正把大半个身体浸泡在这对装满热水的大桶里。

好吧,这看上去很像是在野外远足时触发了特殊事件,然而实际情况根本不是这个画风。

自打在两天前因为完全无法理解(但肯定和我们老祖宗的科学技术有关)的原因而被扔到了这座大名鼎鼎的废墟城市、原兰檀首府旧尼尼微城后,我们就像没头苍蝇似的一直四处乱撞,希望先找到其他失散同伴再做打算。不幸的是,在这座饱经战火荼毒的巨大城市中,我们头几个小时的搜索不但几乎一无所获,反倒还好几次身临险境。因此,我们不得不找了一座看上去似乎曾是地下仓库或者停车场的建筑,在里面暂时隐蔽起来,等到夜幕降临后再悄悄溜出去碰运气。

我必须得补充一点:在我们事前的计划中,一切本不该是这样的。

在四十五年前的那场毁灭性战役后,除了极个别胆大包天、做着从废墟中搜刮财物的白日梦、把脑袋别在裤腰上冒险潜入这儿的拾荒者外,几乎不会再有别人胆敢闯进据称仍被傀儡军团占据着的旧尼尼微城废墟——闯入者大多一去不回。不过,按照负责为我们出谋划策的历史学家伊斯坎德尔·罗蒙诺索夫的计划,这些麻烦对我们而言不成问题:首先,我们手中拥有一辆同样出于傀儡之手,而且基本功能正常的"基路伯"超重型坦克;其次,我随身携带的一支被称为"信标"(当然,它在其他人口中还有一些别的称谓)的古代技术设备能让我像幽灵上身般将自己的意识暂时"附"在某个特定的傀儡身上。历史学家宣称,有了这两样法宝,要在旧尼尼微城废墟里自由行动就会像在自家后院散步一样轻松,如果真的有傀儡战士跳出来阻拦我们,我只需要开动"信标"、暂时制住其中一个,再从对方的表层意识里搜出敌我识别码就行了。在那之后，我们要做的就是穿上傀儡们的盔甲和战斗服，乘着开启了敌我识别系统、能够让对方相信我们是自己人的"走为上二号"在城里慢慢晃悠，直到成功地找到奥菲莉亚失踪的妹妹，以及据说会左右这个世界命运的、被谢林家族的祖先隐藏在这座城市地下的古老秘密。

无论从哪个角度来看，这个计划都相当精明、非常完美，充分体现了"最危险的地方就是最安全的地方"这一颠扑不破的真理……唯一的问题是，由于客观局势的变化，它目前已经变得毫无意义：我们那可怜的"走为上二号"目前正躺在新阿斯旺湖冰冷黑暗的湖底，而这座城市里的敌人也早已不只是那些傀儡了。

在近半个世纪的漫长等待与僵持之后，联合军终于对旧尼尼微城废墟发起了主动进攻。

当我们莫名其妙地出现在旧尼尼微城废墟里之后不久，一次由联合军航空部队发起的空袭就让我们意识到了这一惊人的事实。在那之后，爆炸声、交火声、炮弹和火箭划破空气的尖啸声，以及其他战场上特有的声音，每小时都会在我们的耳边响起。有一次，冒失的奥菲莉亚差点儿踩上了一枚显然是由联合军攻击机扔下来的蝴蝶状反步兵地雷；还有两次，我们刚穿过路口就遭到了没头没脑的盲目射击，不得不仓促找掩蔽。可燃物被引燃后的黑色烟雾就像是一根根诡异的立柱，将参差不齐的城市天际线和黑云笼罩的天空连接在了一起，每当火炮射击声和航空发动机的嗡鸣从这弥漫的黑暗之外传来时，我都不得不抱住吓得浑身颤抖的奥菲莉亚和可可，小声地安抚她们。

毕竟，现在我们没有装备、没有武器、没有情报，晕头转向，不知所措，还被卷入了一场事前完全没有预料到的混战之中。在这种状况下，要冷静客观地分析情况、计划下一步行动，实在是强人所难了点儿。于是,为了能尽快重整旗鼓,奥菲莉亚提出了一个点子。

那就是……呃……洗个热水澡。

2

虽然怎么看怎么不靠谱,但在目前的状况下,我确实也想不出比这更合理的点子了——毕竟,在交火相对激烈的白昼,我们躲在这处临时掩蔽所里也没有别的事可干,而泡热水澡不但可以放松身心、舒缓情绪,也能去掉我们身上正变得越来越"精彩"的刺激性气味,稍微降低在黑暗中被不怀好意的家伙发现的可能性。正如同瞌睡碰到枕头,由于数十年无人打理,旧尼尼微城废墟里到处都是现成的枯枝败叶,而我们的藏身之处附近正好有一堆废弃的空桶,以及一处有着雕饰状出水口的小型温泉。只消把现成的温泉水灌进桶里,再点上一堆小火维持温度,一切就搞定了。

"嘿,原来你在这儿啊。"

在一片黑暗中,我听到一个熟悉的合成语音在我耳边响起。不消说,用这个特立独行的缺德声线说话的,世界上不会有第二个人——好吧,严格来说,它其实也不是一个"人"。

自打莫名其妙地抵达目的地后,我们虽然没能发现或者联系上任何一个同伴,但却意外地在一条荒草蔓生的运河边找到了爪爪。这只总是坚称自己"不具备真正的智能"却向来表现得完全不像那么一回事儿的大号熊玩偶是罗蒙诺索夫拥有的众多古代遗物中的一件，有时姑且也算能派上一些用场。队伍里的女孩子们大多很喜欢它，但不知为何，这家伙总是能成功地激起我对它的嫌恶感——比如在此时此地。

"你是怎么找到我的?"

"这一点儿都不难，虽然这地方确实很隐蔽，但你的热信号可藏不住。而且，我的二氧化碳探测仪也在通风口送出的风中检测到了大约千分之九的二氧化碳浓度增幅。"熊玩偶洋洋得意地说道，"感谢我吧! 要是我刚才把这事儿告诉奥菲莉亚和可可的话，她们就算不扒了你的皮，你也肯定没机会大饱眼——嗯!"

"你在瞎说啥呢?"我一把捂住了熊玩偶的嘴，紧紧压住它的扩音器，义正词严地反驳道，"我、我……呃……我可是在执行守备任务，明白不?"

"嗯嗯嗯……"熊玩偶说不出话来，只能含糊地嘟哝道。我就当它是在清晰、准确、无歧义地表达"明白了"的意思吧。

"要知道这地方现在，该死的，可是在打仗啊! 而无论是傀儡战士还是联合军的人，现在都可能对奥菲莉亚和可可——尤其是奥菲莉亚——构成非常严重的威胁! 综上所述，作为一个有良知、有担当的人，我不能让两个几乎没有受过军事技术训练也没有战斗经验的女孩子就这么毫无防备地单独待着，"我一边认真负责地紧盯着正在互相擦背的奥菲莉亚和可可，一边有理有据地继续解释道，"因此，我有理由时刻看顾着她们，在她们不知情的情况下也得确保她们的安全，知道吗? 这就是罗蒙诺索夫以前常说的那个……那个啥来着? 对了，骑士精神! 就是这个没错!"

"这才不是……算了,你开心就好。"在我放手之后,熊玩偶心悦诚服地同意了我的观点。

"不过说起来,罗蒙诺索夫他们也不知道跑哪儿去了,"我挠了挠有些发痒的脑门儿,"我记得,我们那时候明明就隔着几十米的距离,但是只过了一眨眼的工夫……"

"告诉你个事实,"熊玩偶插话道,"在我们躲进这下面之前,我曾经趁着几次烟雾和云层散去的间隙,目视测量过当时的太阳方位角和高度。在综合分析后,我认为,恐怕我们当时并不只是过了'一眨眼的工夫',而是经过了七到八个本地日。"

"什么? 这……这怎么可能?"我惊讶地问道,"是不是你的设备——"

"我的设备好得很,特别是光学元件部分,那些玩意儿可是罗蒙诺索夫博士两个月前才替我换上的,相应的软件也都用日出城找到的那些更新过了……呃,都是两百年前的古董,但起码比现在的破烂玩意儿好得多。"爪爪立即答道,"当然,我也不认为你们是在那下面被人救起,然后因为连着几天昏迷不醒才被扔到这儿的,因为很显然,没人有闲情逸致和不重要的小角色玩儿这种游戏。"

"喂! 什么叫'不重要的小角色'啊?"我突然有了种痛揍这该死的破机械玩偶一顿的冲动。不过,考虑到这家伙横竖也不知道疼,如果我真的这么做的话,那也只是在给自个儿找不自在罢了。

"算了,那你觉得这到底是怎么回事?"

"对于这点,我也只能进行推测——毕竟我们没有任何进一步的确切证据。"熊玩偶答道,"我认为,时空翘曲技术是一种可能的解释。"

"呃……那是个啥？"

"真是个没知识的土包子。"爪爪很欠揍地奚落我。

看来这家伙真的是仗着自己不怕挨打，故意话里带刺儿。

"你没听说过时空翘曲？连我都知道那可是你的老祖宗们最具传奇色彩的伟大技术。如果没有这项技术的话，人类花费超过十个世纪建立的邦联就只能是一堆行星系级别的殖民世界群的松散拼凑物，更不可能创造辉煌的星际文明，你明白吗？"

被它这么一说，我倒是确实回想起了些什么。传说中，我们那些在银河中四处扩张的老祖宗们拥有奇妙的技术，可以扭曲和重塑三维空间结构本身。有了这种技术，他们不需要在太空中长期航行便能轻而易举地抵达目的地，甚至还能在一定程度上加快或放缓时间本身的流速——当然，没法让它倒流，这点是所有故事都反复强调的。

既然桌山和新阿斯旺湖底的那片天知道有什么用途的古代建筑群也是黄金时代留下的遗物，那么就算真的存在这种技术设备也不奇怪。而且这么一来，我们在最后一刻听到的那句什么"启动紧急避险"也就说得通了：没准儿，某个还能运转的自动化程序恰好在那时发现了陷入危险的我们，然后大发慈悲地（假如它知道什么是慈悲的话）把我们从那儿扔了出来。嗯，一定是这样没错……

"总之，因为设备长期缺乏维护，或者纯粹就是因为出现了故障或者误操作什么的，我们所有人被传送到了不同的位置，而且在时间维度上也出了岔子。"熊玩偶总结道，那语调像极了罗蒙诺索夫，"值得庆幸的是，它的定位系统应该还很正常，可以自动规避危险区域，所以我们才没有突然在半空中展开一场刺激的无绳蹦极运动，或者干脆被困死在墙壁之内、活埋在什么地方的地板下面……"

"够了,"我摇了摇头,光是听到这些可能我就脊背发凉,"还是说说别的事吧。我们接下来该怎么办?"

"嚯,我们英明神武的指挥官阁下居然要向一台没有真正智能的机器询问这个问题?"熊玩偶用合成语音"嘿嘿"了两声,"不过,既然你诚心诚意地问了,那我就大发慈悲——噫!"

"谁教你这么说话的?给我好好讲话!"

"呃,好好好。总之,就我看来,目前我们唯一的希望就只能寄托在奥菲莉亚女士身上了——别忘了,无论是罗蒙诺索夫博士,还是你的那些几次三番要绑架她的'兄弟'们,都认为她是揭开尼尼微城古代秘密的关键:虽然她那对冷酷无情的父母对她进行的拟似意识移植并不成功,但仍有很大概率遗留了一些特定记忆,既然她的妹妹苏菲娅会特地跑到这座城市来,那么很显然,那些记忆极有可能和尼尼微城相关。而且一旦来到这里,在外部环境的刺激下,她就有可能想起些什么,如果运气够好的话,也许她能将我们直接带到最终的目的地也说不定。而罗蒙诺索夫博士和其他人也很可能前往那里,或许……"

拜托,就算是那些没我这么聪明的人,在听到这么多"可能""如果""也许"之后,多半也会意识到这种主意到底有多不靠谱——但也总比完全没有主意、像没头苍蝇一样到处乱撞来得好。既然我们现在根本不知道该怎么办,那么照着这法子去试试也不算差。

"我会考虑你的提议。"在思忖片刻之后,我又继续说道,"不过话说回来,奥菲莉亚她这两天完全没有想起任何事情,我不知道……"

"潜藏的记忆什么的,有时候需要特定的场景刺激才能唤醒，"爪爪说道，"当然，她也可能真的什么都不知道。如果是这样的话，那我们可就白跑一趟了。"

"而且我敢打赌，肯定不会有人为我支付损失费。"我颇有同感地点了点头，并开始小心翼翼地在通风管中转过身去，准备原路返回——虽说我的良知和责任感要求我继续看护奥菲莉亚和可可一阵子，但根据我的估计，她俩顶多再过几分钟就洗完了。万一到时候她们发现我不见了，说不定会引起什么不必要的误会……

砰！

或许是过度投入地思考这些琐事的缘故，我没有及时地注意到从不远处传来的动静。因此，当一颗脑袋突然从前方的通风管拐角里伸出来时，我就像个呆瓜一样，一头与对方撞了个正着。

我在旧尼尼微城里惹上的一连串麻烦就这么拉开了序幕。

3

虽然众所周知,拜我们老祖宗那用棍子砸别人脑袋的"优良传统"所赐,人类的颅骨是全身上下除了牙齿之外最结实的地方,但在没有任何防护的情况下用额头互相撞击的滋味可实在是不太妙——在下意识地用双手捂住脑门儿后,我花了几秒钟才从眩晕与疼痛中缓过劲儿来,开始打量那个撞上我的家伙。

接着我发现,这伙计显然不是什么善类。

这位在通风管内与我狭路相逢的仁兄是一名年轻的男性,有着一张标致但缺乏特点、看上去就像是小商品广告上的二流模特般的脸,以及显然比我壮硕得多的身材。他穿着一身泛混凝土灰色的迷彩紧身衣,戴着一顶插满枯萎的灌木枝丫的伪装遮阳帽,背着一只小型背包,还在腰间挂着一条装满工具、弹药和备用武器的腰带……除此之外,这家伙还背着一支装有粗大的消音器的狙击步枪。后者比一切证件或者制服更加准确地说明了他的身份。

当然,在这种地方遇上狙击手,我倒是一点儿都不觉得意外:城市巷战嘛,总是少不了这些藏在犄角旮旯儿里,没事儿就照你脑门儿来上一发的缺德货色。而傀儡战士们尤其精于此道——根据权威专家的说法，这些家伙可以有意识地切断一部分"非必要"的知觉，把自己变成一座不受任何无用信息干扰的自动炮塔。他们可以完全没有痛苦地忍受瘙痒、干渴、饥饿、炎热或者寒冷等不利状况，聚精会神地等待猎物，凭着比正常人优秀得多的身体素质，在不获得任何补给的状况下连续一两百个钟头趴在原地不挪窝也不在话下。在以前的几次进入城市废墟寻宝，啊不对，应该说是为了全人类回收古代财富的行动中，我就吃过好几次这种亏，尤其是在圣提奥多罗斯废墟里的那一回，要不是我特价买来的防弹头盔比一般的打折货坚固得多，我的大名只怕早就已经印在第二军团的烈士名录上了。

总之，与人类狙击手相比，傀儡军团的狙击手更善于潜伏、更不好找、更难缠，也更能让你憋着一肚子闷火，因为看不到他们的半个鬼影子。在没法用重炮和航空火力将可能藏着狙击手的地点炸平的情况下，我们通常只能一边提心吊胆地躲着子弹，一边骂骂咧咧地希望哪个缺德的浑球儿能在转移阵地时暴露自己，让我们逮住他……今天，我的这个期盼已久的愿望可总算是实现了，尽管只有前一半：他确实是在转移阵地，然后暴露在了我面前。

至于后一半……呃，这狙击手可是个货真价实的傀儡战士啊。

或许是由于过于意外，在辨识出对方身份后的第一秒，我和那家伙只是互相干瞪着金星乱冒的双眼，谁都没有做任何事。但到了第二秒，对方就开始行动了：他迅速将一只手伸向腰间挂着的自卫用"撕裂者"手枪，准备先发制人取出武器。如果在别的时候，这种反应倒不失为正确之举，可在此时此刻反倒有些多余——毕竟，如果你和你的对手之间的距离是零，那么你自己的身体就是最有效的武器。

毕竟，拳头不需要打开保险，用不着上膛，犯不着用准星和照门瞄准。你只需要收缩肱二头肌，捏紧手指，照着你的老祖宗几万年来所做的那样将胳膊奋力挥出去就行。

我就是这么做的。

"呀啊！"

虽说傀儡的身体比常人要结实不少，但在我们过去漫长而艰苦的奋斗生涯，以及与艾琳长期共处所积累的丰富经验中，我早已了解到了一些重要的知识，其中之一就是：傀儡们的鼻梁与常人并无差异，同样由松脆的软骨构成，一记重拳或者一根足够沉重的棍子，就足以把它轻易打断。

在我的一记直拳正中红心后，那个倒霉家伙惨叫着捂住了自己鼻血横流的脸，刚抽出来的"撕裂者"手枪也掉在了通风管的铝合金地板上。虽然傀儡可以切断一部分知觉，但作为避免伤害加深的关键自救机制，就算是他们也没法关闭自己的痛觉。我立即乘胜追击扑了过去，直接掐住了对方的喉结……接着才意识到，自己也犯了一个同样致命的错误。

论起力气，傀儡之于像我这样的寻常人类，简直就和大人对小孩差不多。

要是我趁着这家伙暂时松手的刹那抢过那支"撕裂者"手枪，直接照他脸上来一发的话，一切多半已经结束了，直接掐住对方脖子反倒给了他一个绝佳的机会：在对我露出一丝阴狠的微笑之后，这家伙直接抓住了我的双手腕部，缓慢地、但却不可阻挡地将我的手从他的喉咙上掰了开来，然后就这么抓着我的手，像甩沙袋一样将我朝通风管壁上狠狠砸了过去。

这混账王八蛋下手还真是黑啊！

与强壮抗揍的傀儡不同，没有经过任何优化改造也没穿护具的正常人类躯体可不怎么经得起这种粗暴折腾。在第一次被用力砸在身后的金属壁上时，我就觉得自己险些要把五脏六腑都吐出来了。而随后的第二次重击，更是让又一波剧痛连同伴生的恐惧一道，从我的脊椎一路扩散到了肠胃和脑子里。

纯粹凭着下意识的反应，在被第三次砸向通风管壁之前，我趁势飞起一脚，正好踢在了这家伙已经歪了的鼻梁上。要是在寻常状况下，这一下很有可能被避过去，但幸运的是，这条通风管道的高度只有不到一米半，任何比我的老朋友伊斯坎德尔·罗蒙诺索夫或者可可更高的人在这里都只能呈跪姿行动。因此，双手正抓着我胳膊的这家伙既没法避开我的踢击，也无法用同样的方式还击。只能眼睁睁地看着我在字面意义上对他蹬鼻子上脸。

接着，在对方的一连串哀号声中，我们两人总算分开了。

作为一个头脑灵光、善于学习的合格义勇军战士，我自然不会继续浪费大好机会。虽然脑袋和胃里仍然是一片翻江倒海、后背疼得简直要散架，但在强行用腿部的力量蹬开那家伙之后，我立即用解放出来的双臂撑住了背后的金属壁，然后使出了另一次踢击。

这记正中胸口的猛击直接把那家伙踹得滚了出去。

我和这家伙撞在一起的地方其实离这段通风管的入口并不算远。伴着一阵乒乒作响的撞击声，那家伙像台球进洞一样翻滚着掉出了通风口，并且重重地摔落在了地下仓库坚硬的混凝土地板上。当然，我可不会给他任何反扑的机会——在强忍着疼痛深吸了一口气后，我就立即抓起了这厮掉落的"撕裂者"手枪,以最快的速度弯着腰冲出了通风管道,准备给他补上最后的一下子……

但有那么点儿出乎我预料的是,在外面迎接我的却是一道寒光。

"嘿,当心!"当我看到那道寒光之后,笨拙地跟在我身后的熊玩偶后知后觉地提醒了一句——当然,这种姗姗来迟的提醒对我而言实在是没有半点儿意义。我之所以能够幸存下来,纯粹是靠着多年刀尖舔血磨炼出的条件反射:虽然反应时间几近于零、更没空儿让我仔细思考,但在嗅到危险气息的瞬间,我攥着"撕裂者"手枪的胳膊还是自动做出了拦阻的动作。紧接着,在一阵刺耳的金属交击声响中,那支手枪与一把闪烁着银光的锐器一起脱手飞了出去。

好吧,我以前还真没见过哪个傀儡的脑子这么灵活,知道把多功能刺刀当投掷武器用的,而在此时此刻才撞上这种聪明家伙,对我而言着实是件不太妙的事儿。毕竟,现在我身上可没有任何武器,而那浑球儿还趁着投出刀子的机会取下了用枪带挂在背后的狙击步枪。那支"撕裂者"手枪就掉在离我不到五米远的地方,但在结合过往的实战经验迅速地进行了一番分析之后,我那聪明的脑袋瓜还是得出了一个令人沮丧的结论:在对方用狙击步枪对我开火之前,我捡起那支武器并抢先朝他射击的可能性……约等于零。

那家伙在这个距离上射失的可能性也和这差不多。

完蛋了!现在我该怎么办?

投降吗?不,只要对方是货真价实的傀儡,投降后还能活下来的可能性就必然低于天上突然掉下来一颗陨石把那家伙砸死的可能性。转身逃跑?周围十米之内都没有可供我躲避,而且还能挡住这种点50口径反器材狙击枪的掩体,而之前的通风管道入口离地面有近两米高,要重新爬进去显然也来不及。要扑上去夺枪?目前来看多半也有些难度。总之,在离开了光线昏暗、双方难以伸展手脚的通风管之后,要在和傀儡的一对一格斗中胜出,至少对我而言还是有些太那啥了……

总之,正如那些绘本故事里常常写到的那样,在人生的最后一刹那,主观感受下的时间似乎流逝得特别缓慢……

万幸的是,还没等我来得及看到传说中的走马灯,那个傀儡就突然惨叫了一声,扔下了手里的狙击步枪。一个一米来高的、毛茸茸胖乎乎的家伙刚刚跳到了他的肩膀上,正用小小(但威力仍然非常可观)的钛合金爪子狠狠地抓挠他的脸。

谢天谢地赞美救主领袖!多谢你了,爪爪!以后如果有可能的话,我会考虑收回对你的全部负面评价的……呃,现在可不是考虑这个的时候,我现在得赶紧抓紧机会收拾掉对方,否则不仅是我,就连在附近的地下仓库里泡澡的奥菲莉亚和可可说不定也会有危险。

只是由于力量的差异,爪爪并没有绊住对方太长的时间,很快,我就听到了熊玩偶被甩出去所发出的闷响。不过,这点儿时间对我而言已经够了——在第二次抓起那支"撕裂者"手枪后,我立即以久经训练的干练动作将枪口指向了目标……

但在我来得及扣动扳机之前,这家伙就已经被一发子弹打了个对穿。

"……咦?"

4

两秒钟后，我又一次丢下了手里的武器——这倒不是因为懦弱或者胆怯，而纯粹是由于我看清了拿枪指着我的家伙的身份。在那个被干掉的傀儡狙击手身后，至少半打身穿灰绿色城市迷彩服的联合军士兵正举着自动步枪瞄准我，从这些人肩章上的"幸福的青鸟"标记判断，他们应该是第五军团的人。

"那个啥……呃……我、我不是傀儡！"见对面所有人都把手指搭在扳机上，不知是否该为这个巧合感到庆幸的我立即扔掉了手枪，"我只是……那个……啊……"

"阿德阿德！出什么事了？"被这一连串动静所吸引的奥菲莉亚和可可也跑了过来，然后和我一样顺从地举起了手。而爪爪那家伙则非常明智地趴在一旁，开始了它最拿手的好戏：假装成一只不会动的普通玩偶。

"指挥部，这里是第三小队，逃走的一名敌方狙击手已被消灭，发现三名可疑人物，他们似乎不是傀儡，也不是我们的人。"在打量我们一阵之后，那帮士兵中为首的家伙打开了通信器，"这些人似乎是平民，请问应该怎么处理？"

　　"作为敌人抓捕,然后转交旅指挥部审讯,"一个带着显而易见的恶意的声音说道,"这地方可没有什么平民。"

第二章

死刑判决与战争老鼠

1

第五军团第52步兵旅设在旧尼尼微城内的临时旅指挥部是个很大的地方。按照我先前听到的只言片语来推断,这里应该是旧尼尼微城第二环形运河外侧的某个交通要冲,在战前,这里曾是一座公共体育馆。当然,由于四十五年前那场毁灭性的战争造成的破坏,这座古老的巨型建筑几乎荡然无存。曾经可以容纳数千名观众的阶梯状观众席早已坍塌了大半,塑料座椅混乱无序地卡在荒草丛生的混凝土残块中,像一盒彩色骨牌被打翻、抛撒了一地。曾经的服务设施、更衣室、休息室和其他功能区划也荒废已久,变成了本土类昆虫生物和由地球引进的啮齿动物四处滋生的乐园。在占领这里并设立旅部之后,52旅的工程兵们平整了一部分废墟,将周围几座尚未坍塌的楼房变成了防御火力点，并在体育馆外围掘出了防卫用的壕沟和步兵掩体。

在被抓捕六个小时后，被宪兵押出充当临时法庭的小型会议室、穿过走廊时，我透过一排没有玻璃的窗户看到了几辆正在赶工作业的轻型挖掘机，几辆"狂风"主战坦克已经开进了它们掘出的临时掩体，构成了旅部防线外侧的固定火力点，而大约一个排的"雷鸣"自行火炮就停在几十米外，炮管全都上仰至最大仰角，不断朝着天知道什么鬼地方发射着105毫米口径的高爆榴弹。沙袋工事、蛇腹型铁丝网和用从废墟里回收的钢筋搭成的拒马把宽阔的六车道公路切割成了一连串极为简陋的临时检查站，插着联合军政府"步枪与闪电"旗和第五军团的"青鸟"旗的装甲运兵车和半履带式卡车在那些还能使用的路面上来来去去，运送着人员和物资。体育馆中央几十年没人打理的草皮已经被彻底铲平，铺上了带孔钢板，原本的大竞技场在经过一番草草的平整工作之后，成为直升机和轻型攻击机的停机坪，而周边区域则满是帐篷和机械设备，似乎是临时维修中心之类的地方。

"喂，那是在搞什么？"当被押着走出走廊后，我闻到了一股腐殖质所特有的强烈臭味。这味道的来源似乎是不远处的一条运河，有什么机器正在通过一根大管子将大量污泥吸到河岸上，堆积成了一座臭烘烘的泥灰色小山。

"工程营的人在疏浚淤塞了的运河，好让新阿斯旺湖里的炮艇和运输船能直接开进来支援我们，"押送我的宪兵之一说道，"当然，这和你没关系，不是吗？你这可恶的萝莉控变态诱拐犯。"

呜！这些浑蛋怎么空口污人清白——等等，好像也不完全是。虽然"萝莉控变态"什么的无疑都是胡说八道，但我刚才确实是主动声称自己是诱拐犯的,而那个一脸不走心的枯瘦军法官也正是基于这点判了我死刑。

不过,我这么说,完全是不得已而为之。

当我们在那座被当成临时避难所兼澡堂的地下仓库里遇到第五军团第52步兵旅4营E连的清剿小队时,我一度下意识地松了口气,甚至冒出了冲上去拥抱那些家伙的念头——直到他们的头头下令将我们三人逮捕起来为止。在整个过程中我们没有反抗,也反抗不了:在被传送之后,我们身上的武器、弹药全都没了影儿。而且,就算我们还带着那些装备,在人数明显不利的情况下也做不了什么。

正如我预料的那样,奥菲莉亚在第一时间就提出了抗议。虽然她总是带在身上的那些小册子也和枪支弹药一起弄丢了,但这并不妨碍她一怒之下流利地引用了三条法令、一条至今仍然有效的临时法令、两项行政规定和两个据说很著名的判例,以此证明对方态度的粗暴无礼,以及他们对我们采取的人身自由限制措施在司法层面上充满的问题。而对方的反应也和我预料中的相去无几:在一个似乎是少尉的家伙的指挥下,那些人完全无视了奥菲莉亚的滔滔雄辩,把我们三人捆了个结结实实,然后就这么拖出了那座地下仓库,扔进了停在外面的一辆半履带装甲运输车的车厢里——而和我们"做伴"的则是两只装得满满当当的尸体袋。

不消说,那肯定是之前我撞上的那家伙的"杰作"。

即便事情已经发展到了这种地步,我们仍然抱着颇为乐观的心态。虽然私下里有许多传闻,但至少在明面上,傀儡与人类处于绝对的势不两立状态。按照官方说法,不可能有傀儡会协助人类,也不会有任何人类与傀儡站在一起;换言之,虽说在联合军法典里确实写着那么一条对所谓"叛逃与投敌行为"的罚则，但根据我的经验，在敌方是傀儡的前提下，没人会考虑这种可能性。

但不幸的是，这次的情况似乎是个例外。

在被押送到旅指挥部后，我们还没来得及摆事实讲道理，那个负责审讯我们的宪兵上尉就向我们宣布了一个相当糟糕的消息：根据联合军最高统帅部最近签发的命令，任何在此次收复旧尼尼微城的作战行动中出现在城区内的人员，除非能够提供身份证明并说明其目的，否则将一律被视为"破坏分子"并处以死刑。虽然我完全不能理解这天杀的混账命令到底有什么意义，但根据那家伙出示的书面指令来看，他说的确实是实话——总司令官列昂尼德·丘尔巴诺夫大将阁下那艺术品位无与伦比、审美格调独树一帜的大印是货真价实的。

这可就麻烦了。

从理论上讲，我们原本其实犯不着担心吃枪子儿：我们之所以会跑到这地方来，完全是奉命协助伊斯坎德尔·罗蒙诺索夫那家伙执行任务的缘故。虽然罗蒙诺索夫本人、当时负责介绍任务给我们的平娜和她的跟班德尔塔，以及那份同样盖着丘尔巴诺夫大将的大印的授权书目前全都下落不明，但在联合军政府的档案机构内，必然查询得到相应记录。就算这些昏头昏脑的家伙再怎么瞎搞，只要我要求调查档案，他们自然就无法再将我们视为"破坏分子"了。

只不过，这么做意味着我们必须报出自己的真名实姓。

当然，我这种行不更名坐不改姓、为人处世光明磊落的好汉平时是从来不在乎这种事儿的，但目前的状况可得另当别论：在之前的一系列袭击之后，我已经从自称为我兄弟的伊斯玛仪那家伙(他目前同样下落不明)那儿得知,在联合军政府内部,有不少脑袋出问题的激进主义者打算在兰檀干掉担任特别监察官的奥菲莉亚,以此对当地占有优势的"和平派"施加压力,迫使他们同意对傀儡再次发起军事行动,尤其是收复旧尼尼微城。就目前的情况来看,这些家伙已经成功让所有人相信了奥菲莉亚的"死亡"从而部分地达成了目的,但这并不意味着我们就安全了——相反,为了避免消失了好些天的"死人"突然"复活"从而引发重大政治丑闻,一旦得到我们还活着的消息,绝对会有不少人很乐意让我们因为一次"不幸的事故"真正并且永久性地从这个世界上消失。

换句话说,说明自己的身份很可能意味着死路一条——但什么也不说同样是死路一条,而且还会连累到奥菲莉亚,甚至是完全无辜的可可。好吧,我得说,命运之神那该死的恶趣味有时候确实是混账得过了头。

于是,我就急中生智(事后来看,显然并不)编出了那套谎话……而负责审讯我们的人居然相信了。仅仅六个小时后,临时军事法庭就对我做出了终审判决:根据我的自供,他们认定我是一个兰檀地区非常常见的盗贼流寇、一个丧心病狂的绑架惯犯,为了贩卖人口获利,在一周前从新尼尼微城的贫民窟里诱拐了两个流浪少女(不过严格来说,只有一位算是少女),并为了逃避追捕而冒险潜入了正硝烟四起的旧尼尼微城废墟,结果却阴差阳错地落入了52旅士兵们的手中。这个故事不算完美,但至少在解释为什么我们会出现在这种战火横飞、寻常老百姓绝不会涉足的地方这个问题上还算言之成理。除此之外,奥菲莉亚和可可也可以以受害者的身份在战役结束前受到联合军的保护,等到这里的仗打完之后,她们只需要随便编一个亲朋好友并声称要去投靠对方,就能安全地离开,绝不会有被居心不轨者谋害之虞。

基于我对联合军军法系统的一贯了解,我很清楚,他们才懒得主动去调查那些细枝末节呢,只会选择尽快把被指控的倒霉鬼扔到靶场上去吃枪子儿,好避开各种无聊的麻烦。唯一让我担心的是审讯过程中奥菲莉亚和可可的反应——万一她们忍不住站出来揭穿我的这个自杀式谎言,那一切可就前功尽弃了。万幸的是,她俩虽然在审判结束时几乎哭成了泪人儿,但直到最后都非常识大体地保持了沉默,并点头默认了我的供述。

我想,这多半是因为她们相当清楚,除了我之外,自己还需要对另一个人负责。

这就够了。

2

"呜噢噢噢!"

当我被宪兵押往充作临时刑场的一座混凝土小屋的路边时,一大群早已翘首等待多时的家伙欢呼雀跃、兴奋不已——作为一种历史悠久的优良传统,围观死刑这事儿历来是那些不当班的闲杂人等排解压力、放松心情的重要途径之一。

在前些年,当公开的枪毙和绞刑还很常见时,刑场附近总会挤满这些聒噪闹腾的家伙,活像是糖块掉在洞口后倾巢而出的一窝蚂蚁。可惜的是,在980年,新修订的法令禁止了公开处决,于是这帮乌合之众只好把乐趣转移到了围观押送死刑犯的活动上:通过奚落那些马上要送命的倒霉蛋儿,大伙儿可以暂时为自己的罪行尚未东窗事发而感到庆幸,同时产生一种暂时的道德优越感。这种快乐顶多只能持续到他们再一次把事情搞砸或者又一次遭到上司痛斥的时候,然后他们就会更加迫不及待地盼着下一个上路的死鬼。

这大概就是免费的东西特有的魅力吧?

"枪毙!枪毙!枪毙!枪毙!"

遵照着这一传统娱乐活动的标准程序，一见我被押出来，那班有闲阶级们便争先恐后地叫嚷起来，周围顿时充满了快活的气氛……根据我的经验，将要吃枪子儿的那伙计罪状越多越可恶，观众们就越能因此感受到强烈的道德优越感所带来的快意。

"诱拐犯！绑匪！"

"萝莉控诱拐犯！"

"变态萝莉控！"

"马上枪毙这个变态萝莉控！"

"枪毙太便宜他了！把这个变态吊起来！然后浇上汽油、用火焰喷射器点火！"

"坦克炮！干脆用坦克炮轰他算啦！"

有闲阶级们一路朝我大叫着，从他们的制服来看，其中一多半都是旅部直属、不当班的工程兵和后勤部门的文员。正如之前押送我的宪兵们一样，他们也添油加醋地在言辞里增添了不少子虚乌有的形容词。虽说其中许多人只是满足于通过呼喊和手舞足蹈满足自己的正义感，但也有一些被正义感带来的颅内高潮刺激得过了头的人开始朝我扔出了空罐头盒、带着酸味的过期罐装番茄，甚至是泔水桶里拣出来的烂菜头。押送我的那两位仁兄对此保持了相当的宽容，直到其中一只烂番茄在他们的脸上炸开为止。

"肃静！不准滋扰宪兵执法！"在鸣枪示警后，满脸番茄酱的宪兵吼道，"你！你！还有那边那个！你们叫啥名字？我要记下你们的……"

当然，没人配合这家伙。但至少，朝我慷慨馈赠各色礼物的行为在这一吼之下确实大大减少了。很快，我就从那处临时军事法庭所在的体育场的一头被押到了另一头，然后叫人一脚踹进了一间大概原本是体育用品仓库之类的混凝土屋子里。

几个端着枪的行刑队员早就在里头等着我了。从脸上的神色来看，他们似乎，哦不对，是肯定非常希望尽快地在我身上多开几个枪眼儿。

好了，完了，看来我光辉灿烂的一生就到此为止了。背着变态萝莉控诱拐犯这个糟糕的头衔被打成筛子，这实在不算是什么值得骄傲的结局。好在我之前报出的本来也是假名，所以对日后的历史研究者而言，那个"阿德南"的下落大概会让他们感到有那么点儿头疼吧？他们会怎么猜测我的结局呢？是……

枪响了。

等等！别这么急啊！我这还没把事情想完呢！而且按照惯例，不是应该先让我看到走马灯什么的吗？我好歹有权回顾自己为了全人类而奋斗不息的英勇崇高的一生……吧？

"……咦？那个……是空包弹？"

"你比我想象中的要迟钝一些嘛，"一个阴沉、带着几分讽刺却又有点儿熟悉的声音传来，"当然，如果你想让我们换上实弹再来上一次的话，那也无所谓，但替你着想，我还是希望你珍惜这次机会，先生。"

"你又是什么人？"借着这座房间内唯一的一盏电灯的昏黄光线，我打量着那个劝我"珍惜机会"的家伙。

这人的个子只及我胸口，应该是个年轻人——封闭式头盔的暗红色目镜和呼吸面罩将他的整个面容遮了个严严实实，还穿着一身显然是特别定制的轻型连体护甲。从这位的头盔、武器和护甲上大量的私人改造痕迹和个性化标志判断，他显然不可能是正规部队的一员，这意味着……

"我是义勇军中校蕾琪——至少你这么叫我就行了。"

从声音和体型判断，他似乎应该是个"她"……不过话说回来，我的经验也告诉我，光靠这些判断人的性别往往最不靠谱。

"我也是义勇军特别战斗分队'战争老鼠'的指挥官。"那家伙继续说道。

"战……战争老鼠？那个……呃……久仰了。"我点了点头。

这话不完全是客套，因为我过去确实曾经不止一次听说过这个名号。以第五军团辖区为根据地的"战争老鼠"虽然在名义上是一支"特别战斗分队"，但他们事实上更接近于那些被称为"鬣狗"的拾荒者——这一类义勇军通常不以与敌人战斗为主要任务，而是倾向于在避免不必要的冲突的前提下潜入傀儡的占领区，从化为废墟的城市和古代设施中搜集先人留下的财富。诚然，我的小队也经常会干这种活儿，但"战争老鼠"们才是这方面的专家。按照罗蒙诺索夫的说法，在过去几年中，这群渗透与巷战专家们几乎已经成了科技考古学家们的私人卫队，他们会出现在这种地方不但不算奇怪，反而简直可以说是天经地义。

"那个……这是怎么回事？你们难道压根儿就不打算枪毙我？"

"这不是明摆着的吗？"蕾琪有些不耐烦地耸了耸肩，摆出了一副"废话少说"的姿势——在过去，平娜那家伙就经常以这样的态度对待我，"所以，空包弹的费用你得自己掏。"

"啊……？"

"要是你没有突然发起疯来承认自己是个变态萝莉控诱拐犯，我们根本不需要演枪毙这出戏——你只需要被拘禁一天，然后旅长大概就会按照战时紧急法案，签署一份特赦令给你了。"

"啥？"

"自从联合军在一周前正式开始收复旧尼尼微城的行动之

后，城区周围的'和平派'检查站和封锁线就全部被撤除了。在那之后，趁着警戒松懈和交战导致的混乱，有不少本地人——你也知道都是些什么人——开始拥入旧尼尼微城，试图趁机捞上一笔。""战争老鼠"的指挥官解释道，"当然，这些家伙的出现也引起了各军团长官们的兴趣，他们认为，如果能够合理利用的话，这些免费炮灰或许能够有效地替他们完成某些非常重要的任务。这也是他们会联名上书最高统帅部，要求将擅自进入旧尼尼微城的人员视为'敌人'的缘故。"

"我明白了！这么一来，他们就能名正言顺地抓捕这些人，让他们为自己效力了。"

"看来你并不算太蠢嘛。当然，还有一点：战地指挥官有权在紧急状态下签署特赦令。只要以赦免死刑为交换，就能免费让那些家伙帮自己干活儿。"有人补充了一句。

"咦……奥菲莉亚？我……"我咽下了一口唾沫，这才发现一滴温热的液体正沿着我的眼眶流下。

"喂！你这是怎么了？不至于吧？毕竟我们两个本来也不可能出事啊！"奥菲莉亚挠了挠头发，有些疑惑地看着我。

"我……呃……只是你们在庭审结束的时候哭成那样，我真的很……那个……我不知道你们居然那么在乎我……"

"拜托，这是因为蕾琪中校告诉我们，既然你已经莫名其妙地认罪了，那我们最好干脆认认真真地装成受害者，免得穿帮——而诱拐的受害者不都应该哭哭啼啼、一副留下了心理创伤的样子才对吗？"奥菲莉亚一脸茫然地反问道，"或者说，我的理解出错了？"

喂！居然是这样啊！

把我的感动还来啦！

3

又过了半个小时。

拜一条从"刑场"下方通往远处的旧下水道所赐，我这个"死人"轻而易举地与蕾琪中校、奥菲莉亚和可可一起离开了那个混凝土"盒子"，来到了"战争老鼠"们设在52旅指挥部外侧的临时营地中。虽然这片搭在一座废弃的公园内的大帐篷离之前那帮朝我大呼小叫的有闲阶级们的驻地只有不到两百米，但两边却似乎没什么来往——当然，考虑到正规部队和义勇军之间的关系通常并不融洽，这倒也不算什么出乎意料之事。

在钻进被蕾琪当成指挥所的大帐篷后，我们围绕着一只原本装满了点50口径重机枪弹、目前被当成桌子使用的大号弹药箱坐了下来。接着，我开门见山地抛出了问题："那么，蕾琪中校，我还有几个问题需要请教一二。我和我的同伴将会被派遣去什么样的工作？这种工作的性质如何？危险性如何？需要进行什么特别的准备吗？"

"嗯，很好。"

把我从刑场里捞出来的那家伙在呼吸面罩后哼了两声，似乎对我的反应很是满意。

当然咯，混我们这行，哦不对，以我们这种方式为人类的未来奋斗的人都知道，虽然我们自己很乐意无私奉献，但这世上通常很少有免费午餐。既然一个素昧平生的家伙会特意把我从枪口下捞出来，那么很显然，我或多或少都得做点什么事情作为交换。

"看来你确实是个心思缜密的人呢，就像你的朋友说的一样，阿德南中校。"

"咦？你怎么知道我的名字？"

"在找到你的两天之前，我就已经遇到了你的这两位同伴。"蕾琪敲了敲弹药箱，紧接着，又有两个人影从大帐篷的入口钻了进来。

"在我部下的一个巡逻分队遭到袭击时，咪咪和艾琳突然出现，并且赤手空拳地干掉了一整个躲在大楼里的傀儡火力小组。作为答谢，我答应帮助她们寻找你的队伍中的其他人，而她们会暂时与'战争老鼠'并肩作战……当然，直到现在我也只遇到了你们几个，对其他人的行踪仍旧一无所知。"

"阿德阿德！太好了，你没事！"还没等蕾琪把话说完，我的这两位老伙计已经一同冲上来抱住了我……呃，当然，这样的深厚友谊确实很让我感动，但她俩共同拥抱所产生的窒息感可实在是有些……让人不太舒服。

"呼……哈……要是你们再抱得久一点儿，我恐怕就真的有事了。"两人总算松开了铁钳般的胳膊，我只觉得自己的肋骨似乎都快全断了。就算是被古地球上的巨蟒缠住的猎物，其感受大概也不过如此吧？

"你的朋友们告诉我，你的队伍虽然规模不大，但所有人都有着丰富的作战经验——而她们在之前两天里的出色表现已经证明了这点。"蕾琪继续说道，"因此，比起那些溜进城里浑水摸鱼的流氓无赖，你们肯定更适合执行下尼尼微城的探索行动，这可是明摆着的。更何况，你们本来就是为了参加这场战役才来到城里的，不是吗？"

啥？

蕾琪的最后一句话让我愣了一小会儿。不过，我随即便意识到，这多半是艾琳编出来的设定（毕竟咪咪可没这么聪明）：为了避免有人对我们的来历起疑，她很可能临时编了一个故事，声称我们是自愿参加旧尼尼微城收复战役的义勇军队伍，却在路上因为某些原因被打散了——与带着不能表露身份的奥菲莉亚以及压根儿没有合法身份的可可的我不同，她俩都是正式注册过的义勇军战斗人员，而且都有着随身携带证件的习惯，这么说完全行得通。不过话说回来，蕾琪刚才似乎提到了"下尼尼微城"这个词儿？难道她指的是……

"没错，传说中的'下尼尼微城'并不仅仅是个传说，我可以保证这点，"大概是捕捉到了我脸上情绪的变化，"战争老鼠"的头头笑了笑，用小巧的双手灵活地把玩着一把折叠式工具刀，"因为我已经亲自下去过了——传说是真的！这座城市里确实有古怪。"

"愿闻其详。"我说道。

"好吧。"蕾琪随手打了个响指，她的卫兵之一立即递上来一份似乎是刚刚打印好的旧尼尼微城航拍地图，摊在了我们面前的弹药箱上。

"各位请看，这就是我们通常所谓的'旧尼尼微城'：位于新阿斯旺湖以西的土地上，被由数十口温泉滋润着的多条环形运河围绕，美丽——至少曾经非常美丽——的运河与温泉之城。在许多时候，城郊那些在战争中被破坏的工业区，以及位于湖岸西边的卫星城也会被算入其中。"

"这些我都知道。"

"没错，但很少有人知道传说中的'下尼尼微城'是什么样——当然，不准确的谣言和民间故事倒是比比皆是，光是版本就有近百个之多。"蕾琪用戴着手套的手撑着呼吸面罩的下缘，继续说道，"这些故事或者传说的细节千差万别，但是都具有一个共同点：在旧尼尼微城的地下，存在着一座在遥远的黄金时代建立起来的地下城，而且其中隐藏着大量超乎任何今人想象的古老科技宝藏。曾经长期领导兰檀的谢林家族世代守护着这些宝藏的秘密，并且研究它们……"

"我也听说过这些传说。"我点了点头。当然，我没说出口的是，如果奥菲莉亚的猜测以及我之前从我的"兄弟"们那儿听来的都是真的，那么这些传说恐怕有很大一部分是事实。

"不过，联合军政府——"

"他们过去一直都不承认下尼尼微城的存在——明面上是这样，"蕾琪点了点头，"但显然许多联合军政府的高层并不真的这么想。在奥菲莉亚·谢林阁下不幸被恐怖分子刺杀、兰檀的'和平派'迫于政治压力而同意开始收复旧尼尼微城的战役行动后，许多部队就接到了诸如'在战斗中留意寻找可能通往下尼尼微城的入口'的命令。"她从凯夫拉纤维胸甲的口袋里掏出一支红蓝铅笔，迅速地在航拍地图上画出了几个红圈，"随着对城市的全面占领，来自各个军团的部队，以及'安东旅'的人，都有了一些发现，从城外的卫星城和米哈拉西亚岩山，到曾经是市中心的……"

"等等，你说联合军已经占领了全城？可只有七天……"刚刚又听到了一次自己的"死讯"的奥菲莉亚打断了对方的话头。

"呃……其实这明摆着是不可能的——毕竟这可是一座很大的城市。参与攻城的联合军统共有六个正规旅和'安东旅'的三个战斗大队，加上航空兵、义勇军志愿者和辅助部队，总共有三万一千多人，但其实我们也只是占领了主要道路沿线的少数地区、一些地标性建筑物和重要地点。"蕾琪转过铅笔，用蓝色的那头勾出了联合军的实际控制区域：横贯旧尼尼微城市区的几条大道、几段还能通航的运河的沿岸地带，以及由它们连接起来的一系列据点。虽然对新阿卡迪亚城里的那帮一辈子都在办公室的沙发上"战斗"、从没在战壕和散兵坑里待过哪怕一小时的官僚而言，这已经算得上是"收复全城"了，但事实上，联合军的实际控制面积并不超过整座城市的十分之一。

不过话说回来，能在以傀儡军团为对手的前提下在区区一周里取得这么大的进展，这还真不是件容易的事儿。

"其实在开战之前，我们自己也不相信能推进得这么快——据说，当时司令官和旅长们是做好了遭受惨痛伤亡的准备的。傀儡的战斗能力可是明摆着的，就算按照最初的计划，后续投入四到五万人，大多数人也没法确定能否成功。"蕾琪继续灵巧地转着铅笔，"但出乎意料的是，我们在城内遇到的抵抗比预料中的要虚弱得多：在战役开始的头二十四小时里，第一、第二、第五军团的三个机械化步兵旅已经沿着西南方的公路向前推进了足足二十千米，只遭遇了微不足道的牵制和骚扰性抵抗。根据记录，头一天爆发的战斗只有不超过三十场，攻击部队伤亡在一百人以下，武器装备的损失也很轻微；到了第二天结束时，进攻部队的前锋已经前进到了第二环形运河周围，接近了市中心的边缘,但与敌人的交战次数却下降到二十场以下,伤亡降到了七十人左右。从东方和北方发动攻势的部队遇到的抵抗也只有这个规模,不对劲儿。"

"是啊,因为按照历史记录,当年攻入城内的傀儡军队有大约两万,而且携带了相当数量的重武器。由于城市一直处于封锁状态,他们不可能逃出去,而按照这种兵力规模,抵抗明摆着不可能只有这么点儿,"奥菲莉亚接着说道——她似乎已经在无意中被蕾琪那家伙的口头禅影响了,"除非对方一直在故意避免与进攻部队接触。"

"有可能。但对城市地表的航空侦察未发现任何大规模集结的敌方部队,也没发现多少重型装备或者工事存在的迹象,仅有的交战都是持轻武器的小股敌人进行的骚扰性袭击和象征性抵抗——就像你们之前遇到的那个狙击手一样。我想你们也知道,和咱们这种普通人不同,就算不吃不喝、没有补给检修,傀儡们只要切换到蛰伏隐蔽状态,就能一口气躲个三五十年,而且还能保持大部分战斗能力。只要不是极端恶劣环境,他们的装备也非常耐放,有些甚至可以自我修复。""战争老鼠"的头头哼了一声,大概是在表示对这种明摆着的不公平的不满,"总之,这事非常古怪。而且对我们多半不是什么好消息。"

"为什么?啊,我明白了!"奥菲莉亚说道,"既然城里的敌人不可能离开,也不在地表,更没被消灭多少,那他们只可能是躲在地下了!这么说,下尼尼微城……"

"至少到目前为止,对几处疑似下尼尼微城入口的地下建筑群进行的探索还没遇到比事故塌方或者不慎摔伤更严重的问题,"蕾琪耸了耸肩,"但目前的初步勘探表明,下面的未知区域比我们想象得要广阔和复杂得多,如果有好几千,甚至是上万全副武装的傀儡躲在里面,那也完全不奇怪。我听说,有一些军官之前曾经向指挥部提出建议,要求准备一批氢氰酸和芥子气,用来清扫可能存在危险的隧道,但都被拒绝了。"

"幸好如此。"我嘀咕道。众所周知,傀儡们不但有着比常人更能耐受毒气的身体,而且在战斗状态下,几乎人人都携带着比我们更好的三防装置,要是贸然在封闭空间用毒气对付他们,搞不好反而会毒死我们自己(考虑到联合军正规部队里的白痴比例,这种可能性一点都不低)。更何况,与我们一起被传送转移的其他人说不定就在地下,要是有人不分青红皂白往里面乱灌这种危险品,那他们可就有大麻烦了。

"总之,我们'战争老鼠'目前执行的就是勘探部队的护卫任务,我有一半的人已经被派出去了。而在这里,以及这里,"蕾琪用铅笔的红色那头在地图中央部位画了两个圆圈,"昨天发现了新的疑似入口,因此,我现在需要尽可能多的、能够立即派上用场的人,以便为随时可能发生的⋯⋯呃?"

一阵刺耳的电话铃声突然打断了我们的对话。

4

那部野战电话就放在帐篷一侧的箱子上,所有人都能一伸手就拿到,但在接下来的几秒钟里,没有任何人去接听它——或许是刚才交谈的话题的关系,在场的每个人都有了一种相当不好的预感。而这种糟糕的预感让我们在第一时间产生了犹豫。

毕竟,没有人希望去听坏消息。

电话铃响了一遍,接着是第二遍,终于,当它第三遍响起时,担任"战争老鼠"指挥官的蕾琪拿起了听筒,同时深吸了一口气,"这里是蕾琪中校,有什么事?"

由于隔着一小段距离,我不太听得清听筒那一头的家伙到底在说些什么。但通过断续传出的枪声、爆炸声和其他杂音判断,我们之前的猜测多半已经应验了……吧?

由于被单向透明的头盔目镜和呼吸面罩遮盖着,我完全无法看到蕾琪目前脸上的表情,但至少她没有因为愤怒而大呼小叫,或者拍桌子砸板凳什么的(我之前认识的一些"有个性"的义勇军军官就很喜欢这么干)。相反,在心平气和地听了一阵夹杂着枪声和爆炸声的电话后,她居然轻轻地笑了两声。

"保持位置不变、维持防御姿态,不要轻举妄动,等我率领的支援分队抵达后再采取进一步行动。"在静静地听完后,蕾琪平静地下达了指令,"不要主动攻击,暂时不必通知其他部队,我会负责一切。"

"呃……我能斗胆问一句吗?"在对方挂掉电话之后,我下意识地舔了舔嘴唇,"这到底算是个好消息还是坏消息?"

"如果对其他人而言,好坏参半。但对我而言……至少在某种程度上,可以算是个好消息吧。"蕾琪想了想,然后说道,"阿明军士会负责给你们找到合适的装备,你们有十五分钟时间做好准备,然后我们就得出发了。"

她站起身来,准备朝着帐篷外走去,但却又在最后一刻停下了脚步。

"对了,我听艾琳和咪咪说,那边那两位小姐并不是专业的战斗人员,只是因为机缘巧合与你们同行而已。如果愿意的话,她们可以留在营地里,我会让留守小队照顾她们的。"

奥菲莉亚与可可对视了一眼,接着,她们几乎同时摇了摇头。

第三章

都市丛林与黑暗的彼端

1

不知从什么时代开始，那些闲得发慌的文人墨客们之间就流行起了用"丛林"这个词儿形容大都会的做法。就我所知，这种修辞方式通常有两层含义：首先，"丛林"往往被用于直接形容布满了密集高层建筑的大都会；其次，大都市里复杂的人际关系，以及由此引发的大量无谓斗争（当然，都是我这种高风亮节之士绝不屑于参与的），也让这类地方看上去颇像是一座混乱黑暗的"丛林"。

不过，现在我才意识到，这个词也许还有第三种解释方法——纯粹基于字面意思的解释方法。

"这……救主领袖在上，这也太夸张了点吧？"

当我们乘坐的"甲虫"式轻型装甲运兵车摇摇晃晃地沿着失修的公路接近目的地时，从装有20毫米机关炮的炮塔探出脑袋张望的我下意识地嘀咕了一句。

"是啊,这树真的好大哦。"没能抢到上面的好位置的咪咪只能以别扭的姿势凑到装甲车侧面的轻武器射击口附近,和车里的其他人挤在一块儿,透过打开的装甲窗板看着外头的西洋景:在装甲车前方不算太远的地方,矗立着一片颇为茂盛的树林。当然咯,树这东西,只要有水有阳光,就能在任何地方长起来,在一座已经荒废了四十五年之久的城市的街头,冒出几片树林什么的倒是并不奇怪。只不过,与寻常的树林相比,这片林子实在是有些……太过宏伟了。

没错,在我能想到的所有形容词中,只有"宏伟"这个词可以用来形容这些巨树。

以前,我也曾在别的地方见过各种各样的大树。但即便是新谢米列契斯克群山中的红松(据说,它们的祖先来自地球上一个叫"落基山脉"的地方),在这些巨大的树木面前也相形见绌:虽然构成这片树林的树木只有区区二三十株,但即便是最矮的那棵,其树冠高度也已经超过了不远处的一座三十层高的废弃大楼,而再高一些的很可能已逾越百米,最高的那些树的树梢甚至隐没在了天空中低垂的铅灰色云层之中。不过,更令我吃惊的还是这些大树的壮硕程度——大多数高大的针叶树的树干往往像旗杆一样纤细笔挺,只是一门心思地戳向空中,在树冠层之下很少能看到多余的枝丫,但这些巨树却都枝繁叶茂,看上去更接近于兰檀沿海地区的红树的模样。虽然暂时没法精确测量,但保守估计,许多巨树的树干直径起码超过了十米,看上去与其说类似树木,不如说更像是一只只肥硕的食用蘑菇。巨量枝叶形成的伞状巨型树冠轻而易举地将阳光遮蔽,把方圆数十亩土地变为不见天日的暗巷。就连它们底部的巨型板状根,以人类的标准而言，也高大得如同一道道围墙。或许是被之前的交战波及的缘故，有一些巨树被烧伤了枝干，还有几棵甚至被直接拦腰炸断，横在废弃的街道中心，变成了比任何人工路障更加宏大的障碍物。

在盯着这些巨树几秒钟后，我忽然不由自主地想起了一个伊斯坎德尔·罗蒙诺索夫曾对我讲过的、来自地球时代的故事。

那个故事……呃，让我想想……似乎叫《杰克与豌豆》来着？

为什么我会有种很不好的感觉？

由于在刚进入旧尼尼微城时选择了昼伏夜出的行为模式，我之前并没有注意到，这里的巨树居然多到如此惊人的地步：在收到求援通信、与蕾琪和她手下的一个中队的"战争老鼠"登车离开营地后不过十分钟，我们已经见到了十几处像这样的巨型树林。它们的规模少则十余株、多则近百株，如同暴雨后的蘑菇般这里一丛、那里一片地在城市废墟中四处滋生。

一部分巨树的生长位置比较"常规"，位于曾经的城市花园、被富含营养的腐殖质淤泥淤塞了的运河河道，以及其他原本就有大量土壤的开阔地中，但也有一些以极为"粗野"的姿态生长在高层建筑的裂隙里。在不止一个地方，我看到了数座被从中长出的巨树生生撕裂成两半、钢筋混凝土残块散落一地的高楼大厦，活像是被萌发的新芽挤开的坚果壳。

"虽然不知道该不该这么说，但我总觉得，这些树看上去……"在前方驾驶座上负责驾驶装甲车的艾琳自言自语道，"虽然我也不知道哪里不对劲，但它们实在是挺奇怪的。"

"你的观察能力很敏锐。"在我身后的蕾琪一边应答道，一边为一支近距离战斗用的双管霰弹枪装填子弹。就像大多数义勇军的武器一样，这玩意儿并不是制式装备，而是用两支来自不知哪个土作坊的泵动式霰弹枪捆绑组装而成的,虽然似乎不大方便使用,但起码火力应该很有保证。

"虽然这不是我们'战争老鼠'的任务,但为谨慎起见,我们在前几天的行动中也对这些怪异的树木进行过初步的观察研究。根据我的判断,它们虽然看上去类似于红树之类的低纬度阔叶树,但事实上不属于我们已知的任何一类植物。除此之外,我可以确认,这些树的树龄相当之短。"

"这是当然的。"我说道,"四十五年前的旧尼尼微城里肯定不会有这么夸张的大树,否则我们肯定会听说过才对。"

"不是四十五年,"蕾琪摇头道,"比那短得多。我认为,它们中的一部分大概只生长了两到三年,也许更短。"

"咦?"

"看看这个。"随着载着"战争老鼠"们的装甲车队转过一个大弯,我发现我们已经来到了一条被两片巨型树林夹在中间的大马路上。虽然这些巨树离马路都还有些距离,但四处扩展的巨大板状根仍然撕裂了地面,让早已失修的柏油路面变得坑坑洼洼,布满令人烦心的裂纹。"看到树荫下面的这些植物了吗?"

"嗯……你是说这些小草小树?"凑在下面的射击口旁的咪咪问道,"它们都死了啊。"

确实,在这些巨树下方、那些曾是居民们的庭院和街边花坛的地方,到处都能见到枯死的普通树木,以及已然变成焦黄色干草的花卉和其他草本植物——虽然看上去不那么显而易见,但在植物们的世界中,生存竞争的激烈程度绝对不亚于据点镇下城区里那些龙蛇混杂的黑帮窝。当然,植物们没法儿朝对手打冷枪、用敲掉底的啤酒瓶捅人,或者把砖块包在偷来的丝袜里当暗器(呃,当然,我也从没做过这种没品的事儿,我发誓!),但它们可以竭力垄断重要的生存资源：土壤、水，当然，还有最重要的阳光。在有着巨大树冠的树木周围，任何比苔藓和喜阴蔽类更加依赖阳光的植物都会因为光合作用难以为继而活活"饿"死。因此，巨型树木对矮小植物事实上是极为不友好的……

不过话说回来，这些花花草草确实已经死亡许久，但显然不会是在几十年前，否则它们早该在自然界中无数分解者的通力合作下归于尘土了才对。

"啊哈，你也注意到了吧？大多数矮小植被的死亡时间都不超过一两年，换言之，在这之前，这些大树都还没成长到足以遮蔽它们赖以生存的阳光的程度，这可是明摆着的。"蕾琪说道，"另外，通过对那些被炸断的巨树显露出来的年轮的观察，我们也得出了相应的结论：它们都非常年轻，最'老'的大概也不超过十岁。"

"怎么可能有树能长得这么快？"我摇了摇头。

"我怎么知道？但这就是明摆着的事实——而且我有种预感，这些树和下尼尼微城的秘密多半有什么关系，""战争老鼠"的头头答道，"也许等我们继续深入地下，就能……嘿，我们到了。"

在这支由六辆装甲运兵车和半履带装甲车组成的小型车队穿过道路两旁的巨大树林，绕过一段坍塌得不成样子的高架桥后，我们的视野中出现了熟悉的蛇腹形铁丝网、壕沟和垒在街边的沙袋掩体——看来，这里就是先前传来紧急通信的地方了。

还没等艾琳把车停稳，一些听到动静的人便已经从掩体里钻了出来。这些人大多穿着暗绿色与混凝土灰色相间的迷彩大衣，躯干、肩膀和大腿上固定着非正规型号（但看上去倒是挺有用）的躯体护甲，也有一些着重灵活性的人里面穿着脏兮兮的作训服，外面套着轻便的凯夫拉纤维防弹背心。少数几个人戴着头盔、斜挂着防毒面具，但更多的人则选择了迷彩色宽檐帽，帽檐上用绑带固定着护目镜甚至战术手电。在下车时，我注意到奥菲莉亚动了动嘴唇，似乎很想就仪容和装备的合规性问题发表一番高论，我立即揪了她一把，示意她别在这种地方不合时宜地引经据典。

毕竟，对大多数义勇军而言（当然，像我这样特别遵纪守法的人除外），任何与钱没有直接关系的法规和纪律都仅仅是"供参考"而已。

"太好了，头儿，你们来得正是时候！"这一小群人的头领，一个歪戴着绿色贝雷帽、一脸哀愁神色的尖下巴黑发女人凑了上来，对蕾琪敬了个绝对不符合任何规范（当然，现在也没人会在乎）的军礼，"不过……要是你们能来得更早一些，那就好了。"

拜托，既然嫌我们来迟了就直说啊！这么拐弯抹角吞吞吐吐地算是啥啊？当然，老于人情世故的我自然没有低情商地随意吐槽，而是伸出了一只手，"我是阿德南，你们的长官蕾琪中校的新伙伴，这几位是我的朋友。"

"嗯……哦……幸会。"尖下巴女人用仿佛没睡醒的眼神打量着我们，"新面孔啊……算了，反正我们现在很需要人就是了。我是直美，'战争老鼠'第3分队的分队长。实不相瞒，我们之前遭到了攻击。"

"攻击？谁的攻击？难道傀儡发动反攻了？"

"不，不是那些家伙，"直美摇了摇头，"是我们没见过的东西。"

2

在来这儿的路上，蕾琪就已经向我简明扼要地介绍了她的队伍的现状：与我那可怜巴巴、全体人马一只手就能数清的小队不同，"战争老鼠"的总兵力足有一百六十来号人。他们虽然没有已经沉在新阿斯旺湖底的"走为上二号"那样的大玩具，却也拥有十来辆各种型号的装甲车和全地形运输车，机动能力相当不错。这些人马分为六个分队，其中两个在大多数时候都留在临时营地里待命，而另四个目前则在分头看守多处疑似通往下尼尼微城的"入口"，并对其内部开展初步清理和探索工作——由于大多数兵力仍然需要用于扫荡城市废墟内残余的傀儡，正规军暂时没有太多人手和精力去探索每一处入口。因此，像"战争老鼠"这样在战前被临时拉来、有着丰富的城市废墟行动经验的义勇军部队就得到了大显身手的机会：比起那些傻乎乎的正规部队，他们不但更了解怎么在这种地方活下去、更善于找出隐藏的秘密，而且更不值钱，是非常理想的廉价炮灰。

虽说那帮整天待在办公室里的官老爷们往往倾向于把"战争老鼠"这样的义勇军队伍（当然，目前我和我的同伴也在其中）

视为与矿工笼子里的金丝雀,或者污水处理厂的水质测试池里的金鱼差不多的东西,但我们可不打算随随便便放弃生命——毕竟,虽然慷慨就义确实是件光荣的事儿,但只有尽可能长久且健康地活下去,我们才有机会为了人类的未来、为了正义与公平做出更多贡献不是?

为了最大限度地确保这一点,"战争老鼠"们显然花了不少心思:他们粗看上去装备驳杂、衣甲杂乱,但在像我这种经验丰富的内行人眼里,这些伙计显然对于"如何在危机遍地的钢筋混凝土堆里活下去"这一课题非常在行:在守在这处地下入口附近的二十来只"老鼠"中,只有少数几个人装备了联合军陆军的制式步枪和其他单兵装备,其他人都携带着射程有限但在狭窄空间内极其有效的自制大口径霰弹枪和装有70发大容量弹鼓的无托冲锋枪,还有不止一个人携带着火焰喷射器与简易燃烧弹。超过一半的人身上揣着自制的发烟罐,以便在紧急状况下更安全地脚底抹油,还有好些人携带着由整块金属板改造而成的重型带刺盾牌——虽然看上去没太大用途而且过于笨重,但在混乱的缠斗中,它却比躯体护甲和迷彩服更适合用来保命。

不过,就算"战争老鼠"们都是些精于求生之道的老手,但先前那场迫使他们求援的冲突仍然让这些人付出了代价:在一处临时沙袋掩体后,五个走了背运的家伙并排躺着,其中两个人被摆在一块儿,脸上盖着同一块黑布,表示他们已经断了气儿,只差正式填写阵亡通知单了;另外三人虽说也一动不动,但胸口倒是还在节奏平缓地起伏着,从缠在他们胸部和胳膊上的绷带的具体包扎位置来看,应该没伤到要害……

"是什么弄伤了他们? 这个?"在走到伤员身边,粗略地查看了一番还能喘气儿的那三人的伤势后,蕾琪拿起了放在其中一名死者身边的一支细长的针状物。这东西大约有成人的小指那么长，比我们平时常用的点50口径机枪弹略细一些。大致而言，它是一根粗细不均的细长半透明管子，细的那头是尖锐的、类似蜂针且带有倒刺的结构，上面沾满了伤员凝固的血迹，甚至还残留着些许在取出时带出的伤员肌肉组织；而粗的那头有着几片像是箭羽或者火箭弹稳定翼的结构，末端则像是火箭喷口般开放的喇叭形，和前半截的造型风格可谓大相径庭。

"是的，这是敌方发射的弹药，至少我们觉得那应该是某种弹药。"分队长直美点了点头，"另外，奈吉认为这很可能是某种生物，或者曾是生物体的一部分，而不是工业制品。"

"哦？"

"这……这是千真万确的！"一个看上去颇为年轻，留着浅红色长发，长着一张很能激起年长女性保护欲的可爱脸庞和碧蓝眼眸的小个子男性接口道。虽然大多数"战争老鼠"都对佩戴正规的军衔标记和识别章毫无兴趣，但这人却在胳膊上好好地戴着绘有古老的红十字徽外加两道白色横杠的臂章，这表明他的身份是军医中尉——换句话说，是那种知道在中枪之后应该怎么绑止血带的家伙。"头儿，我得说，虽然这听……听……听上去有些不可置信，但我从伤……伤……伤员的创口内取出的十多发弹药都表明，它们有着一整套独……独……独……独立的代谢系统，甚……甚……甚至还有类似卵黄囊的营养供应结构！我可没瞎说！我……我……我在加入义勇军之前可是正牌的生物学硕士！我能看得出什么是活物，什么不是！"

"好啦，慢点儿说。"蕾琪摆了摆手，"所以，是这些……嗯……活物自己飞出来，然后造成了……"

"不，长官，它们是被人发射出来的……虽然，我们不能确定当时开火的到底是不是'人'就是了,"直美摇头道,"我活了这一辈子,还从没见过这么可怕的……"

"拜托,你这辈子也不过就二十七年半而已,没见过的事儿当然多了去啦,这不是明摆着的吗?"蕾琪不以为意地说道,"攻击者是什么家伙,有多少兵力,从哪儿来的? 你们的还击对他们造成了有效杀伤吗? 有多少?"

"这个……攻击我们的家伙是从通往地下的入口里出来的。"直美指了指位于东方一百来米外的一座不起眼的混凝土建筑。乍看之下,这座四四方方的灰色盒子也就比之前权且充当处决我的"刑场"的房子大上一丁点儿,除了一扇已经被拆除的沉重大门外,没有任何值得一提的外观特征。倒是在它周围,我注意到了一些残垣断壁,这说明这里过去大概有围墙之类的设施,以防止外人接近。在将目光投向曾经是大门的地方时,我不由自主地感到一阵难以用语言描述的不安,那深邃、黑暗的入口仿佛通往另一个完全陌生的世界。望着那黑暗深处,我感觉自己正在窥伺着某种极其阴暗、不应该为我所知的秘密,只要一不小心,就会跨过那条界限,永远无法返回。

接着,我注意到,产生这种阴森感觉的人并不只有我:就在我压下沿着脊背涌起的寒意时,站在我身边的奥菲莉亚突然发出了一阵急促的喘息声,浑身上下都微微颤抖了起来,看上去既像是恐惧,也像是兴奋。而当我试着用手轻拍她的肩膀时,她更是轻轻惊叫了一声,差点吓得跳了起来。

"你还好吧?"

"那个……呃,没事,我刚才只是突然产生了一种很奇怪的感觉,"奥菲莉亚用力摇了摇头,"我觉得这里似乎……很熟悉,好像有什么在等着我似的。"她下意识地伸手摸了摸腰间——在平时,她那儿的衣兜或者手提包里总是揣着一大堆手册和笔记本——然后苦笑了一声,"我猜,肯定没有哪本书能告诉我这是怎么回事吧?"

我耸了耸肩,没有多说什么。

"头儿,你知道的,从三天前奉命守在这儿起,我们的任务就只是看守入口,避免有闲杂人等接近或者进行破坏。我不知道那里面是什么,也没兴趣知道。"就在我和奥菲莉亚交谈的同时,直美继续报告着情况,"在今天凌晨,旅指挥部派了一个调查小队来,说是奉命下去进行初步勘察,结果他们才下去没多久,通信就断了。"

"你们觉得,这些人是在下面被袭击了吗?"蕾琪问道。

"多半是。由于联系不上,我们准备临时组织一支搜查队,下去查看情况,结果……就在那时候……呃……"直美抓挠着自己的头发,似乎苦于语言描述能力有限,"算了,您最好还是亲自看看吧。"她叹了口气,从一旁的掩体里取出了一台兼具播放功能的小型摄像机,"这就是当时的情况。"

3

　　那段录像并不很长,也没有声音,而且由于摄像机本身的质量问题(毕竟,这一看就知道是从某个旧货市场淘来的二手玩意儿),画面算不上清晰,看上去就像是隔着一层磨砂玻璃。但即便如此,我还是能大致辨认出,这台摄像机当时应该被固定在离入口不算太远的一段残墙的顶端。一座架着通用机枪的半地穴式沙袋掩体就在摄像机前方不远处,更远的地方还有几名携带着盾牌和短管战斗霰弹枪的"战争老鼠"成员。这些人就站在离漆黑的地下入口只有数米之遥的地方,一边检查着手中的装备,一边交头接耳,似乎正在等待深入地下的命令。虽说我无法看清这几个人的表情,但从略显紧张的肢体动作判断,前方的黑暗显然让他们感到了不安。

　　而很快,他们的第六感就应验了。

　　或许是有谁大声示警或者在无线电通信中下达了作战命令,这几人突然同时举起了手中的武器,指向了面前那仿佛望不到尽头的黑暗。接着,当枪口焰纷纷亮起时,黑暗中出现了几个迅速移动的影子。虽然因为光照有限,这些影子一开始只是一些庞大、模糊的暗色团块,但当两盏大型探照灯被启动,如同固态火焰般的眩目白光透入黑暗深处后,我看清了那些从黑暗中拥出的家伙的身姿。

恕我直言,如果非要用一个词儿来描述这些家伙的话,我能想到的只有……

真丑啊!

几年前,在据点镇欢乐街的某所特殊店铺里,我曾经遇到过一个自称在大学里研究美学的学者(当然,我那时只是在那儿执行例行的治安维持任务,绝对没有做别的事情)。按照那位学者的说法,正如不同形态的美有着极大的差异一样,丑陋也可以分很多种:有些丑陋是滑稽可笑的丑陋,有一些则是令人恶心和鄙夷、恨不得敬而远之的丑陋,还有一些,则是令人恐惧的丑陋。这种丑陋不会让人发笑,也无法让人感到优越感;相反,它只会激发人类最原初的避险本能,让人们意识到这是某种异类、是不可信赖且充满危险的存在。

而这正是我对这些家伙的第一印象。

如果非要描述的话,我只能说,这些敌人(没错,它们显然对人类有着敌意)的外形很像是传说中的阿拉克涅——那是一种来自古地球时代的幻想故事中的、有着女人上半身和蜘蛛躯体的怪物。只不过,这些家伙身上"人"的成分远远不到一半,不仅下半身长着如同节肢动物附肢般的腿部,就连上半身的躯干也更类似于披着带刺甲壳的爬虫,只有头颅和四条胳膊的轮廓还略有一点儿"人"的痕迹。当冲在最前面的那个怪物举起一只胳膊时,我注意到,这家伙手中并没有武器,因为他(或者更准确点,我觉得用"它"这个第三人称代词会更合适)的手臂本身就是某种武器。在那只特化成枪管模样的胳膊顶端,细长的针状物不断化为残影、飞过空中，射向远处的目标。

所以说，以救主领袖的名义，谁能告诉我这到底是什么鬼东西啊？

虽然"战争老鼠"们是首先开火的一方，但很显然，这些从地下拥出的怪物至少在耐揍方面是人类难以企及的：在劈头盖脸的步枪弹、霰弹甚至破片榴弹的火力压制之下，它们仍然若无其事地继续前进，甚至连脚步也没有丝毫放缓的迹象，直到位于摄像机镜头下方的重机枪也加入合鸣后，才开始有"阿拉克涅"倒地毙命。即便如此，这些怪物仍然毫不动摇地迈动着那令人毛骨悚然的分节附肢、跨过丧命的同类躯体继续前进，同时有条不紊地还击。

理论上，与这些从地下拥出的家伙相比，守在入口外的"战争老鼠"们处于显著的优势地位——虽然人类一方在数量上不占上风，却可以依托修筑在这一带的工事保护自己，而他们的对手则只能拥塞在没遮没拦的地下通道之中，巨大的身形更是让它们变成了绝佳的靶子。即便如此，这些家伙的还击仍然猛烈而精准，甚至在与"战争老鼠"的对射中逐渐占据了上风：虽然有着掩体的保护，但一根准确飞进射击孔的针状物还是穿透了一名戴着贝雷帽、用自行改造过的呼吸面具遮住大半张脸的军士的护目镜，他在倒地之前就已经命丧黄泉；而在接下来的交火中，又有几人非死即伤，更多的人则是凭着头盔、护甲和盾牌侥幸躲过了一劫——若不是这些巷战专家拥有大量远比正规部队的装备实用得多的护具，恐怕方才的伤亡人数还得翻倍。

在录像播放到三分之二时，两盏探照灯突然同时熄灭了——那些攻击者显然是故意朝着它们射击的。随着照明的消失，防守方的火力顿时完全失去了准头。万幸的是，这种麻烦的情况并未持续多久,随着一发闪亮的照明弹飞入隧道,我看到了两道飞过黑暗的醒目焰尾,以及随后在黑暗深处亮起的、我颇有点熟悉的爆炸闪光。

"你们……呃……你们用了'沙罗曼蛇'? 刚才那是'沙罗曼蛇'对吧?"当录像播放完毕后,第一个打破沉默、开口询问的是奥菲莉亚。她有些犹豫地咬了咬嘴唇,然后才说出了那个词儿——罗蒙诺索夫曾提到过,这个词语来自古地球亚欧大陆上的古老神话里的想象生物,现在则被用作联合军杀伤力最大的步兵武器之一——75毫米口径温压火箭弹的代号。这种采用了特殊弹头的单兵火箭弹足以在瞬间将上百立方米的密闭空间内的氧气耗竭,让那里变成无法呼吸的炽热地狱,是城市战中最可怕的武器之一。"按照《联合军轻型武器管理法案》,'沙罗曼蛇'这样的武器只能装备给正规军,不准出售或者转让给其他任何武装组织,应该是不可能……唉,算了,当我没说好了。"她摇摇头,叹了口气,"只要管用,用什么都没差。"

看来在和我们相处了一段时间后,奥菲莉亚的观念也多少有点儿与我们趋同了。我不清楚这到底算是好事还是坏事,但起码,以后我们在相处时应该会少许多麻烦。

"虽然敌人在遭到温压火箭弹的打击之后便停止了攻击,但很显然,它们远远没有被消灭:在事后打扫交火区域时,我们没有发现任何敌方尸体,也没找到遗留物资——这意味着它们有余力将死者和其他玩意儿有组织地搬走……"

"这不是明摆着的吗?"蕾琪摆了摆手。

"所以说,这意味着……它们很可能是有智慧的。"在与其他人交换了一个眼神之后,奥菲莉亚下意识地咽了一口唾沫;与此同时,我也感觉到了一阵强烈的不安。

在刚开始看录像时，我曾经以为，这些活像是从古代地中海沿岸的传说里钻出来的东西，不过是我们那些把遗传基因当积木玩儿的缺德老祖宗造出来的又一种异兽——甚至在那些家伙开始成群行动并朝着"战争老鼠"们射击时，我也还是抱着这种念头。毕竟，众所周知，在和谐星荒凉的大陆上四处游荡的异兽中有不少是群体行动的，能朝敌人或者猎物发射什么东西的家伙也有好几种。我曾经见过有人被喷酸寄居蟹吐出来的东西烧掉半张脸，也见过被地狱豪猪的针弹戳成刺猬的可怜虫，可能够如此有序地投入战斗的，我却是头一次见。

"有智慧？救主领袖垂……垂……垂怜，"奈吉嘟哝道，"别……别……别告诉我这就……就……就……就是所谓的'下尼尼微城的宝藏'。它……它……它们真的让我毛骨悚然。"

"那把它们干掉就是咯！有一个干掉一个！"一直在仔细地用一块袖珍磨刀石打磨着多功能刺刀的咪咪以她一贯的乐观主义态度说道，同时朝着军医挥了挥刚发给她的一支战斗霰弹枪，"不管那是什么，死掉的家伙就不会让人害怕了，这可是明摆着的哦！"

好吧，看来蕾琪那家伙的口头禅感染能力还真强。

"总之，先别急着向任何正规军部门发送正式报告，也暂时不要把之前发生的事情告诉外人。如果上面问起失踪人员的消息，就说我们正在准备派遣搜索队，但因为技术原因暂时无法成行。"在考虑片刻后，蕾琪下令道。

当然，我很清楚这命令的用意：虽然从理论上讲，联合军政府与义勇军队伍之间的合作关系一直是公正公开、坦坦荡荡的，但偶尔也会有那么几个不幸发现（或者被认为发现）了某些"不合适"的秘密的可怜人突然死于离奇且没有下文的"意外事故"。因此,所有活得够久、经验足够丰富的义勇军都知道,在以全人类福祉为重的前提下,如果遇到了什么稀奇玩意儿,在向那些大人物汇报之前还是多加考虑为妙。

"另外,加强警戒,在可能遭到攻击的地方设置反步兵定向雷和诡雷,如果有必要,别的陷阱也随便你们设,所有岗哨增派两倍人员,每个人都留神点儿背后,不要单独一个人往黑咕隆咚的地方乱跑……"

"那那那那个……头儿,这些伤……伤……伤员怎么办?"奈吉突然问了一句,"虽然他们的生命体征都很正常,而……而……而且只受了些不算严重的皮外伤,但就是醒不过来。我试着注射过药物,也采取了别……别的刺激手段,但不知为什么,他们总是醒不过来。"

"呃,但那个人好像已经醒了啊。"奥菲莉亚摇了摇头,朝着伤员们的方向走了过去,"我想……哎?"

随着一声清脆的枪响,这位前特别监察官的脑门上突然溅起了一团血花。

4

很多在枪林弹雨里摸爬滚打的人都特别相信运气,甚至连我这种视死如归、英勇无畏的战士也不例外。自打我第一次走上战场、为了全人类的未来而战时起,各种以毫厘之差逃过死神魔爪的故事就已经快把我的耳朵给磨出茧子来了——虽然比起险死还生的例子,凄惨死去的人的绝对数量要多得多,但对幸运根深蒂固的崇拜总是让我们紧盯着那为数不多的几个幸运儿。

而即便以幸运儿的标准而论,奥菲莉亚也算是其中运气相当不错的。

虽然总是念叨着"规定""法条",但或许是因为难以忍耐闷热,奥菲莉亚刚才并没有按照规定佩戴防弹头盔。更重要的是,在那家伙射击时,奥菲莉亚离他只有几米的距离,而且还在朝他走近——对于"战争老鼠"的那班使用武器比呼吸还自然的家伙而言,在这种距离上首发即中是个非常大概率的事件……而那家伙并没有打歪。

但奥菲莉亚还是捡回了一条命。

根据我事后观察所得出的结论,在那人开枪的瞬间,奥菲莉亚的靴底很可能恰好踩上了一枚先前战斗中留下的机枪弹壳或者别的什么容易让人脚下打滑的东西，因此她恰到好处地失去了平衡。虽然手枪子弹飞过两人之间的那点距离只需要不到百分之一秒，但这点时间已经足够了：本该穿透她额头正中央的手枪弹贴着她颅骨的前端擦过、在一侧眉弓上方切出了一道深深的伤痕，最后无害地落在了一旁的角落里。从伤口中流出的鲜血染红了她的大半张脸，但富有处理伤员（当然，还有亲自负伤）经验的我只是略略一瞥就意识到，她并没有生命危险。

当然，这场麻烦并没有就此结束。

"不！不要！给我滚开呀——给我滚开！滚开！"在一枪"撂倒"奥菲莉亚之后，那家伙似乎倒是恢复了点儿神志，没有继续乱扣扳机。但是，他仍然高举着手枪，不断发出比捆起来准备挨宰的猪还要刺耳的号叫……好在这附近没有别人，否则没准儿会有人怀疑我们正打算对他干什么不可告人的事儿。

"滚——滚——滚啊啊啊——"

"闭嘴！马奇！"直美试图让自己的部下安静下来。但她刚走出一步，便在对方枪口的威胁下停下了脚步，"救主领袖的蛋蛋哪！你到底在抽什么风？睡傻了吗？"

"马奇军士，我……我……我们是自己人啊！"作为分队军医的奈吉也想凑上去搭话，结果被一发胡乱射出的子弹掀飞了头上的帽子，吓得立即连滚带爬地躲到了一堆沙袋后面。

"这该死的是怎么回事？"蕾琪半是惊讶、半是恼火地向军医问道，"你知道些什么吗？"有了其他人的前车之鉴，她也不敢上前了。

"这……这……这不太好说。"身材娇小的军医蜷缩在掩体后面，慌张地打开急救包，为奥菲莉亚紧急处理伤口，"呃……那个，有些伤员在重伤导致意识模糊的情况下，确实会拼命反抗任何接近他们的人，还……还……还有些人因为过度的恐慌，或……或者其他心理压力，也会盲目攻击别人，但……但是我……我……我觉得，马奇军士的情况也许比较特殊。"

"特殊？"

"他……他……他的情况也许和之前射中他的敌方活体弹药有……有关。我初步检查过那些东西，发现它……它们的结构是中空的，而且与兽用麻醉枪的弹药有些类似，似乎会……会向被击中的目标注射某些药剂之类的东西。我……我……我怀疑，就是那些药剂导致了这种不正常的状况。"

这么说也有道理。在仔细观察了一阵之后，我注意到，那个胆敢朝奥菲莉亚开枪的浑球儿看上去确实有点儿像嗑了药的样子：他的肢体现在抖得仿佛疟疾发作，双眼的瞳孔缩得厉害，脸颊和大部分暴露的皮肤都在急促的呼吸中变得通红，活像是只刚在开水里过了一滚的可怜大虾（当然，我可以保证，因为曾经参与过动物福利宣言联署，我从来都只煮已经死了的虾，绝对不是因为贪便宜），不断滚下的汗珠让他看上去简直像刚从桑拿房里钻出来似的。虽然我现在没法测他的心率，但任何有点儿起码的常识的人只要看了他的样子，就能猜个大差不差。

好了，总之这家伙的情况确实很不妙。但比起这个，更重要的问题是，我们该怎么处理他？按照奥菲莉亚逼着我学的那堆法条里的说法，蓄意袭击友军是应该被当场处决的严重罪行，我完全可以拿上一支步枪，绕到那个哭哭啼啼、胡言乱语的家伙身后，然后直接爆掉他的脑袋。但话说回来，既然"战争老鼠"们的军医相信，这位老兄的情况是敌方的卑劣手段导致的，那这样做就实在有些太……不人道了。不过，在这家伙攥着手枪，而且身边还躺着其他失去意识的伤员的情况下，要安全地将他控制住也实在是有些不容易。正因如此，我身边的人们才迟迟没有采取任何行动……

呃，不对，有人已经行动了。

"请把枪放下，我不希望伤到你。"就在其他人面面相觑时，咪咪突然扔下了先前发给她的防暴盾和霰弹枪，举着双手走向了那个抖个不停的可怜虫。在看到这一幕时，奥菲莉亚与可可都轻轻地"呀！"了一声，似乎想去阻止她这么做，不过，我立即拍了拍她们的肩膀，示意她们不必担心。

毕竟，就算看上去很危险，但既然咪咪打算这么做，那就多半不会有什么问题。

"你你你……不要过来！啊啊啊！滚！滚！滚开——"虽然任何神志清醒的人都会认同，只要没被惹毛，咪咪看上去就永远是一副人畜无害的样子，但那位正在打着摆子的老兄显然是个例外。在两人之间的距离缩短到不足十米后，这个涕泪交流、颤抖不断的男人就胡乱扣动了扳机……

但却连咪咪的一根头发也没伤着。

"呀啊啊啊——"随着咪咪继续接近，这家伙的表现简直像是遇到了地狱的使者。他声嘶力竭地哀号着，接连朝着咪咪射击，但效果却和攻击海市蜃楼没啥两样。没有任何一发子弹打中离他只有数米之远的咪咪，而后者既没有卧倒，也没有做出明显的闪避动作。

"够了，这枪归我！"在好整以暇地走到对方面前后，咪咪一把擒住了对方的手腕，然后冷静、准确地将他的关节拧脱了臼。接着，一直提心吊胆（除了我之外）地在周围旁观的人们一拥而上，将那个还在不停哭泣的家伙捆了个结结实实。

"现在我……我……我们该怎么办,头儿?"在为这家伙打了一针镇静剂,并且顺便给还没醒来的另外两名伤员也各自预防性地注射一针后,这里唯一的正牌军医朝蕾琪请示道,"目……目前的情况下,我能做的事非常有限,因……因……因为我们缺乏药物和医疗器械……"

"那我们就去有这些东西的地方! 第2分队,留在这里加强防御;直美,你负责指挥所有人,不要轻举妄动。""战争老鼠"的头头在这种时候下起命令来倒是一点儿也不含糊,"第1分队的人也留下一半。阿尔姆斯兄弟,你带十个人和我们一起护送伤员,所有失去意识的伤员放在3号车,死者放在4号车,每辆车再搭四个护卫,1号车负责开路,所有人带齐武器装备。还有,奈吉,你也和我们一起走。等到了医院里,我们需要你向那些专家报告情况。"

"但……但……但是头儿,如果这么做的话,上面的人就会知道在……在……在这里发生的事了,你不是说过我们应该保守……"

"我当然知道保密很重要,"蕾琪说道,"所以我们不会去旅部的野战医院。"

"你是说……"

"没错,我知道有些人的口风会更紧一些。"

第四章

怪物与无人的基地

1

"咪咪，你刚才到底是怎么做到那种事的？"

在我们重新坐上"战争老鼠"的装甲车，远离那处被诡异的巨树所环绕、散发着令人不安的气氛的地下世界入口后，我终于松了一口气，立即对坐在同一辆车上的咪咪提出了这个问题——当然，我之所以这么问，纯粹是为了更好地了解战友的个人能力，以便在未来的行动中更高效地和所有人协同作战，可不是因为害怕以后她会用这招对付我。真的！

"其实……那个也不难啦。"咪咪脱下发给她的头盔，抓挠着被汗水弄湿的乱发，"那个，怎么说呢？如果不想被子弹打中的话，只要避开它就是了……呜喵！"

"这不是废话吗？"在用指节敲了她脑门儿一下后，我抱怨道，"就算是那种民用型的手枪，子弹出膛速度也比音速要快吧？正常人……不对，就算是不正常的人，恐怕也避不开速度这么快的东西吧？何况只有那么几米的距离，根本不可能来得及反应。"

"这个嘛……呃……也是哦。那咪咪到底是怎么躲开的呢？"我们队里的这个四肢发达、动作敏捷，却好死不死没啥逻辑和文化的家伙因为她那糟糕的语言组织和表达能力而抓着脑袋傻笑着。老实说，对她而言，进行这种复杂的头脑运动恐怕比接连躲开迎面而来的子弹再制住可怜的马奇军士还要更有挑战性一点儿。"我觉得……那个，反正我就是躲开了。这不就行了吗？"

"所以你是感觉派的吗？"坐在装甲车后座上的蕾琪嘀咕道，"纯粹靠着瞎蒙躲过去？我听说过一些故事……"

"我认为应该不是。"驾驶座上的艾琳插话道，"咪咪恐怕确实是靠着观察和判断对方的行为躲开攻击的，只不过她在语言能力这块儿根本就只是个笨蛋，所以说不明白罢了。"

"哇啊啊！不准说咪咪是笨蛋——呜喵！疼疼疼！"咪咪正要发作，就被我、奥菲莉亚和可可一起死死地摁在了座位上——要是让她对着司机乱抓乱挠，那可不是开玩笑的。

"总之，她其实并不是闪避子弹，这是根本不可能的。她是在闪避枪管。只要观察能力足够好，能观察并把握住对方射击前的动作，在对方瞄准自己并开火前以最小的动作躲开射击并不困难——尤其是自卫手枪这种半自动枪械。更何况，因为基因工程的遗留影响，咪咪的动态视力和反应速度本来就比正常人快得多，只要稍微用点儿心，在一对一面对持枪的敌人时，完全可以做到万无一失地闪避；当然，像我这样有着……特殊天赋的人，大概也能做到这点。"我注意到，艾琳并没有说明自己的真实身份,这意味着她多半没有将关于我们的事对蕾琪和其他"战争老鼠"的人和盘托出。"普通人理论上也能这么做,但还是不如规规矩矩地找掩体还击比较好。"

"我想也是。"我点了点头。艾琳和咪咪的这种超规格身体能力当然不是想练就练得成的。

"不过话说回来,蕾琪中校,你刚才说,我们要去的医院不会走漏口风?这是什么意思?"

"没错,按照规定,所有军医院的诊断和治疗记录都要上交给其直属的指挥机构存档,不可能藏着掖着。"奥菲莉亚补充道,"就算医院里的人和你关系再好,也没法假装什么都没发生吧?"

"没错,所有'军医院'确实都会向上级提交报告,并且让我们陷入麻烦之中。但幸运的是,在这座城里,可不是只有联合军才有医院。"虽然没法透过面具看到她的表情,但我敢肯定,"战争老鼠"的头头刚才绝对露出了一丝得意的笑容,"前面下一个路口往右,艾琳军士,下下个路口继续往右,然后注意减速鸣笛——我可不希望把他们吓着。"

"明白。"艾琳答道,"不过,你刚才说的'他们'到底是何方神圣?我这两天可没听说过,这一带还有野战医院啊。"

"严格来说,那儿也不算是什么正儿八经的医院,但确实有还算充足的医疗设备和必要的医护人员,至少比咱们自己的要好得多。最重要的是,他们不受联合军的任何一个单位直接管辖。"蕾琪答道,"我们要去的地方是阿卡迪亚大学的临时研究基地。"

"哦,第零军团的地盘吗?"我听到奥菲莉亚哼了一声。

"第零军团",这是一个只有在阿卡迪亚岛,也就是目前联合军政府的首都所在地才能听到的绰号。而它所指代的对象,正是目前和谐星上规模最为庞大的高等学府(或者更准确地说,在这个荒凉的星球上,恐怕也只有他们一家还能担得起"高等学府"这么个称号了):阿卡迪亚大学。

作为一所雇员、学生和其他各种相关人员总数超过六万,在新阿卡迪亚城郊外硬生生盖起来的一座有着"小阿卡迪亚城"之称的特大号大学,阿卡迪亚大学的政治地位和待遇自然也是特大号的。靠着在联合军政府白蚁窝般盘根错节的中央官僚体系内的巨大影响力,它不但获得了与地方上的军团相当的高度自治权,而且行事作风也和各个军团一样,习惯于积极主动地(当然,按照他们的说法,纯粹是基于科学目的)干预各种各样的事务。说实话,考虑到"下尼尼微城的宝藏"这一传闻,这些伙计要是完全不打算来这儿插一手,反而比较奇怪。

"阿卡迪亚大学为了这次行动派出了超过六百人的代表团——有趣的是,他们最开始是以'过境'的名义和其他联合军部队一道'暂时进入'兰檀的。结果,当那次针对特别监察官阁下和她的随从们的袭击'意外'发生、并导致新尼尼微城里那帮子掌权的'和平派'不得不退让时,他们就很'凑巧'地得到了进入这里考察的机会。"蕾琪又轻轻地笑了一声。看来,和大多数严重缺乏政治神经的傻大粗义勇军相比,她起码还算是个聪明人,"代表团中,大约一半的人分别为各军团的前线指挥官们担任顾问、提供必要的技术指导,剩下的一半组成了两个考察分队,其中之一包含了一支医学院的医疗队,而这些考察队的负责人恰好是我的……呃……老相识,所以我们应该能向他们求助。"

老相识?话说以前伊斯坎德尔·罗蒙诺索夫倒是经常用这个词儿称呼那些阿卡迪亚的科技考古学和科学史专家来着。但像他那样的正牌历史学家倒也罢了,蕾琪这种整天在古代废墟里打滚的雇佣,呃不对,义勇军又是怎么认识这些寻常根本见不着的人物的?难道是因为她经常干的古董买卖吗?但就我所知,大学里日理万机、宵衣旰食的专家们(至少他们是这么自称的)可没那个空闲时间去亲自找义勇军收购战利品,而是更习惯让联络处(也就是所谓的"公会")作为中间人代劳。至少,在为全人类奋斗的这么些年里,除了目前下落不明的罗蒙诺索夫,我还从没亲眼见过第二个正儿八经的高级知识分子。

虽然我很想问问蕾琪,她到底是怎么认识那些个高档人物的,但话到嘴边,却莫名其妙地变了样子。"那个,说起来,大学的那些人是怎么保证自己的安全的呢?"不知为啥,我问出来的却是这么个问题,"在这种地方……"

"哦,明摆着的,他们雇了一些义勇军——反正大学的那帮人压根儿就不缺钱。我没记错的话,现在替他们站岗放哨的似乎是'灰色火焰',一支来自新桃花石斯坦的队伍。他们在那边据说还有点儿名气,只不过比不过我们'战争老鼠'就是了。"蕾琪想了一会儿,然后答道,"当然,这些家伙有点儿容易大惊小怪,在接近营地的时候,记住务必减速亮明身份,千万不要造成误会,我可不想看到我的车的装甲板被子弹给刮花掉。"

"恕我直言,恐怕你现在不需要担心这个了,头儿。"当载着我们的装甲车驶近一处设在街边的临时检查站时,艾琳摇了摇头,迅速踩下了刹车,"你刚才说的那些人……好像根本不在啊。"

2

作为训练有素、经验丰富的资深义勇军队伍，即便在带着多名伤员和死者的情况下，"战争老鼠"们仍然以极快的速度做好了战斗准备：当三辆装甲车在离那处由一辆六轮载重卡车和一排预制混凝土路障构成的检查站前五十米处停下后，除了负责在车上留守的人，所有人都立即拿上了武器，有序地离开了车厢与货舱，呈散兵战斗阵型分散在荒草丛生的街道两侧。超过一打自动步枪、霰弹枪、榴弹发射器和自行改造的能量武器的枪口有序地指向了不同方向，确保前方的街道上没有任何射击死角，而架在装甲车车顶的重机枪则会负责收拾掉那些更"硬"一点儿的目标。

如果是在街头话剧或者绘本故事里（咪咪就挺喜欢这种故事），在这种时候，多半会有一帮奇装异服、造型夸张、一看就知道坏得透顶的反派大喊着"死吧"或者"拿命来"这种愚蠢的台词，从各种犄角旮旯里跳出来朝我们开火，然后被我们这些正义之士瞬间轰杀成渣。但现实毕竟不是故事，没有人攻击我们，也没有陷阱被触发、没有遥控炸弹被引爆，甚至没有狙击手隔着老远一枪敲掉哪个倒霉蛋。总之，除了从远方零星传来的炮击声、发动机轰鸣声与仿佛迷路孤儿呜咽般的风声，这里静得简直让人心头发毛。

在我们所处的这条小巷的尽头、那处检查站的后方，就是阿卡迪亚大学特派团的临时基地了。基于他们一贯的奢侈做派（毕竟，当负责批准年度财政拨款的家伙有一大半都是你的校友时，节约根本就没有任何必要），这些家伙当然不屑于像我们这种身处鄙视链底端的穷光蛋一样住在四面漏风的帆布帐篷里；相反，他们直接用重型牵引车将一打带轮子的集装箱式营房拉进了旧尼尼微城。这些五颜六色的大箱子几乎占满了一整座曾经的社区公园，与同样数量的补给车一道构成了一座迷你小镇。而在原本曾经是篮球场的空地上，一个不久前刚刚涂好的巨大的"H"在昏暗的阳光下泛着骨白色的光泽——这块空地的全新用途不言而喻。

根据我对大学里的那些家伙的了解，在正常状况下，这地方应该像雨季泛滥的河床般永远流淌着喧哗的杂音——激烈的争论声、穷极无聊的家伙们荒腔走板的歌声、乱七八糟的闲聊声、说笑声和其他声音，而绝非像眼下这样一片死寂。

"我们怎么办？"在静待片刻却始终不见丝毫动静后，我问蕾琪，"撤退吗？还是向友邻部队求援？"

"战争老鼠"的头头思考了一阵子，然后给出了答案："不，继续前进！这里的情况有些过分不正常，我们有已经走进了埋伏圈的可能，现在撤退说不定会遭到暗中突袭，还不如先据守此地，弄清楚情况再说。A小队，跟我来！其他人掩护，招子放亮点儿！如果见到不明身份的家伙，先给一梭子再说！"

五名"战争老鼠"——两个背着额外火箭发射器的步枪手、

一名枪榴弹射手和两名手持大盾牌与战斗霰弹枪的突击队员
——迅速组成了两前三后的密集阵型,掩护着蕾琪奔向了空无
一人的检查站。出于谨慎,这些久经战阵的老兵动作麻利地钻
过了稀疏的铁丝网和棱角分明的混凝土路障,检查了那辆一侧
堆着沙袋的载重卡车和一旁的金属制闸门,最后,有人从地面上
捡起了什么东西。

"这是……头盔吗? 怎么弄成这样?"在从部下手中接过那
个半球状物体后,蕾琪将它举到面前,端详了一阵子,然后做出
了与我的第一印象相符的判断——没错,这确实是一顶头盔,或
者更准确地说,是联合军的凡-弗林特军工公司生产的标准型
M940型军用头盔。只不过,包裹在它外部的棕绳伪装网、迷彩帆
布头盔罩、泡沫内衬、悬挂带等全部有机质材料都已经不见了,
只剩下了由钢材构成的内层,而且就算是这剩下的部分,表面上
也莫名地出现了一些似乎是快速氧化所形成的锈迹。如果这东
西是在某个几十年没人光顾的犄角旮旯里被掏出来的,那么这
样子倒是不足为怪,但出现在这儿,就实在是让人很有种……不
对劲的感觉了。

"这里还有!"那名枪榴弹射手也从混凝土路障下的缝隙里
拨拉出了一小堆东西——那是一捧杂物,或者更准确地说,一捧
主要由塑料和金属小物件构成的破烂玩意儿,看起来很像是那
些四处疯跑的野孩子们会私兄里收藏的"宝物"。不过,在观察
片刻之后,我那种不对劲的感觉变得更强了:在这些杂物中,我
发现了锈蚀的金属皮带扣、疑似来自衬衣和大衣的塑料纽扣、军
靴的金属鞋带环、人工橡胶靴底和其他金属部件,以及带着腐蚀
痕迹的弹壳、断裂的刀具和枪支维护工具,甚至还有一根折断的
步枪通条。大多数金属制品上残留着显著的腐蚀痕迹,还有一

些甚至沾着……

"呜……好恶心,这是什么啊?"在捡起一块防弹护甲的复合纤维插板后,咪咪又立即把它扔到了一旁——不知为何,这东西上沾满了散发着刺鼻臭味的不知名黏液,看上去活像是被一整个旅的鼻涕虫刚刚光顾过。出于谨慎,我又重新观察了一圈周围环境,发现除了这东西之外,那辆卡车上、障碍物后和沙袋工事内侧也是印迹斑斑,空气中弥漫着一股淡淡的类似于油炸酸梅子(我以前真的吃到过这种诡异的料理)的糟糕味道,开始刺激得我的呼吸道黏膜一阵阵发疼。

最重要的是,我们没有发现任何一个人。没有活人,也没有尸体。

在打开架在路障和卡车之间的临时闸门后,三辆装甲运输车在雷琪的命令下以五千米每小时的低速开进了营地,大多数人则分散开来,在它们周围组成了标准的攻击—搜索队形。与入口处的检查站一样,临时基地内同样空无一人。我听到有人大着胆子喊了一声,但除了回声之外,没有得到任何答复。

救主领袖在上!这地方到底在搞啥啊?某种策划好的低俗吓人游戏吗?虽然我知道大学里那些家伙的行为方式通常都有些古怪,但搞这种低俗的恶作剧的可能性恐怕不大。那还能是什么?发生了危险的意外事故所以集体撤离?但为什么我们没有在公共通信频道上听到事故通报,而且这里的交通工具也都一辆没少?被敌人袭击了?但尸体又在哪儿?我可没听说过有哪帮打一枪换个地方的伙计会在战斗结束后带上上百具敌人的尸体,这除了严重拖慢行动速度之外毫无意义。

当然,在这些看上去都"不可能"的选项中,还是遭受敌人袭击的可能性相对高出那么一点儿:当进入营地后,我们注意到,在某些集装箱式营房的金属外墙、沙袋工事和车辆上，确实零星散布着弹孔与烧灼的痕迹，一部分地方甚至还有少量血迹——从后者干燥变色的程度判断，它们很可能是两三个钟头前才留下的。除此之外，我们在不止一个角落里发现了折断的刀具与棍棒，射击后留下的仍然散发着火药味的弹壳，甚至还有破片手雷爆炸后残留的零星弹片，火焰燃烧留下的焦痕也比比皆是。但无论是血迹还是这些痕迹，相对于这里原本的人数来说，都实在是过于稀疏了一些。

唯一无处不在的东西，只有那种滑溜溜的、散发着酸臭味道的半透明凝胶状物质。

"阿德，我……呃……我觉得很……很奇怪。"当所有人都在那三辆装甲车的掩护下进入这座迷你"鬼城"内部后，奥菲莉亚凑在我耳边，用微微发颤的语调小声说道——当然，在这种诡异的状况下，没人能感觉舒坦，就连一直待在相对安全的车上、紧抱着玩具熊爪爪的可可，也在车窗后不断发抖。但是，奥菲莉亚的情况却要更加……特别一些：她的目光四处逡巡、游移不定，呼吸也急促得可怕，满是雀斑的脸颊上泛起了一团团潮红，看上去不完全像是害怕，更像是躲在没人的角落里、准备向心上人献出初吻的小女孩。"我也不知道为什么，但我总觉得，那个……"

"别担心，觉得害怕是正常的。"恰巧听到我们对话的蕾琪说道，"适当的恐惧有利于保持警惕，至少可以减少你被人一刀插进后背的可能性。"

"不……那个……我也不是觉得害怕。"奥菲莉亚的脸彻底涨红了，甚至比之前面对着那座黑暗的地下入口时的反应还要剧烈。要不是明知情况肯定不是那样，我说不定会以为她终于鼓起勇气、打算向我告白了——呃，当然，这是开玩笑的！

"我只是……嗯……只是觉得脑子里有什么奇怪的感觉,觉得这儿的情况似乎……很熟悉。而且我总觉得,好像有什么很快就要发生……"

如果换成别人的话,大概会以为奥菲莉亚只是因为紧张而在胡言乱语,但我却立即意识到,情况恐怕未必如此——毕竟,按照罗蒙诺索夫那家伙的理论,在抵达旧尼尼微城之后,潜藏在奥菲莉亚脑子里的"那些东西"就随时有可能让她"回忆"起某些至关重要的线索,而现在似乎正是如此。

"你想起来什么了吗? 知不知道这里到底发生了什么事?"

"不,我只是有点儿感觉,"前特别监察官轻轻叹了口气,"只是感觉,仅此而已。"

"那么,"我想了几秒钟,才小心翼翼地问出了下一个问题,"按照你的这种感觉,这件'快要发生'的事儿,到底是不是坏事?"

奥菲莉亚想了一会儿,最后,她摇了摇头。

3

虽然奥菲莉亚的那种说不清道不明的"感觉"认为,待会儿"可能发生"在这地方的不是件坏事,但包括我们俩在内,所有人都能清楚地察觉到,已经发生在这地方的事绝对不简单:不仅哨塔、检查站、直升机起降场、物资堆栈和其他开阔地没有任何人影,当我们试着开启那些集装箱式营房时,看到的情况也并无什么不同——空无一人的营房内满是散落的文件、无人收捡的实验器材、零星的弹孔和灼痕、似乎是敲打和撞击留下的可疑凹痕,当然,还有那些无所不在的、散发着怪味的黏液。在检查了几处营房后,我们又注意到了另一个疑点:虽然各种贵重器材、枪支弹药乃至钞票(全都是用新阿卡迪亚的上等土地作为担保的"硬货")并没有丢失多少,但这里的全部存粮却都被席卷一空了。装满食品包装箱的卡车里只剩下了一堆凌乱的空箱子,作为临时食堂的帐篷也被洗劫得干干净净,而基地内充作厨房的野战炊事车更是没能幸免。

"看起来,无论'造访'这儿的那些家伙是何方神圣,他们肯定都非常……呃……注重口腹之欲。"在与奥菲莉亚、咪咪和几名"战争老鼠"一道进入一辆炊事车后,我打量着眼前的一片狼藉,然后捡起了离自己最近的一只空玻璃瓶,"瞧瞧这个,居然连调味用的番茄酱都给吞光了。这些浑蛋简直比饿着肚子的咪咪还要馋呢。"

"呜!阿德你好过分!咪咪不喜欢番茄酱!"

"但你平时不是都喜欢味道重的东西吗?每次吃便携式即食口粮的时候,你都说没有味道——"

"但咪咪不喜欢酸的东西嘛,醋和番茄酱都不喜欢。"咪咪嘟着嘴,很不高兴地回答,"咪咪喜欢的是麻辣口味啦,比如说……咦,这罐胡椒粉还在呢。"

"哦?还真是。"顺着咪咪指出的方向,我从一片狼藉中找出了那罐幸免于难的胡椒,把它揣了起来——不知为什么,那个(或者那群)诡异的造访者在翻箱倒柜之后,却放过了这玩意儿。

"盐和味精都在,醋也没动,不过所有食材、糖,甚至是大块一点的香料都不见了,"奥菲莉亚迅速检查了一下厨房里的其他东西,然后总结道,"对了,辣椒粉也在,看来那家伙的口味和咪咪恰好相反。"

"那说明他们肯定是坏人。"咪咪立即得出了结论……呃,不过我可不能赞同,毕竟,就算是像我这样货真价实的大好人,也不喜欢吃太过麻辣的食物。

但话说回来,这说明了什么呢?要是罗蒙诺索夫在这儿,肯定能说出些什么道道儿来。很显然,如果把营地里的那些人也算上的话,从这儿完全不见的东西几乎全都是能够被直接消化、转化成能量的有机物,换言之,是"能吃"的东西;而诸如枪支弹药、机械设备、日常工具,或者用玻璃瓶装的调味料这类没法直接入口的东西虽然也有些不见了,但消失的"优先度"相对并不高。仅此一点完全推断不出什么。

下一处被我们检查的集装箱式营房挂着"生物标本冷藏室"的醒目招牌，并通过粗大的电缆与一台移动式发电机挂车相连，后者所搭载的柴油发电机仍然"嗡嗡"地运转着，不由得让人联想起了一窝愤怒的马蜂。更重要的是，与那些被闯入过的营房不同，这只大金属箱子的门从内侧被闩得死死的，而且没有丝毫遭到闯入的痕迹——当然，这点儿小事压根儿难不倒"战争老鼠"的那帮砸门撬锁的老手，在一枚自制的小型锥形炸药的"说服"下，金属门闩连同门把和锁头一起被高能射流崩成了碎块，就这么光荣地退役了。

一股强烈的冷气如同拳头般扑面而来。

突然置身于低温环境之下的感觉并不好受，尤其是当你之前一直待在兰檀那闷热潮湿的空气中时。由于骤然的温度、湿度剧烈变化，人脑会出现一系列应激反应，导致头晕脑热、喷嚏连连、浑身发颤，从而在短时间内陷入反应迟钝、行动困难的状态——若非如此，爆豆似的枪声也不会在大门打开好几秒后才在我身边响起。

而直到所有人都停止射击时，对温度变化反应最敏感的我才刚刚擦干净了一脸的鼻涕眼泪，勉强看清了被他们当成靶子打的东西。

"救，救主领袖啊……"在看到那东西后，我不得不用力咬紧自己的下嘴唇，以此强迫自己不去扣动手中的战斗霰弹枪的扳机——在我前方不到五米的地方，一个两米高、三米宽、长相骇人的东西被固定在一地的锁链、尼龙索和其他拘束设备之中。虽然之前只在画质糟糕的录像上见过这种玩意儿一次，但我（当然，还有我身边的所有人）还是立即认出，这正是那些早些时候让进入地下的那支考察队伍全部失踪,然后又拥上地面袭击了"战争老鼠"的警备部队的怪物的同类。

这也是一头"阿拉克涅"。

由于"战争老鼠"们的二手摄像机糟糕的性能,我在之前的录像中只把这东西的外形看了个大概,而现在,我总算能近距离仔细打量这东西了:虽然远远看去,它的下半身很像是蜘蛛的形状,但事实上,这家伙并没有真正的蜘蛛那么巨大的腹部,也没有外骨骼。一截细长的、看上去像是被极度拉伸的骨盆的结构在它脊椎的下方扩张成类似蘑菇伞盖的形状,并且延伸出类似于昆虫附肢的结构。当然,说实话,即使这家伙的下体并不像我想象中的那么类似于节肢动物,但这副尊容仍然足以让人心生寒意。

不过,真正让人感到惧怕的还是它(或者是他? 不,我不会承认这种东西与人有任何关系的)的上半身——以前有人曾经说过,对于绝大多数人而言,真正令他们恐惧的并不是完全"不像人"的东西,而是与他们有着诸多相似之处,但在关键部位却格外扎眼地截然不同的存在。这只"阿拉克涅"的上半身正符合这一标准:它不但有着绝对大小和相对比例均与成年人类相仿的躯干、颈部和头部,也有着结构非常类似的手臂,但这些身体结构却全都覆盖着一层人类绝不可能拥有的、闪烁着金属光泽的漆黑甲壳。在这"人类"半身的肩部,四条覆甲的手臂从两处肩关节上对称地伸出,让它看上去如同传说中的时母女神,而在由层叠的甲片包裹的颈部之上,则是一张仿佛来自地狱深渊的脸。

"啧啧,不得不说,这东西确实挺可怕的。"在听到枪声后,蕾琪与其他那些原本在别处搜索的人也匆匆赶到了这里。

　　"看看这儿，这应该是眼睛没错，但像这样昆虫式的凸出复眼几乎可以做到三百六十度无死角观察，甚至连头顶的袭击也能看到。要是我没猜错的话，它多半也有多光谱成像能力。这鼻孔的结构比人类的要复杂，鼻腔和呼吸道都更粗，而且还有一层位于鼻腔内的滤膜，这大概是为了更有效率地呼吸，同时过滤掉空气中的危险成分，""战争老鼠"们的指挥官一边用一把刺刀翻弄着那具被锁住的尸体，一边做着非常专业的发言，看上去简直完全不逊于大学里的专业人士，"还有，这些甲壳。它们显然是由表皮层特化产生的，像这样从边缘剥开的话，就能直接看到创口下的真皮层。但是，它们的硬度和韧性显然超出了我们的单兵防弹甲——看看这些凹痕。你们刚才的近距离射击几乎没有对它造成有效的伤害。"

　　"怪……怪……怪不得那时候冲出来的那些家伙那……那……那么难对付，可以顶着我们的直射火力坚持那么久。"慌慌张张地推开了其他人、挤到我们身边的奈吉插话道——呃，这位本该留在车上的军医是什么时候跑过来的？算了，现在考虑这个也没啥意义。"还有，请看这儿，"他一脸兴奋地拉起了"阿拉克涅"的胳膊之一，"这……这……这些手臂都……都发生了不同程度的变异，两对手臂中，有一对演化成了武器的形状——我猜，它……它们可能是用肌肉和结缔组织形成的储气囊控制压……压……压缩空气发……发射那种活体弹药的，整个掌部都变成了类似枪口的结构，而弹药平……平时应该就在这里，与宿主共生。"他将那支已经僵硬的手臂抬起，碰了碰位于上臂根部的一处囊状结构。

　　"而在另一对手臂上，仍然保留了可以对握的手指结构——而且有两根拇指和更灵活的关节，这对于操纵复杂工具而言倒是非常方便。"雷琪点了点头,"总之,这东西肯定不是自然演化产生的生物,而更像是人为设计出的活体战争工具,就像是……嗯……"

"就像是傀儡和异兽那样。"我替她说出了这两个词。

那种不祥的感觉变得更加强烈了。

"你们觉得,是这东西造成了这里的……呃……反常状况吗?"我问道。

"我……我不是很清楚,"奈吉摇头道,"不过我估计,这……这……这具尸体在这里起……起码冻了有一两天了。大学的那……那……那些家伙很可能知道一些我们不知道的事儿。"

"没错,我们最好找找看,这里到底有没有什么文件或者记录之类的留下,"雷琪接着说道,"要是这些浑小子真的提前知道了这档子破事儿,却瞒着不告诉我们,我以后一定要……谁?"

"别别别别开枪!各各各各位饶饶饶饶命啊!"随着通往这座储藏标本的移动冷库更内侧的门突然打开,一个头发、眉毛和胡须上都挂满了白霜,被冻得直哆嗦的瘦弱男人连滚带爬地从里面钻了出来,在他身后,还有一个人裹着好几层毛毯,像胎儿一样蜷缩在几头被冻硬了的异兽标本之间。

"这家伙看上去不像是大学的人,头儿。也不像是他们雇的义勇军。"一名"战争老鼠"瞥了这个浑身发抖、语无伦次的家伙一眼,然后得出了初步结论——当然,我对这结论倒是没什么异议。这个瘦弱的家伙身上既没穿阿卡迪亚大学的专家或者雇员的制服,也没佩戴大学的工作证,而且瞧起来呆头呆脑、一脸蠢相,怎么看也不像是大学的人,最重要的是,我认识这个人。

因为,这家伙姑且也算是曾经与我一道出生入死的战友们中的一个,只不过,他是我最不急着找到的那个就是了。

"咦,德尔塔先生,你怎么跑这里来啦?"在我来得及开口之前,咪咪先替我问出了这个问题,"这么冷的地方,会冻感冒的吧?"

4

　　"哎呀呀呀是你！谢天谢地感谢仁慈的救主领袖!"

　　或许是脑子被这里的低温冻得迟钝了的关系,在瞪着那对小小的眼睛、打量了我们好一阵子之后,德尔塔总算是认出了咪咪,并且像找到了饲主的狗一样扑了过去,颤抖着抱住了她的大腿,"能能能见到你真是太好了！我就知道你们不会抛弃我！你们是来救我的,对不对?"

　　"喂,你手放哪儿呢?"虽然咪咪没什么反应,但我还是很不满意地把这个有着严重的占便宜嫌疑的家伙踹到了一旁。毕竟,平时像我这种心地纯洁的人和咪咪她们亲密接触倒也罢了,这家伙这么做可绝对有问题!"还有,我们之前完全不知道你会在这儿。在被传送到城里之后,只有可可和奥菲莉亚与我在一起……哎,对了,那边的是平娜吗?"

　　"没错,是她,"奥菲莉亚走过去看了看,"她看上去……应该没什么大碍。"

　　"严格来说,可……可能体温有点低,而且意识不清醒——这……这大概是长期处于低温状态下造成的,但……但……但不算什么问题，"结结巴巴的奈吉军医立即凑上去进行了初步检查，"看样子，她之前应该是头被撞到了。但只……只要休息一会儿，就应该不会有什么大碍。"

好吧，至少这算是个说得过去的好消息——纵然我也不是很喜欢平娜，但她起码和我还有过一段交情。

"你、你你你刚才说你们不是来救我们的？"就在我还想多问问平娜的情况时，德尔塔居然又朝着我靠了过来。话说这家伙就这么不知道看气氛的吗？

"你们难道不知道这里发生了什么事吗？"

"你觉得我们像是知道吗？"我反问道。

"这……不不不，怎么你们什么都不知道还来了这儿，这外面就根本不安全！你们知不知道……算了。"德尔塔像一只活着被扔进蒸锅的螃蟹一样焦躁地扭动着身体，显得坐立难安。当然，我知道这家伙就是一个靠不住的胆小鬼，但他能紧张成这样，多半还是意味着这儿的状况确实有些不妙。"我们都死定了！死定了！死——"

"你小子咒谁死呢？"我朝这浑球儿吼了回去，"到底发生了什么事？你倒是说啊！"

"我们是昨天出现在这地方的，我和平娜上尉都不知道发生了什么事，但我们就是被扔到了这儿。"德尔塔紧张地舔着嘴唇，勉强挤出了几句有用的信息，"大学里的人对我们很感兴趣，就劝我们留在这里接受观察。我们也没别的地方可以去，于是就同意了。"

"然后呢？"

"直到今天中午之前，一切都好得很。因为大学的专家建议我们最好安静地留在室内，所以我一直没出过他们为我安排的营房,也不知道他们都在干什么,"德尔塔说道,"到了下午的时候,外面突然乱了起来,有东西……怪物,魔鬼,反正就是这一类的,突然冲进了营地里。我听他们说,与外部的联系完全断了,而且那些东西来得很快,大多数人被打了个措手不及……上尉说我们必须先躲起来,但我们刚离开营房,就有什么东西被炸飞了过来,正好砸在了她脑门儿上……不行,我们没空说这个了!赶紧走!或者叫正规军来支援!你们不知道那些东西有多可怕!明白吗?我们都会死的!"

"这家伙至少有一点没说错,我们应该尽快求援。"我看了看蕾琪,"虽然我知道,贸然卷进深不见底的秘密里通常意味着危险,但既然这事儿已经闹得这么大了,我们最好还是……"

"我也同意这么做,唯一的问题是,做不到。"蕾琪叹了口气,"刚才我已经指示装甲车上的留守小组联系其他分队以及各旅指挥部了,但没有得到任何答复。"

"什么?"

"我们的对外通信遭到了干扰,非常彻底的干扰。"

第五章

困境与绝望

1

虽然听上去有点儿不可思议,但事实上,无论是联合军正规部队还是像我这样的义勇军,都严重缺乏对抗通信干扰的设备与技术手段——当然,仔细想想的话,这倒也不奇怪。在大崩溃和旧邦联的星际文明落幕之后,和谐星的人们曾经过了近八百年基本上还算和谐的日子,顶多只发生过一些规模不大的地域性小冲突;而在傀儡们现世之后,虽然大半个大陆都沦为了战场,但这类技术仍然没有发展起来。

当然,我的老伙计伊斯坎德尔·罗蒙诺索夫之前曾经对我们解释过这一状况产生的原因:由于他们被创造出来时的"用途"限定,这些拥有人类外形的战争兵器不仅很少使用视距外的攻击手段——尤其是制导武器,也几乎从不对敌方的无线通信进行干扰或者窃听。当然,据说在傀儡们所盘踞的腹地,尤其是他们最初出现的地点——也就是目前被称为福波斯尼亚与戴莫斯维尔的巨大地下坑洞——周围,一切通信手段都会失效,但在战场上,影响我们的通信的通常只有糟糕的气候、地形问题或者机械故障。自然,我们也不可能去刻意研究反制通信干扰的技术。在平时,这倒是没什么问题,但现在……

恕我直言,除了认栽之外,我们确实没有什么别的办法。

"发射信号弹,马上! 贝克尔,你带三个兄弟,带上无线电分头离开,不要坐车,用走的! 一旦脱离干扰区,就立即求救,如果遇到敌人,尽可能避免无意义的接触,不要交火!"就我所知,许多正规部队指挥官在这种状况下会乱作一团,他们要么会像白痴一样坐在那儿等待指示,要么会像傻瓜一样胡乱下达自相矛盾的命令,但像蕾琪这样见多了各种场面的资深义勇军(当然,也包括我)却能立即随机应变,做出此时此刻最合理的决定。

虽然除了通信断绝(外加德尔塔语无伦次的哭号)外,这一带暂时还看不出什么危险迫近的蛛丝马迹,但每一个还能动弹的人都立即开始了行动:代表遇险的两发绿色和一发红色信号弹很快便升腾上了铅云低垂的天空,而负责求援的小队也很快消失在了周围的街区之中。接着,我们开始离开这座简直能活活冻死人的冷藏库,开始向装甲车停靠的位置快步走去……至少我一开始是打算这么做的。

但蕾琪从身后叫住了我。

"战争老鼠"的头头指了指刚刚接受了奈吉的应急处理、正昏昏沉沉地靠着冷藏库大门坐起身来的平娜,"阿德南先生,你的这位朋友好像还不太方便自己走路,不介意来搭把手吧?"

"乐意之至!"作为一名素来坚持尊重女性的绅士,我立即毫无怨言地揽下了这一重任,并朝平娜伸出了一只胳膊。后者的反应则是猛地打了个喷嚏,同时用仿佛不认识我的困惑目光死死地瞪着我。

　　"喂,你怎么了? 是不是还有哪里不舒服?"见她迟迟没有抓住我伸出的手,我反而觉得有些不知所措,"是不是……呀啊!"

　　平娜不但没有抓住我向她伸去的那只手,反而高高举起了她的那只金属义肢,竭尽全力朝着我挥了过来。

　　嗯?

　　她这是要干啥?

2

　　说来有些可笑，当那只银光闪闪的金属臂带着强烈的杀意照着我抡过来时，我还在下意识地思忖着她这么做的缘故——难道我的这位老相识终于烦透了我这个不断把她拽进一个又一个全新的麻烦里的倒霉家伙，所以决定在这里和我做个了断？或者她也像之前那个突然暴起攻击其他人的家伙一样，是因为被那什么鬼玩意儿里的毒剂破坏了认知能力才这么干的？不，不对……德尔塔那家伙说了，她只是在混乱中被撞伤了头而已，似乎不太可能是因为这个……

　　就在我还一头雾水地傻站着寻思时，平娜的金属义肢以毫厘之差掠过了我的眼前，并击中了某个位于我天灵盖后方的东西。一阵电火花"噼里啪啦"地在我脑后炸开，我下意识地惊叫了一声，然后蜷起了身子——当然，这样的反应完全是出于我长期锻炼出来的自我保护本能，与"怯懦"这个词儿可是一点儿关系也没有。

　　毕竟，要想更好地为了人类文明的明天而奋斗，时刻注意保护自己以便在未来能有机会继续消灭敌人，也是很重要的。

不过话说回来，多谢了罗蒙诺索夫老兄前些日子的改装，平娜的机械义肢已经完全变成了一件强力武器——在被装在义肢手背部位的电击器发出的电弧击中后，那个位于我脑袋后面的家伙扭动了一下，随即伴着一阵刺鼻的焦臭味砸在了冷藏室的地板上。第一眼看到它时，我以为这是一条蛇，但它的身体并不像蛇那样鳞甲分明，而是一截仿佛水晶毛虫、不断蠕动着的半透明凝胶状物体。

夭寿啦！这又是什么鬼玩意儿啊！

"无论这到底是什么，但明摆着不是啥好东西。"或许是猜到了我的想法，蕾琪说道。

"那里还有！"一名"战争老鼠"警觉地举起战斗霰弹枪，朝着冷藏库大门的方向就是一个两发连射。接着，一大团被霰弹撕得粉碎的半透明东西在"哗啦啦"的声响中砸在了覆冰的地板上。但还没等他来得及松一口气，在他身后，本该空无一物的空间便已经以奇怪的方式扭曲了起来。

"你后面！当心后面！"

虽然得到了提醒，但那名"战争老鼠"仍然没能逃过厄运：一条半透明触手沿着冷藏库的天花板悄无声息地伸到他身后，它的尖端在极为短暂的时间内就变形成了锋锐的针状，并猛地刺进了他的头盔与躯体护甲之间的空隙，穿透了他的第一处颈椎关节。

然后……好吧，也没什么然后了。虽然我不知道那"针"上到底有没有毒剂或者类似的玩意儿，但对于我们这种脊椎动物而言，脊椎的关键部位哪怕只是在物理上被精准破坏也是没得救的。在一阵惊叫声中，那个可怜的男人像是断线的提线玩偶一样倒了下去。唯一差可告慰的是，就在他中招的同时，蕾琪拔出了一支来自傀儡们的兵工厂的激光手枪,用一发最大功率的射击替他报了仇。

但不幸的是,这事显然还没结束。

"这边! 我这边还有!"

"这里也是! 喔噢噢噢——我的脚! 我的脚啊!"

"这是什么东西? 算了,干掉它们!"

"救主领袖他老娘啊! 这都是什么鬼——"

混乱的呼喊声、射击声和扭打挣扎声几乎同时在这座空荡荡的基地的各个位置响起。很快,火焰喷射器令人心悸的嘶鸣与重机枪那充满重金属味的咆哮也加入了这场从头到尾都彻底乱了套的大合奏。但目前的我们可没空管这事儿——就在杀死那个倒霉伙计的半透明触手被蕾琪烤得外焦里煳后不到两秒钟,至少两位数的这种玩意儿从冷藏库开启的大门,甚至是从位于天花板角落的通风口格栅里争先恐后地钻了进来。虽然早已有了准备的我们立即抄起手头一切能用的家伙开始还击,但这些鬼东西仍然不断地出现。当前面的那些被子弹、霰弹和能量束撕碎烤焦后,后面就又会冒出更多的来,看上去活像是古地球传说中的九头蛇。

或许是由于过度紧张,我记不太清这场拉锯战到底持续了多久——也许只有几十秒,但也可能有好几分钟。总之,在肾上腺素和内啡肽的双重刺激下,我只是机械地瞄准那些离我最近、最可能要了我的命的玩意儿,扣动扳机,重新装填武器,直到再也没有扭动着的凝胶状物体朝我凑过来为止。而直到这时,大口大口喘着气儿的我才注意到,在我们脚边,那些半透明的碎块已经堆积了一寸多厚,而冷冽的空气中更是充满了仿佛酸醋泡杨梅般令人作呕的味道。

　　当然,我们并没有停下来喘息,更没有时间像故事书里的主角那样相互拥抱、大肆庆祝——在营地的其他地方,分头行动的"战争老鼠"们仍然在这些诡异的东西的攻击下为了自己的生命而战。我们花费了不少工夫才把他们挨个儿营救出来:包括那个在冷库内中招的伙计在内,总共有三个人被这些扯淡玩意儿撂倒。好在,剩下的人还是成功地集结在了一起,并撤退到了不远处的简易直升机停机坪上。

　　作为阿卡迪亚大学代表团临时基地内面积最大的一片空地,自打进入之后,我们的三辆半履带式装甲运兵车——它们现在是我们手中最强大的武器——便停在了直升机停机坪的中央,构成了一个简单的三角防御阵型。当然,作为被正规部队当废铁出售回笼资金的二手货,这些玩意儿的防御能力其实相当有限,顶多只能抵挡抵挡小口径枪弹、弹片或者怒气冲冲的乡下人扔出来的死猫与烂番茄,但当知道自己的面前最起码有那么一层装甲板保护后,我还是不由自主地松了一口气。

　　在一次不成功的试探性攻击被装甲车上的机枪火力打退之后,那些四处乱窜、像成群毒蛇般攻击我们的触手状物体暂时退出了我们的火力射界,硝烟和浓烈酸味共同弥漫的基地内出现了短暂的平静。

　　"阿德南先生,那……那到底是什么东西?"在伤亡人员被清点完毕,临时防线也被我们用手边能找到的一切杂物构筑了起来之后,奥菲莉亚终于问出了这个姗姗来迟的问题。

　　"我怎么知道? 你之前不是说,你的直觉觉得,这里要发生的'不是坏事'吗?"虽然在绝大多数时候,我的修养都让我能够保持心平气和的态度来待人,但由于仍在我的血液里奔涌的肾上腺素的影响,我的回答也变得略微粗暴了一些,"这就是所谓的'不是坏事'?"

"呜……我也觉得很奇怪呢，"奥菲莉亚沮丧地歪着脑袋，一副快要哭出来的样子，"刚才被袭击的时候，我就一直有一种奇怪的感觉，一种……呃，既像是开心，又像是兴奋的感觉。我……我真的不想承认这点，但事实就是这样。我觉得那些……怪物，它们并不是敌人，反而是我的朋友。我觉得我不应该伤害它们，所有人都不应该……"

"这……"被奥菲莉亚这么一说，我这才模模糊糊地意识到，在那些既像是蛇和蠕虫、又像是触手的半透明杀人怪物之中，似乎没有一只主动攻击过奥菲莉亚。难道她真和这些东西有什么关系？

"阿德南先生，也许我不该这么说。但我觉得，我最好还是离大家远一点儿，现在就走。"见我没有答话，奥菲莉亚用更加微弱、也颤抖得更厉害的声音说道，"我觉得我就像是个叛徒，是你们的敌人。也许那些东西都是因为我才出现在这里……"

"不，"蕾琪突然插了进来，"我觉得不是。"

咦？话说我们的对话都被这家伙听到了吗？不过现在也不是思考这个的时候了。

"为什么?"

"因为这些东西早就在这儿了，只是我们没想到而已。"蕾琪答道。

3

"抱歉，但我还是有些不太明白。"在听了蕾琪的答案之后，我仔细地思考了几秒钟，但最后还是摇了摇头——自打进入这座迷你"鬼城"之后，我们几乎什么都没发现：没有活人、没有尸体、没有敌人，除了……

"呃，等等，难道你指的是——"

"没错，看来你还没我想象的那么迟钝嘛。"我们的指挥官调整了一下呼吸面罩下方的气阀，"它们恐怕就是那些无处不在的黏液。或者说，那些黏液变成了那些东西。这不是明摆着的吗？"

我点了点头。确实，自从我们遭袭之后，一路上无论是地面、营房墙壁还是别的地方，那些散发着令人厌恶的酸味的黏稠物质似乎都大大减少了。除此之外，无论是那些鬼东西的半透明色泽还是它们闻起来十分糟糕的味道，也都和那些物质几乎一模一样。

"但这到底是怎么回事？我以前从没听说过这样的东西。"

"这个嘛，我倒是对这类事物略知一二。我的一位老……

呃,老朋友对古代的生物技术有所研究,他告诉过我,在黄金时代,人类曾经培育出过一类变形单细胞聚合体生物,并以幻想故事中的怪物名称将它们命名为'史莱姆'。"蕾琪一边用指节轻敲着头盔的目镜一边解释道,"这种生物的基因原型来自古代地球上的黏菌,但经过了大幅度的改造和重塑,产生了极为特殊的遗传性状。在作为单独个体时,它们只是一些类似鞭毛虫的、具有有限感知力的无害原生生物,但只要聚集成大群,就可以根据接收的指令——通常是通过化学信号方式传达的——进行变形,形成更加复杂的'超级个体'。由于最初的史莱姆们被用于在复杂环境中吞食和回收危险废料或者有机污染物,因此它们也得到了一个'清道夫'的名号。"

"这名号还真够没创意的。"正用完好的手浸湿毛巾、小心地擦拭因为砸烂了一大堆那种脏兮兮的玩意儿而散发酸臭味的金属义肢的平娜评论道。或许是因为奈吉中尉的应急处理,但更可能是由于之前的激烈搏杀的"热身"效果,她现在看上去已经完全恢复了精神,又变回了过去我熟悉的那个精力充沛、挑剔而好斗的联络处军官了。

"所以说,之前攻陷了整个基地,害得所有人消失的就是这些史……啊不对,这些清什么的鬼东西咯?"咪咪问道。

"不,"平娜和德尔塔异口同声地说道,"绝对不是!那时候袭击基地的并不只有这些东西。还有别的、更可怕的家伙。"

什么?居然还有别的家伙吗?

呃,仔细想想,他们给出的答案倒也并不算太意外——虽然这些又黏又臭的家伙可以伪装成人畜无害的样子,然后趁着目标不注意时发起突袭,但它们的正面战斗能力毕竟非常有限。就算是只装备了轻武器,而且还被打了个措手不及的我们,也成功地抵挡住了这些"清道夫"的袭击。就算被大学的那些家伙雇来当保镖的那帮义勇军再无能(虽然他们多半确实不如我们这么训练有素、临危不惧),恐怕也不会被如此轻易地拿下,而眼下这种规模和等级的通信干扰,就更不是区区一团黏糊糊的恶臭玩意儿能做到的了。

不过,当我们打算进一步问出"别的家伙"到底是谁时,德尔塔和平娜却没能给出清楚的答案——他们自打出现在旧尼尼微城后,就一直被大学的那些家伙秘密"隔离观察",甚至连自己的确切位置都不清楚,而当他们意识到不对,仓促躲进那处冷藏库避难时,也没来得及仔细地观察周围的情况。当然,更重要的是,这两位的语言表达能力也……略微有那么点儿不尽如人意。在连说带比画了好半天之后,我也只从他们那儿得到了为数寥寥的有效信息:首先,"别的家伙"有好几个不同的种类,其中似乎包括了先前在地下通道出口与"战争老鼠"们交火,并且不知何时被大学的人捕获了一只的"阿拉克涅";其次,它们全都持有某种武器或者长着武器化肢体,而且某些身体部位的形态特征多少与人类相似;而最后一点则是,这些家伙似乎无法沟通也难以交流,它们存在的唯一目的仿佛就是消灭人类,仅此而已。

这还真是有够糟糕的。

虽然自打我们退守到停机坪上后,那些滑溜溜、臭烘烘的半透明玩意儿就没再主动来找过麻烦,但这并不意味着我们就可以高枕无忧了。在分头逃离基地之后,前去求援的小队就再也没有回音,而无论我们尝试更换多少个频道,无线电通信都完全没有恢复正常的迹象。射上天空的信号弹也没能得到任何回应。更糟糕的是,随着天色逐渐变暗,一层浓重的雾气如同深灰色的裹尸布般从旧尼尼微城内四通八达的运河中悄然腾起，开始随着冰冷的晚风四处扩散。大量在空气中凝结悬浮的细微水滴构成了一道沉重的帷帐，让我们完全看不清哪怕三十米外的景象。即便打开装甲车的前灯，白金色的光柱也很快便会散射成模糊混沌的一团，没法起到多少作用，而我们那本就可怜的战术手电和头盔上的战术灯就更不消说了。

最让我们感到不安的还是四周传来的声音：当暮色降临，雾气开始弥漫后，城市中原本稀稀落落的炮击声和零星交火声突然开始变得密集了起来。虽然浓雾影响了我们的视野，但在不止一个方向上，我们都看到了腾上天空的彩色曳光弹，以及地面燃起的熊熊大火的红光。柱状的浓烟在风中四处翻卷，让湿漉漉的空气带上了一股令人喉咙发痒的呛人烟味。虽然没人知道具体情况到底如何，但作为资深的义勇军成员，我们对恶劣局面的判断能力完全不下于鱼对水温和水压的感知能力。当一架拖曳着橘红色火焰的"蜉蝣"攻击机摇晃着掠过我们的头顶，并在层层云雾后变成一道闪亮的白光、一片纷纷扬扬落下的炽热碎片雨时，我们更是进一步确认了这一点。

无论如何，我们，哦不对，应该是全城的联合军都有大麻烦了。

或许是等待本身太过难熬的缘故，当一群散发着不祥气息的身影出现在那些集装箱式营房之间时，我居然有了种如释重负的轻松感——虽然因为四合的雾障，我没法精确地判断对方的数量，但从钝重的脚步声、细长的昆虫状节肢爬行时的窸窣声，以及黏稠的胶状物质快速滑过坚固表面所发出的令人作呕的"咕噜"声判断，这些姗姗来迟的"访客"数量绝对不少。虽然在几个月前，我也曾经在大陆北方的阿尔-萨尔特丘陵中遇到过颇为类似的状况,但在那时,我起码还有"走为上二号"这件大杀器在背后撑腰,而现在……

算了,事到如今,想那么多也没什么用。

打就是了。

4

"呜哦哦哦——"

"呜喵啊啊啊——"

在重机枪、战斗霰弹枪、突击步枪、小口径冲锋枪和火焰喷射器射击发出的色彩纷呈的炽热光芒中，我和咪咪一边拼命地开火，一边声嘶力竭地吼叫着——好吧，单从理论上讲，这种做法是严重违背《联合军战术操典》的（就算不看奥菲莉亚怒火冲冲的表情，我也能确认这点），也不太有助于提高我们的生存概率。毕竟，在战斗中无意义地大呼小叫有可能导致听不清指令，或者让自己的位置更容易暴露。但是，包括我俩在内，有不少人都有着在战斗高潮中大呼小叫的习惯。

尤其是在进行这种"固守战位"式的典型静态防御作战时。

与刹那之间决定生死的近身混斗或者列队对敌方阵地发起冲锋不同，依托固定工事实施的静态防御作战是一种既令人紧张也颇为无聊的战斗。在这样的战斗中，你能做的只有待在掩体之后（假如有的话），朝着任何正在朝你开火或者试图接近你，又或者同时正在做着这两件破事的家伙扣动扳机，同时祈祷地

106

心引力、风向和那家伙的坏运气能让枪子儿恰好能在他的颅骨上开出一大一小两个洞来。如果你所在的防御方的人数寥寥无几，而要防守的阵地却相对足够大的话，这种作战通常会演化成颇有意思的"捉迷藏"——你可以时不时地更换位置、调整射界、躲避对方的还击，甚至用各种小手段欺骗对手。但是，如果你被迫和大队人马共同驻守一处非常狭窄的阵地，只能待在一两处固定的掩体后与敌人对射，情况可就完全另当别论了。

毕竟，在这样的情况下，你的战斗技巧、经验和智商（我有信心在这三项上超过绝大多数我的战友或者敌手）并不是你能否生存下来的首要因素，运气才是。我曾经不止一次见到那些有着几十上百次险死还生经历的老兵在这种没什么难度的战斗中被流弹、打偏的能量束，甚至是来路不明的碎屑击中要害，就这么以毫无波澜也完全和戏剧性无缘的方式从人生舞台上匆匆退场。也唯有在这种时候，像我这样的人会感到深切的恐惧——这是来自无法决定自己命运的无力感的恐惧。

为了克服这种恐惧，我们自然会想着做点儿什么，哪怕这么做在客观上会让我们本就不安全的处境变得更加危险那么一点儿也罢。当我们还在"华美号"上闲得无聊时，罗蒙诺索夫就曾对我们讲过燧发枪时代的战争——当古代的士兵们因为技术水平和组织能力的限制，只能排成线列或者方阵前进，与对方进行"平等"的对射时，激昂的口令和军乐的鼓舞通常被认为是维系斗志必不可少的措施。作为预算常常吃紧的义勇军，我们自然是养不起乐队也没那个闲工夫去学什么演奏的，于是，更廉价一点儿的叫骂和调侃就变成了非常不错的选择。

"喂！混账丑八怪！想来咬我吗？"

"凑近点儿，你们这些窝囊废！爷爷我请你们尝尝这个！呀哈——"

"呀啊啊啊——来啊！你们谁还想吃枪子儿？你？你？你吗？还是你小子？"

"干掉了三个！四个！呜喵！干掉五个！然后是第——阿德，当心！"就在咪咪准备宣布新的战果时，她突然低呼了一声，同时以我的双眼完全无从看清的速度伸出手来，抓住了一支只差几厘米就会戳进我的鼻梁的细长"箭矢"。在被抓住后，这支活体弹药由软组织构成的后半部分仍在拼命挣扎，同时发出一阵阵细碎的、令人恶心的"唧唧"声。白浊的液体不断从"箭头"的中空结构中喷出，吓得我连忙后退了一步。

咪咪立即将它扔在地上，踩死了它。

在几米之外的另一堆临时掩体后，另一位伙计可就没这么幸运了——这个刚才还在大声质问对方"想来咬我吗？"的男人与我一样身处于一支这种活体弹药的飞行抛物线终点，而不幸的是，他身边没有咪咪这种靠谱的队友能在最后一刻为他创造奇迹。那支丑陋的小玩意儿贴着他的肩甲边缘直接扎进了他的锁骨，并在一眨眼的工夫里将里面那些糟糕的"货物"全注射了进去。

"抱……抱……抱歉啦老兄，这也是没办法啊。"在跑过去替这位不幸中招的仁兄拔掉那东西，包扎住伤口后，奈吉立即按照对付之前那几位伤员的法子给他来了一针大剂量镇静剂，让他瘫倒在了一旁——在这种要命的节骨眼儿上，我们可禁不起有人在自己的阵地里精神失常、胡乱折腾。

让我们感到差可告慰的是，那些攻击我们的家伙付出了比我们惨重得多的代价——刚才这批攻上来的浑蛋包括了四只"阿拉克涅"、好几打蠕虫状的"清道夫"，以及六七个侏儒般的小怪物。这些侏儒的身高只有八九岁孩童的水平,也依稀带着些人类的相貌特征,却有着发达得如同古地球上早已灭绝的、被称为长臂猿的灵长动物般的强壮肢体。这些家伙粗壮的前臂事实上担负着腿的功能,既能在房屋边缘或者树顶上灵活晃荡,也能像走禽那样在地面上短距离疾奔,而本该是腿的后肢却长成了类似手臂的结构,用于操纵各种各样的武器装备。

与只会用"针"戳刺对手的"清道夫",以及主要凭着自己武器化肢体战斗的"阿拉克涅"不同,这些浑小子十八般兵器精通大半:在朝我们冲来的这些小怪物的"手"上,我发现了从军官用的袖珍手枪到30毫米单兵榴弹发射器在内的各种联合军制式武器,而傀儡的步兵们经常使用的激光卡宾枪、"撕裂者"战斗手枪和轻型能量束切割炬也应有尽有,天知道它们到底是从什么地方捡来的。更重要的是,这些小畜生显然很清楚应该如何使用自己手里的家伙。就我所见,虽然它们在瞄准射击方面或许还得多练练,但开保险和扣扳机的活儿已经很是轻车熟路了。

但要灭了我们,这可还远远不够。

怪物们发起的头一波试探性冲锋以完全的失败告终:大堆大堆的"清道夫"压根儿没碰到我们就被枪榴弹的高爆弹头崩得稀烂,与地面上的潮湿烂泥混成一团,然后又被单兵火焰喷射器和临时用空烧瓶做成的汽油弹点燃烧烤;浑身披甲的"阿拉克涅"活得更久一些,却也抵挡不住重机枪发射的穿甲弹火力,最终不是被迫后撤,就是被打得千疮百孔后重重地栽倒在地;而那些长臂猿似的小怪物们在和我们的对射中也没讨到多少便宜。第二次相似的攻击同样也遭到了挫败,至少两位数的残尸被丢在了遍布弹孔和焦痕的集装箱式营房间之间的空地上,而我们这边只有两人被流弹杀死,四人因为负伤而失去战斗力。

好吧,我知道这交换比看上去"似乎"还不赖。只不过,所有像我这样有大局观、头脑清醒,而且深谙"活下来才能谈别的"这一铁律的老兵都很清楚,除了在战后发表的新闻通稿与战绩报告上大吹特吹、用来争取升职加薪之外,交换比这玩意儿其实并不能说明多少问题——尤其是当对方压根儿就不是人类也不知道害怕或者气馁的时候。更糟糕的是,头两次交战的"大捷"已然消耗了我们太多的弹药,当那些家伙第三次吱哇鬼叫着朝我们冲过来时,我们平均每支自动步枪只剩下了三个弹匣,装甲车的重机枪统共还有八条150发弹链能用,而战斗霰弹枪剩余的12号霰弹以及同样重要的枪榴弹和简易汽油弹的数目,更是差不多可以直接掰着手指头数出来了。

雪上加霜的是,那些家伙偏巧在这种时候变换了战术。

虽然与我们交战的这些天知道什么倒霉玩意儿看上去很像是傀儡和异兽加在一块儿之后除以二的产物,但单从它们的作战方式来看,这帮东西显然更接近于傀儡那一边儿。众所周知,虽然异兽长得又丑又吓人,但和它们作战并不困难(否则的话,很多没有正规军服役经验的新人义勇军也不会选择拿它们练手了),只要接触过几次之后,任何头脑正常的人都不难看穿这些畜生的行为模式并加以应对。但傀儡们——当然,还有目前正在找我们麻烦的这些鬼东西——与之截然不同。虽说它们不懂得出奇制胜,也不会使出什么通常只在小说或者故事绘本里出现的绝妙巧计,但却很清楚如何在受挫之后审时度势,依照客观需求务实地改变战术。

在大多数情况下,这就已经足够了。

与大摇大摆地从正面直接发起冲击的前两波进攻不同,第三次攻击几乎就是贴着我们脚边儿冒出来的——我们的防御阵地位于曾是篮球场的临时停机坪边缘，而在不到十米之外就有一处下水道的入口。当我们所有人都像注视着老鹰的土拨鼠般瞪大了眼睛，紧盯着周围迷雾中的动静时，那块锈迹斑斑的陈年窨井盖突然在一声钝响中飞了起来，重重地砸在了一旁，随即一大窝蠕虫状的"清道夫"伴着令人反胃的"咕噜"声冒了出来，"唧唧"地尖叫着对我们发起了有来无回的进攻。

虽然我们早已在之前的交战中了解到，只要不遭到突然袭击，这些臭烘烘的半透明小怪物倒也并不是什么特别可怕的对手，但这次偏偏就是一场突袭。更糟糕的是，当我们仓促掉转枪口，用火焰喷射器和霰弹对这些不受欢迎的访客下达逐客令时，第二块窨井盖也被掀了开来。

这块窨井盖的位置正好位于我们小小的防御阵地的中央。

5

在继续讲述这个故事之前，基于一贯的客观公正、不偏不倚，我还是得替蕾琪和她的"战争老鼠"们讲几句公道话：没错，让防御阵地的正中央存在如此重大的安全漏洞确实是一大失策，但那些怪物们整体上更倾向于"不像是人"的外形也的确在很大程度上欺骗了我们——纵然在之前的交战中，我们已经意识到了它们可以使用工具，甚至是人类和傀儡所制造的各类制式武器的事实，但却仍然在潜意识中将这些玩意儿与普通的异兽等量齐观。若非如此，我们必然不会让它们如此轻易地乘虚而入。

不过话说回来，在生死攸关的战场上，"情有可原"并没有多少意义——事实是，由于所有人都忙着开火痛击那些蠕动着的"清道夫"，同时用一个赛一个大的嗓门儿大呼小叫、纾解压力，我们甚至没能听到被枪声所掩盖的窨井盖在我们身后被掀开的声音。直到一名从装甲车顶的天窗里探出半个身子、操纵重机枪开火的"战争老鼠"突然被一截骨化的利刃状物体戳穿了喉咙，我们才迟钝地意识到，自己的背后并不安全。而当第一个意识到这事儿的人急匆匆地端着步枪转过身去时，他非常不幸地发现了另一件事实，那就是自己的颈动脉已经和喉管一块儿被切开了。

"呃——咳咳咳……"那个戴着涂有非常夸张的"想揍我来啊"字样的防毒面具的男人似乎还想说点儿什么，但到头来，他也只是发出了一阵气管被自己的鲜血呛住的痛苦咳嗽声。那些混账在他倒下去之前又朝着他的心窝补了一下，就这么给了他一个痛快。

作为对这等"高风亮节"的感谢，在那位不幸的伙计倒下之后，回过神来的我们立即对这些家伙献上了一连串枪子儿。

刚刚了结了两人的那家伙毫不意外地成了我们的第一个目标。在显然远远超出必要的密集火力打击下，它立即表演了一个精彩到上得了教科书的"扑街"动作，被枪弹的冲击力砸得仰面飞了出去，而它身后的另外两个同类也毫无意外地落得了一模一样的下场。不过，我们短暂的扬眉吐气也就到此为止了——就在我们准备如法炮制地解决掉下水道口外的另外两个丑陋的小矮子时，它们突然一跃而起，像受惊的蚂蚱一样蹦向了半空。

喂！这已经是作弊了吧？肯定是作弊啊！为什么都是两只胳膊两条腿，这些浑蛋就能用双腿跳得这么高？呃，不对，严格来说，这些家伙用来弹跳的器官明明是它们的胳膊……

虽然被眼前这严重不符合往昔生活常识的景象惊得有些不知所措，但我阿德南·奥雷利安努斯中校可不是那些呆头呆脑、束手待毙的菜鸟新兵。纵然脑子一时间转不过弯来，但我的手脚照样忠诚地做出了自卫反应，在千钧一发之际横过手中的枪身，挡住了对方直取我咽喉的致命一击。不得不承认，虽然那家伙的块头比我小了整整一圈,但它的怪力可是实打实的让人害怕。

在短暂的僵持中,我看清了这家伙的长相:大致而言,它和之前那些混杂在"清道夫"与"阿拉克涅"的集团之中、用各种捡来的杂号武器朝我们胡乱射击的小矮子算是同类,但却有一些不同:首先,这些家伙强有力的前肢特化成了类似于兔子或者跳鼠的后腿那样适合跳跃前进的结构,这让它们得以做出刚才的高难度动作,直接扑进我的怀里;其次,它们用于担任"手"的功能的后肢也失去了抓握功能,变异成了类似螳螂的镰状爪,但显然比后者的要坚固、锋锐得多——毕竟,眼前这家伙的爪子就卡在我的步枪的前护木和筒式弹仓里,完全废掉了这支可怜的枪的功能,但也导致它自个儿暂时被限制住了行动能力。

不过,真正让我不寒而栗的倒不是这小杂种不那么像人类的部分,而是它的脖子上长着的那张酷似真正的人类——或者更准确地说,真正的人类儿童——的脸。它的头顶上全无毛发,取而代之的是一整块浅黄色、如同头盔般的皮内成骨,两侧只有类似爬虫类耳孔的小洞,当它张开嘴,试图越过我手中的步枪撕咬我的喉咙时,我注意到,这东西的嘴里布满了钩状尖牙,而且密密麻麻长了整整两排,就像是被压路机碾过的钉板。

所以说,到底是哪个天杀的缺德王八蛋弄出这东西来的啊?

由于我的胳膊的长度优势,这家伙对我的脖子的撕咬尝试以失败告终,而它转头去咬我握枪的手腕的结局,则是被金属护腕崩掉了好几颗尖牙。在连续两次失败外加仍旧无法拔出卡住的镰状爪的情况下,这厮发出了一阵非人类的狂躁尖啸,同时那对兔子似的长腿拼命踢向我的胸口。虽说我在出来之前也好好地穿戴了躯干护甲,但第一次势大力沉的踢击仍然仿佛一记重锤,让我的胸口疼痛不已,接下来的一记更是让我双眼发黑,险些没背过气去。嗯,当然,直到这时,我仍然紧握着手中的步枪,借此控制着对方危险的镰状利爪,但照目前的情况来看,它的挣脱多半只是个时间问题……

"嘿——哟!"

好吧,我收回之前的话。它的挣脱现在已经不是个时间问题了——因为一面劈头盖脸砸过去的盾牌,刚刚替它完美地实现了这个愿望。这只丑陋怪异的生物一路翻滚着飞出老远,最后一头撞在了一辆半履带式装甲车的前轮上,再也没了动静。

还没等傻乎乎地高举着报废的步枪的我想明白这是怎么一回事儿,另一个张牙舞爪的矮子已经甩开了被它击倒的"战争老鼠",朝着我的方向一跃而来——结果却在半空中撞上了另一面防暴盾,被拍得原路滚了回去。

"嚯,这感觉……真好。"像摇扇子一样轻松挥舞盾牌的那人嘀咕道,"呃……全垒打?"

"我估计不是,不过别问我,"我嘟哝道,"毕竟,只有罗蒙诺索夫那家伙才知道这个词儿是什么意思。"

"好吧。"艾琳又一次挥舞盾牌,给那个挣扎着试图爬起来的丑陋侏儒补了一下,彻底让它安静了下来;而在几米之外,咪咪也已经搞定了不自量力地袭击她的两只小怪物——她直接用双手制住了对方的武器化肢体,然后硬生生地折断了它们。

"真可惜,我居然没有早点想到这个。"

"没关系,亡羊补牢,为时未晚……呃,是这么说的吧?"我点了点头,引用了一句古地球时代的谚语。

只有极少数人知道,长期担任我的小队里的机械师兼副驾驶员的艾琳并不是常人,而是那些被称为傀偏的人类之敌中的一员。因为某些机缘巧合(罗蒙诺索夫曾经试图对我解释里面的道道儿,但我还是弄不大清楚),她和一辆被命名为"走为上二号"的"基路伯"超重型坦克都在一次偶遇后加入了我的义勇军小队。就像所有傀儡一样,她也有着远超一般人类的超强体力和健壮体格……但却不能使用任何被她认定为"武器"的东西在战斗中杀伤他人。万幸的是,就像她过去曾经使用过的拖把一样,防暴盾似乎也没被她归入"武器"的行列。

在艾琳的盾牌攻势和咪咪的骇人蛮力的双重压制下,从我们阵地中央冒出来的怪物们终于陷入了颓势,并被"战争老鼠"们挨个儿制服、击毙。但是,一切仍然没有到此为止:当艾琳的盾牌将被咪咪制住的最后一只丑陋侏儒的秃头打瘪后,一道庞大的、不祥的阴影在我们身后显现。

"救主领袖的……这、这算啥?"在看到那个从阵地外侧的窨井口中缓缓升起的大玩意儿后,德尔塔立即发出了不成器的尖叫。呃,不过说实话,我的情况其实也没比他好到哪儿去——虽然眼前这货的外貌与那些四处乱窜的"清道夫"一模一样(换言之,丑得要命),但体长却是后者的二十倍,甚至可能是三十倍,远远超过了我这辈子所见过的一切活物的大小。而当这东西在一阵湿滑的蠕动声中昂起前半截身子时,我终于意识到了"绝望"这个词儿到底是什么意思。

总而言之,在接连遭遇了"阿拉克涅""清道夫"、拿着各种长枪短炮的丑陋小矮子和有着镰刀爪与尖牙的更丑陋的小矮子并展开轮番苦战之后,我们终于遇到了这场莫名其妙的烂游戏的关底BOSS——而且是人数已经大幅削减、弹尽粮绝的我们此时此刻绝对无法战胜的关底BOSS。

好吧,完蛋了,再见。在当时,这是我脑子里仅有的想法。

第六章

安全中心与奥菲莉亚的手艺

1

我过去曾经听人说过,在颅脑部位遭受了打击,或者极端兴奋与极端疲劳共同存在的状态下,人有时会做所谓的"清醒梦"——在这种情况下,他们不但对周围的事物仍然保留着一定的感知能力,而且也知道自己在做梦,甚至不会在醒来后忘掉梦中的内容。

而在进入那座原本只应该存在于传说中的地下都会时,我就正处于这种奇异的状态下。

当时的情况……嗯,该怎么说呢?一方面,我能够朦朦胧胧地感觉到自己正躺在什么东西上,被人抬着摇摇晃晃地前行;而另一方面,我却又同时"置身"于一片昏暗、寒冷、充斥着刀刃般的刺骨阴风的碎石荒野上,在茫然中前行着。在过去,我也经常做这个梦,尤其是在压力过大或者情绪糟糕的日子里——但是,

117

直到我因为被梦境折磨而出现精神恍惚的症状,最终被第二军团司令部的心理学医官们勒令强制退出现役,不得不加入义勇军继续为国效命,我也并不明白这个反复困扰着我的梦到底意味着什么。

但是,多亏了过去几个月旅行中的所见所闻以及那个自称为我的"兄弟"的家伙的解释,我现在已经知道,这段梦境源自我孩提时代的记忆——与绝大多数真正通过自然方式生出来的人不同,我并没有生物学意义上的父母,而是一名早已死去了上千年的古人——真正的奥雷利安努斯的"血亲"。在那近乎被遗忘的遥远时代,他曾经阻止了一群名为"圣体兄弟会"的疯子的狂热计划,而为了彻底终结那个计划的残余影响,他的拟似人格应用古老的生命科学技术把我和我的"兄弟"创造了出来。但是,由于对方的蓄意破坏,在我诞生后不久,我所在的秘密设施便被敌人摧毁,而因为不明原因幸存下来的我则由于受到过度刺激而失去了那之前的记忆,并在迷茫中爬出废墟,四处流浪,最终被人送到了联合军第二军团的孤儿院……

至少,那位与我重逢的"兄弟"是这么告诉我的。

当然,目前的我暂时没有手段去查证这些事的真实性(虽然我倾向于认为那是真的),但我也不得不承认,那场在千年之前就已然开始的秘密战争确实并未结束——事实上,直到现在,它也仍然在以某种方式继续着。我现在身处的这座倒霉城市在四十五年前的毁灭,就很可能与此脱不了干系;而我的诞生,以及那座我出生的秘密设施的毁灭,事实上也是持续进行的地下角力中的一部分。最终,在一连串机缘巧合之下,我又一次被卷入了这场战争之中……并且按照惯例,又一次陷入了巨大的麻烦。

但之后呢?

　　我那昏昏沉沉的脑子倒还勉强能想起在那处空无一人的基地中的战斗，以及那头超级巨大的"清道夫"的出现。但之后怎么样了？既然我还能有空胡思乱想这些，那就表明我确实从那场遭遇战中活了下来。但浑身上下传来的痛楚同样也表明，我显然没能全身而退，而且搞不好还伤得相当不轻。尤其是我的脑门儿上传来的阵阵刺骨寒意，更是让我有了一种相当不妙的感觉……

　　"呀啊啊啊！好冷！"

　　"喂，你别动呀！好不容易放好的毛巾又掉下去了！"

　　当我从半睡半醒的梦境中骤然惊醒，并且条件反射地抬起身体时，那股令我脑袋昏昏沉沉的寒意立即消失了——接着，有人又将那块又冷又湿的东西盖在了我的脑门儿上，但这一次，我主动伸手把它给扯了下去。

　　"阿德！阿德你太过分啦！"当我睁开仿佛被灌了强力胶般的沉重眼皮时，可可的那张交织着担忧与恼火的小脸立即映入了我的视野，"你明明烧得很厉害！可可只是想帮你散散热……"

　　"发烧？我没有发烧啊！"我困惑地摸了摸自己的额头，然后恍然大悟地抓住了可可的小手——如我所料，这丫头的手比她刚才放在我脑袋上的那块毛巾还凉！"看在救主领袖的分上！可可，那是你自己的手太凉了好不好？用太凉的手是没法测出正确的体温的，你连这都不知道吗？"

　　"咦？真的？但大家都说……"

　　就在可可傻乎乎地（当然，同时也非常可爱地）挠着脑袋自言自语的同时，周围突然传来了一阵低低的哄笑声。好家伙，看来某些人一开始就已经注意到了可可没常识的行为，但却完全不打算阻止,好看我的笑话。这还真是有良心!不过话说回来,既然那些没心没肺的家伙能悠闲到从容观看这样的笑话,那就意味着我身上的伤还算不上什么大碍,至少一时半会儿应该还是当不成烈士的。

"看来你没什么大碍啊,老兄。"接下来凑到我身边的是蕾琪——我敢保证,她肯定就是刚才贼兮兮偷笑的那些家伙中的一个。

"来,看着我的手指,这是几?"

"一。"

"这是几?"

"二。"

"你小学三年级的数学老师姓什么?"

"去你的!我怎么可能记得起来?"我以一贯的坦诚和善的态度对她说道——毕竟,当在荒野中被发现、然后被转送到孤儿院时,我早就过了上小学三年级的年纪了,所以自然也不会有什么数学老师。

"嗯,很好,看来你没疯没傻,以后应该还能派上点儿用场。""战争老鼠"的头头满意地总结道,"呃,等等,别急着爬起来!我们现在很安全,也有的是时间慢慢休息。"

"很……安全?"我有些不太雅观地打了个长长的呵欠,同时开始四下环顾:很显然,这里不是那座空无一人、到处散发着令人恶心的酸味的基地,也不是52旅的旅部,或者位于旧尼尼微城地表的任何地方。在蕾琪的那张戴着呼吸面罩的脸从我眼前挪开后,映入我眼帘的是一片灰白色的、贴着细密的瓷砖的天花板,其间还镶嵌着一连串暗红色的应急灯,看上去就像是许多窥伺着我们的小小眼睛。借着这些灯具投下的光线,我勉强看清了整个房间的轮廓：很显然，这是一座颇具规模的地下大厅，安装着巨大的控制台和近乎等同于整面墙壁的大型落地式显示屏，中间密密麻麻地摆放着成排的座椅和其他我完全不认识的设备，一切都表明它曾经多半是某个重要的指挥部，或者控制中心之类的关键设施。

不过，从这座地下大厅内的其他部分来看，当年设计这里的人显然考虑到了在地下长期生活的可能性——墙壁上用几可乱真的方式画着许多窗户，还在"窗外"绘制了逼真的森林和雪山图案；另一个角落则被开辟为一处带有假山的水池，在我将视线转过去时，一台显然属于黄金时代技术成果的水黾状自动服务机器人正划动着细长的机械腿掠过水面，同时向水下游动的鱼群撒下大量鱼食。除此之外，我还发现了一台摆在水池旁的音乐播放器。在附近墙壁上还有一整排自动门，从门上的指示图案来看，它们应该分别是宿舍、厨房、健身房、卫生间、医务室和……"喂，那地方是干什么用的？"

"那儿吗？"蕾琪朝着那扇画着喷壶标志的门瞥了一眼，"好像是个菜园子什么的，里面居然还在自动设备的照顾下运转呢！"她耸了耸肩，"我敢打赌，这座设施肯定是黄金时代留下的——也只有那个时代的科技，才能做到这种程度。"

"黄金时代？也就是说……我们是在传说中的下尼尼微城里咯？"

"答对了！"蕾琪用戴着手套的双手恶作剧般地揪住了我的脸，"怎么样？是不是很兴奋？或者非常自豪？毕竟这里可是传说中的下尼尼微城！很多人一辈子都想……"

"呃，也许有那么点儿吧。"我勉强点了点头。虽然能抵达这地方也确实是件好事儿，但在见识了日出城地下的城堡之后，我已经对古代的技术奇观产生了一些……呃，怎么说呢？审美疲劳？反正，我现在已经不会像过去那样一见到黄金时代的遗物就兴奋莫名了。

"大家……都还好吧？"

"至少就活下来的人的情况而言，还不赖，"蕾琪说道，"不过，我有一个问题要先问问你们。"

"呃？"

"告诉我，你们到底是什么人？我要听实话。"

2

不、不会吧?

为什么蕾琪会突然对我们起疑心啊?

在听到她冷不丁抛出来的这个问题后,我先是愣了片刻,然后才连忙开始打哈哈:"嘿嘿,那个啥,你这话说得有点儿奇怪啊,头儿。我们只、只不过是几个为了趁着打仗发点儿小财才来到这儿的家伙,由于途中发生了一些意外状况,所以大家都走散了……"

"得啦,这些台词儿你可以以后再慢慢背,"蕾琪很不高兴地叉着腰,"你到底记不记得,你之前是怎么从那……怪物面前活下来的?"

我摇了摇头。

没错,我永远也忘不了那头仿佛来自地狱深渊的庞然巨兽,也记得自己在情急之下跳上一辆装甲车,绝望地用重机枪朝它开火,徒劳地试图阻止它攻击其他人,而在那之后……在那之后怎样了? 我记得那怪物确实被我的攻击吸引,并冲向了我,但接下来的我可就不清楚了。

"哦，看来你是真的记不清了。"蕾琪在面具后轻轻哼了一声，"那我就替你说明好啦：在那怪物朝着你冲过去的时候，我们都以为你死定了呢。是这位'奥黛丽小姐'突然站到了你和那怪物之间，一边用战术手电照着它，一边大声地喊了些什么，然后那东西……"她深吸了一口气，似乎到现在还无法相信当时的所见所闻，"那东西居然停下来了！虽然这位'奥黛丽小姐'无法说明这是为什么，但她真的做到了。"她指了指站在一旁的奥菲莉亚。

"这……真的吗？"

"是真的。"奥菲莉亚下意识地对着手指，一脸紧张而羞涩的神情，"但是……我也不知道那是怎么回事。当时……当时我只是很害怕，害怕阿德你死掉，然后不知为什么就冲了上去……"

无论如何，她能这么关心我，可真是让我感动。

"但是，我真的一点儿印象都没有啊。"

"我想，那大概是因为你在得救之后就被直接吓得晕了过去，而且无论怎么敲打都醒不过来吧？"蕾琪用略带几分幸灾乐祸的语调说道，"不过，'奥黛丽小姐'之后做的那些事情，才是真的惊人哪。"

"呃？她做了什么？"

"在暂时赶走那怪物之后，她说地面上不安全，要求我们不要继续等待救援，马上跟她走——而我们那时候也没有别的选择，对吧？"一名"战争老鼠"的军士凑过来说道。这个散发着一股烟草味的男人的一只胳膊上刚刚扎上了厚厚的绷带，显然是奈吉替他弄的。"于是我们就跟着她离开了那鬼地方，从一个像是窨井口的地方钻了下去，之后就一直在这下面转悠。虽然没人知道这是哪儿，但你的这位朋友好像打小就是在这鬼地方长大似的，一直带着我们前进，连头都没回一下。一开始，在她说能找到一个有电、有水、有食物的安全地点的时候，我们还不太敢信，没想到她真的带我们到了这儿。"

"没错，这里的设备全都非常完好——至少也还有七成新的样子，我想这都是古代自动化维护系统的功劳。"蕾琪点了点头，"顺便说一句，进入这里的那扇防爆门安装了十二位密码锁，但'奥黛丽小姐'想都没想就打开了……我猜，你大概不会说这只是纯粹的运气好吧？"

"呃……好吧。"在审时度势一番，并且与奥菲莉亚、咪咪、平娜、艾琳和可可挨个儿交换了眼神之后，我终于清了清嗓子，决定和盘托出。再怎么说，"战争老鼠"在本质上是一群收钱办事，啊不对，保持着政治中立立场的义勇军，和那些正规部队，尤其是疯狂的"安东旅"浑蛋们相比，就算他们没我预料中的那么通情达理，至少也有很大的可能被说服——只要肯下本钱的话。

"不错，'奥黛丽女士'并不是她的真名。我的这位朋友的名字是奥菲莉亚·阿卡迪亚·谢林。"

"噫？!"和我估计的一模一样，仅仅听到这个名字之后，蕾琪和其他"战争老鼠"便一道露出了"你在说什么"的神色——好吧，其实我看不到蕾琪的脸，但她的肢体语言已经再清楚不过地说明了一切。而对于他们的反应，我则直接摆出了"信不信由你"的表情，同时用尽可能平静的语调继续着我的介绍。

"我之前告诉你们的是我的真名，而我也确实是个经常干'鬣狗'的活儿的义勇军，咪咪和艾琳都是我的战斗小队里的同伴，而平娜上尉则是我的任务介绍人与临时合伙人——哦对了，这个叫德尔塔的男的姑且也算一个。"

"还有我呢！"就在德尔塔朝我投来愤懑的目光时，被可可抱在怀里的玩具熊爪爪插了一句,结果又一次引起了一阵低低的惊呼。

"嗯,好吧,你也算一个。"我朝着玩具熊摆了摆手,"除此之外,我还有几名同伴,但因为之前的某些意外事件,他们暂时与我分散了,其中也包括了伊斯坎德尔·罗蒙诺索夫博士。事实上,我从最高统帅那里得到的任务就是保护罗蒙诺索夫博士,协助他前去寻找终止持续了两个世纪的傀儡战争、让和谐星重归和平的方法,只不过……"

虽然我一直以自己清晰、准确、逻辑分明的语言表达能力为傲,但为了将这几个月中的所见所闻和一系列事件的前因后果大致说明,我还是花了差不多一小时的时间。当然,为了避免误会,我甚至也将对自己身世的推测、谢林家族的秘密,以及艾琳的真实身份一一如实道来。如我所料,随着我的讲述,"战争老鼠"们的神色也从好奇变成了惊讶,最后终于转化为强烈的震撼。

"看、看来我们好像听到了很不得了的东西。"在勉强"嘿嘿"笑了两声之后,已经无法掩盖住声音中的颤抖的蕾琪率先开口道,"呃,你……那个,你刚才说的都是真的吧?"

"如果我想骗你,你觉得我会选择编出这么离奇的故事来吗?"我反问道。

"这倒也是……"蕾琪一下子似乎想不出任何反驳我的理由,"也就是说,现在我们'战争老鼠'也已经卷进这档子事里了——这下可就有意思了,这都是明摆着的,不是吗?"

"没错,那你们的打算呢?"我逼问道,"这种事既是风险,也是机会——越是危险的秘密,也越有可能转变成难以想象的巨大财富。这你肯定是知道的。"

　　"但无论有多少财富,要是没命去花它,那就和屁用没有的白日梦毫无区别。而现在我们生存下来的最大机会就在那儿,"蕾琪双手一摊,同时朝着奥菲莉亚扭了扭头,"这,我们当然都是知道的。"

　　好,这就是我想要的回答。

3

四个小时后。

不得不说，奥菲莉亚凭着她的"直觉"（这是她在解释为什么能带我们来到这里时使用的词儿）找到的这座地下设施确实是个好地方——这里规模不小，就算容下我们所有人也还绰绰有余，而且有干净的水，有安全的新鲜空气，有电力，有睡觉的床铺，甚至还有食物。当然，这里的厨房里提供的食物都是些密封在真空塑胶包装里的硬邦邦的蛋白质块。虽然在它们的包装上用花哨的彩色字体写着"花生口味""巧克力口味"或"肉蓉口味"的标签，而且用显眼的大字注明了"加热后食用风味更佳"，可事实上，这些东西的美味程度顶多只比用来擤鼻涕的卫生湿巾好上大概一个档次，而在用自带的无焰化学能加热器加热之后，它们又统统散发出了滚烫的卫生湿巾的气味。

算了，至少我们现在有东西吃，这总比忍饥挨饿要好……吧？

在发扬义勇军艰苦耐劳、勤俭节约的传统，强迫自己硬是咽下了半块这种玩意儿之后（至于被我塞回包装袋的另外半块，我只是考虑到未来可能出现食物不足的情况,所以暂时决定克制自己的食欲,可不是因为嫌难吃而不想吃,绝对不是!),奥菲莉亚又替我们端来了另一些特殊餐点——放在盘子里的炸鱼。与无论闻起来还是尝起来都相当……朴素的蛋白质块不同,这些炸鱼虽然只是裹了层薄薄的面粉,在炸过之后撒上了一点儿细盐,但那些伴着从鱼身上冒出的热气一起飘来的、肉类加热后产生的挥发性风味成分的香味仍然让许多人馋得两眼放光。如果我没猜错的话,这些鱼的来源多半是室内水池里的装饰用观赏鱼,但所谓事急从权,在目前的情况下,为了解决更重要的问题,也只能暂时牺牲它们一下了。不过……

"噗啊啊啊!这是啥鬼?"

"救主领袖在上!呜呕——"

"各、各位怎么了?不好吃吗?"

"那个……算不上啦……"刚把嘴里的东西吐出来的我说道,"只是……呕……那个……"

"只是什么?"

"下次做鱼的时候,记得要做最起码的处理才行,鱼鳞也最好先刮掉。"同样"中招"的艾琳耐心地解释道,"就算有些人会喜欢鱼鳔的口感,但连肠子和胃这些东西都留着的话也是会让人很头疼的,毕竟,内脏不但不容易做熟,而且味道也……有点怪,特别是在鱼刚刚吃过东西的情况下。"

"就是就是!"与她颇有同感的"战争老鼠"们纷纷附议道,只有一个人例外——咪咪仍然津津有味地啃着半生不熟、完整地保留了鱼鳞和内脏的炸鱼,甚至还非常仔细地把吃干净的骨头摆放出了一个颇为艺术的图案……这家伙到底是有多像真的猫啊?难道,她祖上的DNA序列里真的曾经被塞进过某些专属于猫的基因?

"我……呃……我很抱歉,真的很抱歉!我不是故意的!只不过书上从来都没说过这些……"奥菲莉亚之前显然没想到过会发生这种事,她的歉疚语气是如此夸张,以至于好像下厨炸鱼的不是她而是栗子——可惜的是,直到现在,栗子仍然处于下落不明的状态……

"我只、只是想要稍微帮上各位的忙……在以前,我一直以为自己什么都懂,什么都能对付得了,但自从到了这里之后,我就一直得依靠其他人保护、靠大家帮忙……我只是想让自己稍微有点儿用……"

"没关系的,"作为在场众人中最善解人意也最宽宏大量的人,我立即凑上去安慰奥菲莉亚,"要不是你的话,我们也没法找到这种安全的地方。而且接下来,我们还得继续仰仗你带领我们……"

"但……但我现在也不知道该去哪儿。"奥菲莉亚的答案大出我的预料,"真的。"

"咦?可是你之前……"

"我之前已经说过了,严格来说,那个'我'并不是我。"奥菲莉亚有些慌张地摆着手,似乎是害怕我们误解她的意思,"那更像是另一个人、另一个念头——我想,那应该就是过去罗蒙诺索夫博士说过的,我的父母在我身上进行的失败植入实验所留下的东西。我根本没法有意识地控制或者操纵它'出来'或者'消失',而如果它不'出来'的话,我就没法想起任何不属于我自己的记忆,顶多只会对某些特定的物体或者地点产生一些似曾相识的感觉。换句话说,在那个'我'再次'出来'之前,我根本不可能知道我们还能去哪儿,或者我们现在到底在什么地方。"

"喔,这可真是好极了。"我耸了耸肩——要是我们的那位几乎什么都懂的老朋友还在这儿,说不定他早就已经拿出什么出人意料的家伙什儿把躲在奥菲莉亚脑壳里的那玩意儿干脆利落地揪出来了。但很不幸,在场的所有人中没有哪个拥有技术史学或者科技考古学的博士学位,更没人像罗蒙诺索夫那样随身带着仿佛无穷无尽的上古道具,因此,除了接受现实之外,我们也没有更好的办法。"也就是说,我们得等到那位神秘的伙计再次主动现身,才能制订下一步行动计划了。"

"这倒未必。"蕾琪突然插话道,"你知道这是什么地方吗?"

"当然不知道。"我立即展现出了诚实坦率这一优秀品质,"不过根据我的推测,这里可能是一座地下掩体或者避难室之类的地方。"

"不完全正确,"蕾琪摇了摇头,"虽然这里确实具有掩体这一功能,但它的主要用途远远不止于此——毕竟这里是一座建造于黄金时代末期的安全中心。"她快步走到一座控制台前,一只昆虫状迷你机器人正在用发丝般的机械足探入按键缝隙进行检查。她耐心地等待着它完成它的工作、自行飞走,然后才摁下了一枚显眼的红色按钮。

几乎布满了两侧墙壁的落地式屏幕挣扎着闪烁了一阵,最后有差不多一半稳定地亮了起来。虽说看不到蕾琪的表情,不过我能猜得出来,与她之前的预计相比,这个故障率大约不太令她满意。

"咳咳,那个,总之,在你们忙着满足口腹之欲和发呆的时候,我可没有浪费任何时间。"或许是为了掩盖自己的尴尬,"战争老鼠"们的头头变戏法般地掏出了一本有着暗蓝色硬质封壳的小册子,朝着所有人晃了晃——我注意到,这本小册子上带有一个看上去有点儿眼熟的徽记:在一块血红色的盾徽前方,两个健壮的深色皮肤裸体男人手拉着手,上方则是一个DNA双螺旋标志。"经过对在宿舍区找到的这东西的研究和分析,我现在已经基本明白了这座设施的主要功能的运作方式。它们的操作并不复杂,只要……咦? 等等! 这个按钮指的是什么? 为什么操作面板上找不到啊?'对指令优先级进行再核准'又是什么鬼? 这到底是……咦? 为什么危险警示灯会亮起来? 不、不妙! 我得再看看说明! 说明,说明,说明到底在哪儿啊……"她刚在控制台上摁了几下按钮,就突然陷入了手忙脚乱之中。

"好啦,你别逞能! 让我来看看!"

"我……我也来瞧一瞧吧?"

"咪咪也来帮忙!"

"别这样! 我自己行的! 我……啊? 这又是……"

"快关掉! 关掉那开关! 不然控制台的电路会自己烧掉的! 别! 咪咪,抓住她的手! 不能按那个啊!"

总之,主要是在心灵手巧、头脑灵活的我的帮助下,意外地不太擅长应付复杂设备的蕾琪总算没弄出什么大问题来。在一阵摇曳和雪花飞舞后,其中一块显示屏的图像可算是稳定了下来,而出现在画面上的景象……

怎么说呢? 虽然"不容乐观"这个词儿用在此时此刻确实非常合适,但出于某些没必要说明的原因,我现在居然一点儿也难受不起来。

4

　　按照蕾琪找到的那本手册上的说法，我们目前看到的是由某颗位于太空轨道上的超高分辨率同步卫星传来的实时图像。虽然已经过去了好几个世纪，但拜令人惊叹的黄金时代技术所赐，这种古老的航天器居然还有几颗既没有坠毁在和谐星的大气层中，也没有发生故障失效。在数次放大图像后，我们看到了一条街区，几棵我们先前在地表见过的那种诡异巨树张开着伞状树冠，突兀地矗立在已成危房的破旧建筑之间，坍塌的天桥和高架桥就像蛇蜕一样蜷曲在曾是环岛的灌木丛周围。在这些废墟和瓦砾之间，一支约有数个连队规模的联合军部队占据了一处大概曾是露天停车场的地方并建起了简易工事，几十辆装甲人员输送车、装甲气垫滑橇和加强防护的大卡车排成了类似古地球的布尔人牛车阵的环形防阵（别问我布尔人到底是啥，这个比方是我以前从罗蒙诺索夫那儿听到的），两辆"狂风"主战坦克的高射机枪和主炮不断喷吐着火舌，在阵地内侧来回机动，为遭受压力的地段提供火力支援。

　　毋庸置疑，这是一支隶属于"安东旅"的部队，甚至在看到那两辆坦克顶部装甲上的红色"A"字防空识别标志之前,我就意识到了这点。与先前陷入牛鬼蛇神们的包围、不得不背水一战的我们不同,这些家伙的情况显然要好得多:他们的阵地位于街道的尽头,而且基本只在一个方向遭到攻击,显然随时都能够撤离。如果换成像我这样头脑灵活的义勇军,在这种情况下多半会为了保存珍贵的有生力量而选择有序撤退——大多数正规军也会做出同样的举动;但这些家伙不但没有后退半步的意思,反倒一次又一次主动派出小队,对从防线前败退的敌人发起不计伤亡的反冲锋。在某些战况胶着的地方,甚至有不少人直接跳出掩体,与那些丑陋的"阿拉克涅""清道夫"和杀人侏儒们疯狂地厮打成一团。上百具残缺不全的圣安东信徒的尸体很快就堆满了失修龟裂、荆榛丛杂的四车道公路和两侧的人行道,看上去着实让我心旷神怡……啊不,应该是悲愤至极才对。

在最初的几次冲突中,这些不计后果的狂热战术消灭了大量的怪物,但很快,由此造成的重大伤亡就开始严重削弱"安东旅"的疯子们的作战能力,让他们的防御变得左支右绌、难以为继。而当一种全新的怪物冒出来后,局势更是迅速变得对人类一方不利——从它们在防守方阵地上的探照灯下投射出的影子判断,这些庞大的家伙足有四到五米高。但颇具讽刺意味的是,虽然块头大得夸张,但它们却是这群牛鬼蛇神里最有人样的一类,躯体和四肢的比例与真正的人类看上去没什么两样。当一大波小个子怪物的突击被击退之后,几头这样的巨人便从一丛巨树之下冲了出来,杀向了那些离开工事、开始例行发动反冲锋的"安东旅"疯子们。和使用武器化肢体战斗的"阿拉克涅"以及那些拿到啥用啥的丑恶侏儒不同,这些大块头手持的似乎是特别定制的武器:它们大多一手举着比车库门板还大的金属盾牌,一手扛着某种口径颇为吓人的重型武器。带刺的古铜色甲胄将这些庞然大物从头到脚包裹得密不透风，让它们看上去仿佛刚刚从古地球地中海文明圈的神话中走出来一样。

自然，像这么大的块头是不可能隐藏行踪的。就在巨人们迈着大步出现后几秒钟，发起反冲锋的"安东旅"士兵们便发现了它们，并立即站定开火；紧接着，在这些人身后的防御阵地上，装甲运兵车和装甲侦察车上的重机枪、机关炮和榴弹发射器也加入了合鸣。巨人们身边的、在先前战斗中留下的怪物尸首被雨点般的火力炸成了一团团四散飞溅的血花，而那些与它们共同冲锋的家伙也在横飞的弹雨中接连毙命、尸首横陈。而当一连串白磷燃烧弹落下之后，整条街道更是迅速被火焰充斥，成了一座名副其实的炼狱。

但即便是炼狱，也无法让真正的魔鬼生畏。

虽然身边的小个子同胞们伤亡惨重，可那些庞然大物却丝毫不惧：它们高举着硕大的六边形盾牌，在密集的轻武器火网中毫无顾忌地大步前进，将脚边人类和非人类的尸体以及仍在挣扎蠕动着的濒死者一律踏成肉泥。成百上千的枪弹和弹片打在它们的巨盾上，却只能像落在帆布雨伞上的雨点般无力地弹开。曳光弹拖出的道道流光就像初夏的萤火，在这些巨人身边织出了一道闪亮的网络，却也没能伤它们分毫。

最终，在防御阵地上担任"救火队"的"狂风"主战坦克总算取得了战果——随着它们的90毫米线膛炮的两轮射击，终于有一名冲在最前方的巨人被穿甲弹的钨钢合金弹头打了个对穿，如同一尊被推倒的神像般重重地倒下，就连手中的巨盾也没能保住它的性命。但是，其余的巨人仍无丝毫退缩之意，继续大踏步前进着，同时像挥扫苍蝇一样用盾牌和手中的大口径武器砸向那些不幸离它们太近的步兵。很快,另一名巨人也被击倒在地,接着,两辆坦克的炮手又开始瞄准下一个目标……

但他们已经没有机会了。

在顶着枪林弹雨前进了大半条街之后,巨人们终于停下脚步,第一次用手中的粗笨武器摆出了准备射击的姿势。紧接着,几道白炽的光芒倏忽亮起,两辆坦克的炮塔转瞬间就散发出了金属被高温加热所特有的光芒,随即在毁灭性的弹药殉爆中被炸得粉碎。与它们一同被干净利落地毁灭的还有为数众多的担任固定火力点兼路障的装甲车辆。大量枪弹、榴弹、燃油和坦克炮弹被连环引爆,整片防御阵地被炸出了一个骇人的大口子,即使明知眼前的只是静默无声的卫星图像,这种视觉冲击也令我们不寒而栗。

好了,OK,挂了,完了。

在防御阵地的许多角落里还有不少装甲目标尚未被毁,但巨人们没有继续开火(考虑到它们之前的表现,这很可能是由于那件笨重的能量武器的充能时间非常漫长),但即便如此,我也知道,那些安东的徒子徒孙们是没机会了。当迈着大步的巨人和潮水般的各种小怪物冲入防御阵地的缺口,与高举着刺刀的守卫者短兵相接时,我关掉了这段视频。

虽然亲眼看着"安东旅"的家伙被打得稀巴烂会让我感到某些……特别的快感,但此时此刻,这样的景象也会让我不由自主地联想到我们可能的下场。

那帮"安东旅"狂热分子的下场并非孤例。通过侦察卫星,我们在旧尼尼微城的其他角落里也看到了类似的景象:检查站、防御阵地和分散的发掘基地要么已经被蜂拥而出的怪物们彻底摧毁,要么正在越来越猛烈的围攻下苦苦支撑。

　　在第三环形运河内侧的城区中,几乎每个街区都浓烟滚滚、枪弹横飞。在许多暂无被攻陷之虞的阵地和前进基地附近,我们都发现了正在集结的交通运输工具——不过,从这些车队的移动方向来看,它们中的大多数的目的地都是城区之外,而非相反方向。只有小队"蜉蝣"攻击机仍不断地在城区的空域中飞来飞去,在海量的敌人头上徒劳地扔下可怜巴巴的一点儿炸弹和火箭弹,活像是试图用装在脸盆里的水阻挡森林大火的延烧。中心内的监听设备截获的无线电通信也一样不容乐观:虽然城内大多数地区的通信都陷入了莫名其妙的瘫痪状态,但仍然有许多人在无线电里大吼大叫、哭爹喊娘。许多人以救主领袖或者圣安东的名义赌咒发誓,恳求上级或者友邻部队对他们伸出援手;也有人焦急地询问着情况,或者试图从他们的指挥官那里得到命令(大多数这么干的都是正规军的人);当然,还有人早早地认清了现实,直接发出了诀别电——在短短几分钟里,我就听到了起码十几次"永别",以及充满愤怒与不甘的"安东虽死犹生",甚至还有人用荒腔走板的破锣嗓子唱了半段《慷慨就义在今朝》,然后以一声惨叫宣告了人生的结束。

　　没人对目前的情况发表任何评论,或者更准确地说,大伙儿唯一的"评论"就是越来越急促,甚至逐渐变得近似于抽泣的呼吸声。纵然并非所有人都客观务实如我,但要准确判断目前状况的糟糕程度也并不太难——无论如何,这座城市的地表已经不再安全。现在冒头就是彻头彻尾的自杀行为,除此之外几乎别无意义。

　　"但我们总不能一直待在这下面吧?"在令人窒息的安静持续了相当一段时间后,还是平娜第一个说出了所有人的顾虑,"虽然这里确实还算安全,但地面上的联合军部队正在撤离城市。根据目前的情况，我不认为还会有谁有那个闲情逸致来接应我们。"

"如果贸然回到地面上去，只会让我们死得更快，而且现在我们对这下面一无所知，奥菲莉亚又一时半会想不起来有什么地方可去！"我耐心地解释道，"在她想起来该去哪儿、怎么办之前，我们根本做不了任何事。除非有人告诉我，我们该怎么——"

"……到这里来……"

"咦？谁？"

居然真有人告诉我该怎么办？这么及时？

要说是巧合，这也有点巧过头了吧？

"……如果有……想知道秘密，就前往这个……坐标：(A14, D01,C89)，到这里来，你们就会明白到底发生了什么，并且……"

当那个声音再度响起时，我终于注意到，它是从控制台一角的扩音器中传来的——在这之前，我们按照手册的记录，将监听设备设置成了自动搜索每一个可用频道的模式，很显然，正是在自动搜索过程中，它截获了这段信息。

这段信息的发出者没有说明自己的身份，而监听设备的分析也表明，这是一段时间不明、在不同的通信频道上随机出现的重复播放语音。要是在别的时候、别的地方，听到这段话的人多半只会把它当成一段分文不值的垃圾信息或者刻意而为之的恶作剧，但众所周知，在某些时候，就算明知眼前是一头已经四脚朝天、腿儿一蹬就彻底死透的那啥（那种已经灭绝的古地球哺乳动物叫什么来着？抱歉我有点记不清了），也只能拿来当活着的那啥医一医了。

于是，在这声音第三次传出时，我们便决定了自己，以及无数人的命运。

第七章

危险的实验与傀儡的去向

1

"阿德阿德！它们来了！"

当那一堆摇摇晃晃的影子伴着窸窣声出现在通道的远端时，伏在一旁的咪咪立即对我发出了提醒——当然，她这么做其实并没有什么必要，毕竟，在那些鬼东西靠近我们之前，它们身上那沁人心脾的酸味就已经提前伴着在通道内流动的空气冲进了我们的鼻子，开始惨无人道地折磨我们的嗅觉神经了。

而相反，躲在刻意选择的下风向伏击阵位上的我们则完全不必担心因为相同的原因被对方提前发现——不过话说回来，持续数日的高强度运动加上没处洗澡，我们身上的气味确实变得颇有些……令人印象深刻，若不是待在空气流向对我们有利的地方，我没准儿还真不敢像这样大胆地伏击对手。

在我右手边，蕾琪和两名"战争老鼠"的突击队员已经将手中的自动步枪与霰弹枪上了膛,小心翼翼地让光学瞄准具的十字准星时刻锁定着目标:从这条地下通道的另一头冒出来的是一支规模不大的混合队伍,包括了二三十条黏糊糊、滑溜溜的蛇状"清道夫",八只有着畸形却颇为灵巧的肢体结构的丑陋侏儒,以及一对充满了令人不安的气息、一看就不是什么易于招惹之辈的"阿拉克涅"。不过,虽说这班家伙全都三分人形、七分鬼样("清道夫"们除外,哪怕是德尔塔这样的呆瓜,也不大可能把它们和人联系起来),但它们在共同行动时却像极了一支训练有素、纪律严明的军队。在某种意义上,正是这一点,让它们显得比普通的怪物更加可怕。

不过也不是所有人都怕它们就是了。

除了英勇卓绝、无所畏惧的我之外,正卧倒在我们身后待命的艾琳自然是一点儿也不怕的——无论与其他那些生为活体战斗机器的傀儡有着多么明显的差别,在从生理层面上无法产生"恐惧"这种感觉这点上,她和他们是一模一样的。除了她之外,伏在我右手边的咪咪同样也面无惧色,事实上,她现在看上去正一副跃跃欲试的样子,甚至还不断舔着自己的嘴唇,活像是一只发现了美味小鸟儿的真正的猫咪。

当然,我很清楚她到底在馋些什么——虽然正在接近我们的这一帮子玩意儿全都和"美味可口"沾不上边,但那几个侏儒的手中(或者更准确地说,应该称为"脚中"比较好?算了,不管了)拿着的武器装备,以及挂在身上的弹药和备件足以让任何手头拮据的义勇军产生大胆的想法。眼下,我们可着实谈不上宽裕,如果能够搞到那三支MK-3战斗霰弹枪、两支傀儡造的M-G激光卡宾枪、一支榴弹发射器和两支自动步枪,外加一大堆弹药和能量电池,我们在接下来的旅程中生存下来的概率显然可以得到相当程度的提高。

不过话说回来，缴获武器弹药并不是我们本次行动的目的——至少不是首要目的。

"我要开动——啊不对，开始了！所有人千万不要急于开火！"当走在队列最前端的那头"阿拉克涅"接近到我可以看清它的那张混合了人类与节肢动物特征的丑陋脸庞的距离时，我小声对其他人知会了一句，同时以我一贯的超凡意志力集中精神，将冰镇梅子酒和浇汁烤大角兽肉排的幻象从脑子里轰了出去。

我必须说明一点，在战斗开始前分心去想食物其实并不是坏事，更和好吃懒做什么的完全无关。毕竟，对美好事物的想象可以提高求生欲望，从而让我们在战斗中更加谨慎，减小低级的致命失误发生的概率，从而让我们更加多快好省地为了人类的未来、为了正义与公平而奋斗……对，就是这样没错！

在做好了必要的心理准备后，我取出了一直装在腰间携行袋里的那支"信标"，用双手紧握着它，将这支古怪的短棒的另一头指向了那些正在接近我们的牛鬼蛇神。按照我们的老朋友罗蒙诺索夫以及我那些曾经给我找了不少麻烦的"兄弟"们的说法，这件其貌不扬的小玩意儿是一件黄金时代留下的古物，有着不少诨名以及多元化的、非常非常有趣的用途——尤其是当它被像我这样"具备资质"的人持有时。在今天之前，我曾经用它好几次狠狠地收拾过我们的敌人，让我那些不省心的同伴们脱离险境，而现在，为了验证我们之前提出的某个假说，我决定本着认真务实的态度用它做个小小的实验。

"三，二，一！好——嘞！"

我做了个长长的深呼吸，然后屏气凝神，像之前许多次做过的那样，将自己的全部意识都聚焦在了手里的"信标"上，并且开始像诵咒般在脑海中默念起一连串早已提前背熟的密码与程序启动代码。随着最后一段"咒语"也被默诵完毕,那种熟悉的感觉回来了:我对于身边的世界的感知开始迅速变得疏离、模糊,而位于"这个世界"之下的"另一个世界"则变得清晰了起来。

需要目标接入服务吗? 我的老朋友画外音先生如期而至。

"需要。"

正在信号有效接收范围内搜索合适对象。

搜索进行中……

进行中……

发现目标,进行比对……

注意:疑似出现非典型错误! 接入可能存在无法判定的潜在风险,要继续吗?

"嗯?"我愣了一下,"什么潜在风险?"

无法判定风险的具体性质及其程度。与本程序数据库资料完全不符。

好极了。为什么每次我都得撞到这种烂事? 就不能让我稍微省省心吗?

不过既然已经走到这一步了,要放弃也未免有些令人不甘;更何况,我反正也和各种各样乌七八糟的风险打了大半辈子交道,要是为了一点儿只是"潜在"的风险而缩手缩脚,那我这一世英名可真就付诸东流了……好,那就这样!

"别管什么风险了! 现在就开始!"

明白。正在自动搜索目标并接入。

仅仅一眨眼的工夫,我身边的世界便又一次改变了:就像之前在"华美号"上那样,现在我拥有了另一种特殊的知觉,可以感觉到某些特殊的存在——毕竟,我现在所使用的这套古代系统原本就是为那些前来和谐星"体验"的游客们提供傀儡接入服务的，只要周围存在着傀儡，我就能在目前的状况下感知到它们的具体方位、行动方向、相互之间的通信流，乃至生理数据这类信息。而如果目标没有被其他拥有"权限"的自然人所控制的话，我甚至可以对他们发号施令。

但现在，我所感觉到的情况却有一些……异样。

通过那种仅仅对傀儡起效的特殊感官，即便闭上双眼，我也能感觉到身边的艾琳，以及那些正在朝我接近的丑陋杀人侏儒和"阿拉克涅"的存在，只是对黏糊糊的"清道夫"们没有效果。只不过对于那些怪物，我也仅限于"感觉得到"而已——和艾琳不同，我没法通过这种方式"看到"与它们相关的任何额外信息，也无法察觉到它们之间可能存在的任何交流。事实上，自从"信标"启动之后，我就开始不断地从这些逼近的怪物身上感觉到一种彻头彻尾的"不正常"感，或者更准确地说，一种强烈的拒斥感与敌意。

这是一种相当糟糕的感觉，就像是在家里吃煮鸡蛋，已经含进嘴里了才发现其实是只孵化到半截的小鸡。

虽然这种感觉已经迎面而来，我也明白这么做恐怕不会有什么有趣的结果，但出于姑且一试的心态，我还是选定了一头"阿拉克涅"，尝试着像过去控制傀儡们那样，将自己的意识植入它空荡荡的思维，并对它下达指令。

我几乎立即就后悔了。

2

"呜啊啊啊——"

在以前，曾经有人对我提到过一个很有趣的小知识，那就是你平素听到的自己的声音与别人所听到的你的声音，其实并不完全一样。虽然具体的原理我有点记不清了（似乎和声音在骨骼和其他人体组织中传播的方式有些关系），但在这声疯狂的惨号锥子般扎进我的耳朵时，我确实花了一点儿时间才意识到，那是来自我自己的喉咙的叫喊声。

当然，这也意味着，我用来听这声音的并不是我自己的耳朵。

噢，不对，请容我更正一下：此时此刻，"我"的脑袋上压根儿就没有外耳——亦即我们通常所谓的"耳朵"这玩意儿存在。虽然在远处看时，这些被我们暂时命名为"阿拉克涅"的怪物似乎有着颇为类似于人类的头部和上半身，但当真的开始"零距离接触"后，我才充分意识到"距离产生美"这句古训到底有多么正确（呃，这么说好像还是有哪里蛮怪的）：虽然这家伙身体的大略轮廓勉强可以算是人形，可事实上，除了有四条武器化的、比例和人类手臂完全不同的上肢之外，其他方面也和人类大相径庭，而实际待在这里面的感觉更是和我过去"附体"那些傀儡时的感觉截然不同——虽然和普通人的差异也相当显著，但一般人身上该有的零部件，傀儡身上好歹一样不少。除了感官更敏锐、思维更清晰、浑身上下的劲儿仿佛压根儿使不完之外，作为傀儡的感觉和平常倒也差不太多。

相较之下，仅仅在"阿拉克涅"的身体里待了几秒钟后，我就已经觉得自己快要疯了：这家伙遍布半个脑袋、由无数复眼组成的全景视野所呈现的世界和人类双眼见到的完全不一样，每一件东西上的色彩、光线和质感都变得极为复杂而艳丽，就像刚刚被一个发了疯的印象派画家胡乱涂鸦了几十遍似的，而且这些复眼可感知的光谱范围远超人眼可见的波段，重叠进来的红外和紫外光进一步加剧了这种足以将人的理智击溃的眩晕感。除此之外，虽说这家伙的耳朵看上去只是两个黑色的、覆盖在半透明角蛋白甲片下的洞，但它的听觉频率范围也远比人耳更加宽广，就连最普通的脚步踏上地下通道传来的一串构件振动声响，对我而言都如同来自另一个世界的诡异歌谣；而空气中则不断回响着阵阵古怪的曲调，我花了几秒钟时间，才意识到那是用超声波探测周围空间的本土昆虫们的杰作。这具躯体的嗅觉、触觉和味觉也同样与我平日的感受全然不同，我只觉得自己的意识与理智就像是一台无法处理过量输入的数据的计算机，正在被一点一点地压垮、熔穿、烧毁。

更糟糕的是，和被我控制过的傀儡不同，这头"阿拉克涅"在拼命地抵抗着我。在强行将自己的意识通过手中的"信标"探入它体内的瞬间，我就已经感觉到了一股强烈而冷酷的欲望——关于搜索、摧毁、铲除与歼灭的欲望。和只有只读程序般的天生战斗本能的傀儡不同,这东西存在着一种可以被粗略地视为憎恨的情感,这种尖锐的负面感受不但与那些我压根儿处理不过来的感官信号一道烧蚀着我的理智,甚至还让我自己的身体起了反应:虽然大部分意识都进入了这怪物的体内,可我还是能够感觉得到那个"灵魂出窍"的自己正在受着折磨。即便"信标"已经从我的手中滑落,但思维受到的重压与意识的激烈争夺形成的可怕负荷仍然让我呼吸困难、心跳剧烈、汗流浃背。而最麻烦的是,当我情不自禁地发出那声惨叫之后,这帮子牛鬼蛇神立马锁定了我们的位置。

这下可是真的麻烦大了。

当然,作为铁骨铮铮、素来以坚强不屈闻名的资深义勇军战士,我当然不会这么认输。当子弹、能量束、爆炸物和高能等离子团开始呼啸在地下通道中横飞时,我也开始了……从这浑蛋体内逃跑的尝试。呃,没错,我这么做是完全合理且有必要的——在无法夺取目标时,任何明智的指挥官都应该立即开展有序的撤退行动以保全有生力量,而非不明智地继续纠缠、徒增风险。

"立即撤销接入许可! 停止接入作业!"我在自己乱成一锅粥的脑子里朝着画外音先生吼道。

正在尝试……出现不明故障,无法完成该指令。

"给我停止接入! 停! 马上停下! 你这天杀的浑蛋! 快让我从这鬼地方出去啊!"

出现不明故障。无法完成该指令……无法完成该指令……无法完成该指令……无法完成该指令……

虽然我这边心急如焚,但画外音老兄的语调照旧维持着不疾不徐的状态。

算了，既然一时半会儿跑不掉，那还是先不管他老人家的为好。在花了一丁点儿时间以我那卓绝的自控能力调整心态、整理思路后，我很快便拿出了B计划。

"听我的！你这垃圾虫！这里我说了算！"

我不再尝试撤离，而是转而开始强行夺取"阿拉克涅"身体的控制权，但很不幸，这家伙的抵抗比我想象中的更强。当我试图操纵那四条武器化的上肢或者移动那些分节的披甲长腿时，我都只觉得像是在让被压得发麻的手指翻花绳一样，任何一个细小的动作都显得困难重重。别说掉转枪口状的武器化上肢瞄准那些正朝我们的方向开火的杀人侏儒，或者用爪子与腿部撕裂四处乱窜的"清道夫"了，甚至连收缩一块肌肉、让一处最不重要的关节动弹一下的企图，都会立即遭到近乎疯狂的抵制。

喂！这也太过分了吧？瞧不起人也应该有个限度什么的好不好？一头没人样的鬼东西，就别和高贵的人类大爷我作对啊！

总之，这怪物那恶毒的意志越是拼命阻挠我，我就越不屈不挠地集中起更强的注意力，以更加夸张的方式向它还击，而作为这场惊天地泣鬼神（当然，指的是激烈程度，可不是搞笑程度）的颅内争夺战的结果，这头"阿拉克涅"的身体就像癫痫发作般开始剧烈抽搐，然后又开始做出一连串疯狂的大尺度动作。它那只特化成飞镖发射器的胳膊持续不停地来回飞舞，储存在气囊内的压缩气体不断地将一根根毒针扫射向四周，先是把一堆"清道夫"钉死在地板上，接着遭殃的是几个倒霉的侏儒。最后，这头"阿拉克涅"的四条步足开始左右摇晃，像是个跳舞的醉汉般开始在这条狭窄的廊道里到处乱冲乱撞，最终和那个拿着单兵榴弹发射器的侏儒撞在了一块儿。

而那家伙当时正准备发射一发枪榴弹。

总之,我接下来的经历可绝不是一般人有机会尝试的——那发榴弹直接打在"我"脚下的地板上,接踵而至的爆炸直接诱爆了那小怪物挂在肩膀上的弹药带里的十来发备用弹。接着,失控的火势迅速蔓延,又点燃了一具刚刚被干翻的杀人侏儒身上携带的一包M-G激光卡宾枪的能量电池。后者爆炸产生的有毒烈焰瞬间将我所"附身"的这头"阿拉克涅"包裹了起来,让它变得活像是挂在烤炉里的烤鸭……哦不对,其实还有一点儿小小的不同:烤鸭再怎么说也是已经提前杀好了的,而这家伙现在可还活着啊!

虽然根据我的经验,这种等级的火焰在一两秒内就能让一个没有防护的人命丧黄泉,但就像故事书里的所有难缠的怪物一样,"阿拉克涅"的生命力实在是顽强得过分。在前些天第一次看到"战争老鼠"们与它们交战的录像时,我就已然确认了这一点;而现在,我算是亲身体会到了这生命力有多可憎……哪怕在火焰随着燃烧的电解液粘了这畜生一身,开始透过它甲壳的缝隙一点点地烧穿血肉、炙烤神经时,这东西仍然活着。而它高度敏感的知觉在此时此刻更是将痛苦放大了好几倍,而且一点不落地传给了我……

这到底是哪门子惩罚游戏啊?不妙,非常不妙!就算我的本尊现在正好端端地待在别的地方,但这种痛苦如果持续下去,没准儿会对我造成永久性的精神伤害!这对于为全人类求幸福、为全世界实现正义与公平的伟大事业绝对是超级可怕的损失……

就在我快被这本不属于我的痛苦逼疯前的一刹那,一个黑影突然跃到"我"的眼前,随着紧接而来的一记重击,这倒霉透顶的一切总算——总算是结束了。

3

"所以说，这次战斗表现得最好的是咪咪，这是明摆着的。"

十五分钟后，在充满了混合在一起的蛋白质灼烧的焦臭味、融化的金属和烧焦的塑料的煳臭味，以及被大伙儿以五花八门的方法轰得稀巴烂的"清道夫"们的那股挥之不去的酸臭味，导致呼吸几乎变成一种苦役的地下通道中，雷琪一边清点着捡来的弹药和其他补给，一边优哉游哉地评论道。

"在阿德南先生把我们的位置暴露之后，要不是咪咪干掉了那个想把破片手雷扔过来的侏儒，然后用火焰喷射器烧掉了所有冲上来的'清道夫'，说不定我们这边会有人死掉的。"

"不过，最后是艾琳姊想到了办法把阿德救出来的。"用一块沾湿的旧绷带捂着鼻子的咪咪有些尴尬地笑了笑，"说实话，那时候的情况可太可怕了。要是艾琳姊没想到可以直接用盾牌砸死那家伙的方法强行切断链接，说不定阿德就真的被逼疯了。"

"事实上，艾琳那家伙当时也只是在情急之时瞎猫撞了死耗子而已。"坐在被砸凹下去的防暴盾上的艾琳耸了耸肩——呃，严格来说，现在这位其实是我们的首席机械师爱尔卡，毕竟，无论是艾琳自己，还是她体内的另一位"住户"简，都没本事用步枪维护工具包里的简易工具驾轻就熟地修理在战斗中被缴获的破损武器。"要是当时要本专家来，肯定能想到更好的办法！如果阿德刚才说的是真话，至少有好几种备用方案在理论上……"

"什么叫'如果'啊？"我吐槽道。

虽然现在的我已经回到了原本的身体中，周身上下也看不出一星半点儿伤痕，但刚才烈火焚身留下的幻痛却仍然在我的脑海中盘桓不去。说实话，就算有人付给我一万块钱，我也不会再考虑这么干一次了……当然，要是给两万或者更多的话，没准儿我有可能还会试试。

"总之，至少这一票咱们没亏。"在清点完缴获的战利品之后，蕾琪总结道，"一个人轻伤，换来干掉一整个小队的……这种东西。而且还捡到了八百发子弹、五颗破片手雷、一支能用的激光卡宾枪和六个充满的能量电池。这都是我们现在急缺的。"

"但就这么一点儿，也支撑不了太久。"艾琳，哦不对，爱尔卡摇了摇头，"恕我直言，你们最好尽快设法确保干净的水和食物的来源。就算现在我们的人不多，每天消耗掉的这些东西也不是个小数目了。"

爱尔卡刚说完这句话，所有人便都沉默了下来——虽然刚才这场小小的胜利暂时冲淡了一直笼罩在我们心头的愁云，但严苛而灰暗的事实仍然没有改变：自打我们离开那座有吃有喝还有澡可洗的安全中心后，已经过了四天，而现在，除了不断遭遇到的这些四处游荡的怪物之外，我们仍然什么都没找到——无论是奥菲莉亚一直心心念念的苏菲娅·谢林，还是那个定期出现在无线电通信中的神秘声音不断对我们提及的特殊地点，我们连个影子都没见着。

　　四天前，在休息完毕、吃饱喝足后，决计出发的我们将所有难以移动的伤员都留在了那座安全中心内。与他们一起留下的还有负责照顾他们的军医奈吉、可可，以及不太适合进行长时间激烈战斗的平娜和德尔塔。而我、咪咪、艾琳、奥菲莉亚，以及雷琪手下的七名还能行动的"战争老鼠"成员则全部踏上了旅途，准备基于死那啥当活那啥医的原则，去那声音反复念叨的地点一探究竟。

　　从理论上讲，要找到那声音所提及的具体位置并非难事——留下那段录音的家伙非常善解人意地提供了完整的三维坐标，而在十个世纪前，当下尼尼微城刚建成时，这里的每个功能区与每条通道的入口显然都标着相应的坐标数字以方便访客们定位。但不幸的是，由于在漫长时间中的损坏和磨蚀，以及一系列显然最近才发生的破坏，这类标识大多数都已经湮灭无踪；而许多通道更是已然坍塌堵死，根本无法通行。正因如此，我们不得不一点点地在反复失败中摸索出一条可能的正确路径，进展自然缓慢得令人沮丧。

　　"即便按照最乐观的估计，我们目前应该也只抵达了这儿。"在摊开一幅手绘地图后，奥菲莉亚一边用铅笔添上我们先前刚刚探查过的通道并为它们标上编号，一边说道。有些出乎我意料的是，这位我原本以为唯一特长就是引用各种天知道哪儿来的规章制度的大小姐，其实在作图方面也颇有天赋，而且有着出众的位置感和对复杂空间结构的认知能力。在这一路上，多亏了她，我们才能把四处摸索的成果汇集成一幅可视化的立体地图，从而最大限度地避免了走冤枉路。"让我想想……对了，如果下尼尼微城的各个通道和层级之间的距离相对固定，而且以没有空号和缺号为前提的话，那么这个被反复提起的(A14,D01,

C89)大概在……呃……这儿。"她用手指点了点几乎位于白纸边缘的空白处,耸了耸肩。

"这到底是多远啊?"那名在之前的交战中被几发霰弹打伤了小臂的"战争老鼠"凑过来问了一句。

"直线距离吗? 大概四点三千米,并不太远。"奥菲莉亚比对着她画在地图底部的比例尺,算了两秒钟,然后给出了答案。说实话,纵然这幅手绘图颇有点儿潦草,在美学角度上非常糟糕,而且还是个未完成品,但它的精细程度居然已经超过了我以前入手过的大多数民用地图了。看来也许我应该把奥菲莉亚推荐给那些民间地图绘制者,然后就能赚一笔大的……等一下,我这都在瞎想些什么啊?

"唯一的问题是,在这下面,直线距离几乎没有意义。"爱尔卡补充道,"我们目前已经出现了减员,而且几乎什么都缺。更糟糕的是,阿德南先生那危险、无谋而草率的实验显然也已经失败了。这意味着我们不可能控制一个对这里轻车熟路的敌人替我们当探子,或者直接从它们脑子里搜出安全的路线来。"

喂! 就算我们都知道你其实不是艾琳或者简,但也麻烦替她积点口德好不好?

"什么叫'无谋而草率的实验'啊? 你以前难道没听罗蒙诺索夫那家伙说过,所谓实验,就是用来反复失败的吗?"我不太高兴地说道。呃,当然,像这种实验,确实失败一次就已经够了,尤其是当我自己就是实验器材的时候。

"所以,你真的没法用以前的办法对付那些怪物吗?"奥菲莉亚问道。

"也……也不是完全不行。怎么说呢? 目前的这种情况……嗯,比较复杂,"我挠了挠头,稍微花了一点儿时间遣词造句，"那个……正如我之前已经对各位提到过的，因为生来就具有某种'资质'——或者照我那些'兄弟'的说法，我是当初创造了这个世界的那些高级专家之一的克隆体，所以我可以启用一部分必须经过DNA验证才能使用的古代遗物，并发挥出它们平时被锁定的功能，其中也包括这支通常被称为'信标'的东西。"我看了一眼手中那根其貌不扬的短棍，歪了歪脑袋。虽然明知这东西可以做到不少对我们而言足以被称为"奇迹"乃至"魔法"的事儿，但现在它看上去仍然和一根普通的塑料制儿童玩具没什么区别。"在很久以前，古代的人用这个对傀儡和异兽这些人造生命发号施令，甚至直接让自己的意识'附体'在傀儡们身上，而我也能做到这点。"

"是啊……嗯，话说回来，几个月前在阿尔-萨尔特丘陵的那个村子里，我，不，应该是艾琳那个迟钝的家伙曾经觉得有些异样呢。"在修好了一支激光卡宾枪的能量电池插槽接口后，爱尔卡突然插话道，"那时候该不会是你……"

"绝对不是！我绝对没有产生过要**蓄意**侵入你的身体或者脑子的念头！我向救主领袖发誓！"我立即将右拳举到了耳边。嗯，考虑到当时的情况，我这话其实也不算是撒谎……吧？

"真的假的？"

"那个……肯定是真的啦，嘿嘿嘿……"我从容地笑了笑，"总之，情况就是这样：如果对手是傀儡，那么我就可以利用'信标'赋予我的权限，通过意识链接去'扮演'他们；而只要启动正确的子程序，我甚至还能感知到周边大范围内的傀儡的存在，并且读取他们的生理数据和各项信息，拦截他们的通信……"

"但对这些怪物却一点儿用也没有？"蕾琪问道。

"并非全然如此，"我摇头道，"事实上，我确实成功感知到了那些怪物的存在,甚至也可以以它们为目标进行'控制'——至少可以试着去这么做。否则刚才也不会弄成那样了。但是,我无法像控制傀儡那样轻易地对它们发号施令,也无法有效地操纵它们的躯体。这……这实在是太……不同了。"

"那你的意见是?"

"我可不是罗蒙诺索夫那家伙那样的专家,也不知道自己说得对不对,"我叹了口气,"但就我的感觉来看,这些家伙肯定与傀儡存在着某种渊源,否则我也不可能'感觉'到它们,更不可能成功地让自己的意识进入它们的脑子里。但是,它们并不是一般的傀儡,而更像是我的'兄弟'们所提到的那种东西。你们应该还记得吧?"

"没错。"奥菲莉亚第一个点了点头,"那个长得很像你的人曾经说过,傀儡可以分为两个阶段:第一阶段是我们现在所看到的、凭着战斗本能互相攻击的无情战士;而第二阶段,则是他们的'真实面目',呃……"说到这儿,她略有些担忧地瞥了已经完成修理工作、换回原来的主要人格的艾琳——还好,对方似乎并没有露出愤怒或者不满的情绪,"他还说,傀儡的'真实面目'才是当年那个什么兄弟会在和谐星上建立这一切的根本目的。"

"确实。如果这些怪物就是傀儡的所谓'真实面目',那倒是可以解释,为何在联合军攻入旧尼尼微城后,一开始只遇到了轻微的抵抗了。绝大多数傀儡当时很可能已经开始转化,或者至少正在准备转化成这种模样,当然不会出来与他们交战——对那些个从来都只有单细胞脑子的正规军指挥官而言,这看上去就像是'一帆风顺'了。"我说道,"只不过,这种'真实面目'到底有什么意义呢?"

"让咪咪猜猜? 难道是……提升战斗力?"咪咪提出了一个

非常不靠谱的假设。

"当然——不可能是这个啊!"我又一次摇头道,"没错,要是**徒手或者拿着轻武器一对一作战**,恐怕寻常傀儡还真未必能和这些怪物对抗。但想必你们也看到了,除了一部分特例,大多数怪物的身体结构不具备操作复杂机械的可能性。"咦,这话怎么听上去像是罗蒙诺索夫的调调? 看来共处得久了,我也难免被传染。"换言之,如果这就是傀儡的第二阶段,那他们根本就没有提升任何战斗能力——至少我看不出来。"

"也是……不过这一切本来就只是猜测。"奥菲莉亚说道,"至于我,说实话,虽然这里的很多地方都让我有种……熟悉的感觉,但我真的完全不清楚所谓的'傀儡的另一个形态'是什么。除非我们真的能找到实打实的证据,否则我不认为我们可以草率地断定……嗯?"

挂在蕾琪腰带上的通信器突然响了起来。

4

　　"侦察小队吗？伏击作战已经结束，你们有发现吗？"

　　"没错，头儿！我们找到了非常有趣的东西，你们最好尽快来看看。"

第八章

日记与"门"

1

虽然我们在这几天中所走过的地方不过是庞大的下尼尼微城的一小部分,但途中的所见所闻也足以让我们总结出几点事实了:首先,所谓的下尼尼微城绝不仅仅是一系列黑漆漆、湿漉漉的下水道和地下室的简单组合,就像地面上那座尼尼微城一样,它也是一座有着不同的功能区划以及四通八达的道路体系的城市;其次,在下尼尼微城的许多地区,古老的黄金时代技术仍在运转着,其中的一部分确保了地下的通风和水循环,在一些地方甚至仍然保有照明系统乃至水栽农场,而另一些则负责调整地下各个区域内的微型气候。

只不过,这些设备中也存在着一些……运行状态相对不那么正常的。

很显然,我们目前进入的这个层级,就是那些因为设备异常而变得不太正常的区域中的一个——在通过一条狭长、黑暗的下降通道来到这里后，我首先感到的，便是扑面而来、如同一块直接砸在脸上的铁板般强烈可怖的凛冽寒意：虽然由于和谐星的海陆分布，被汹涌洋流包围、几乎没有价值可言的南北极区域极少有人亲身踏足，但我不止一次听说过那里有多冷。而我估计，现在我们身处的层级纵然没冷到两极那个地步，也已经差不多了。

"这这这……这啥？零下十二度？"虽然第一时间从背囊里拿出了所有衣服一股脑儿套在身上，但在看到了随身携带的水银温度计上的红色汞柱位置后，我还是倒抽了一口凉气——在目前的情况下，这话就是字面上的意思。

"哇哦，是雪呢！可以打雪仗了——呜喵！"在我们所有人中，只有咪咪看上去半点儿都不怕冷。事实上，在第一眼发现积在楼层地板上的白色物质后，她甚至试图去伸手抓这东西——结果自然是重重地摔了一跤，而且什么都没抓到。

"笨蛋吗你？那是冰块！你都没见过雪的吗？"作为指挥官的蕾琪显然对她的这种脱线行为相当不高兴。虽然与平时只穿着贴身内衣和躯体护甲的我们不同，这家伙无论在哪儿都穿戴得整整齐齐、密不透风，让人看着就觉得热，但在来到这鬼地方之后，她还是立即找出了一件大衣披在身上，并且不断用厚手套的食指尖刮擦着头盔的目镜上持续形成的霜花。

"那个，咪咪以前真的没有见过雪哦，"艾琳解释道，"她小时候是在罗迪尼亚大陆深处的荒漠地带长大的，别说极地和冬天，连稍微高一点儿的山都很少见过……哦对了，她也从来没吃到过冰激凌。虽然阿德每次都保证，只要好好干，就能给她弄到这东西，但就我所知，他从来都没兑现过哪怕一次承诺。"

　　喂！拜托,有你这么损人的吗?"战争老鼠"的那些家伙现在都在用看垃圾的眼光看我呢！这样很不公平啊！毕竟,我之所以没法兑现这些承诺,完全是因为我们一直在四处奔波、为了全人类的利益而战,根本没有闲情逸致打听冰激凌到底怎么做好不好?再说我在两个月之前明明已经把你们的工资从每周五块四角钱提高到五块七角钱了！冰激凌什么的,难道就不能干脆折个价算进涨的工资里面去吗?

　　"总之,大家在行动时小心点儿,这里的地面非常滑。"奥菲莉亚从背包里翻出一段前几天在某个地下垃圾堆里捡来的粗糙棕绳,示意我们像缠防滑链一样把它缠在靴子上,"虽然按照《联合军装备条令》修订版里的规定,这种时候应该穿专用的雪鞋或者山地钉靴才对,但目前只能先勉强凑合一下,用这个来增加摩擦力……"

　　"呃,前面的营地里好像有真正的雪鞋和钉靴。"有人突然插了一句。

　　"真的?"

　　"还不止。"从一堆结满了厚厚冰霜的钢架和坍塌断裂的管道后爬出来的两人答道。这两名"战争老鼠"是在半天前抽中了签后被派去进行今天的例行探路任务的侦察小队,稍早些时候,也正是他们用无线电向我们报告说发现了失踪的傀儡们的踪迹,让我们赶到这地方的。

　　"那里还有更多有趣的东西,"其中一个人说道,"你们应该,哦不对,你们肯定会对那些东西很感兴趣的。"

　　"但愿如此。"我耸了耸肩。

2

探路小组所发现的"营地"位于一座巨大的天井的底部中央,离他们和我们碰面的地方只隔着一段满是破损的管道和金晃晃的铜线的狭长通道。这座天井非常之高,顶部甚至有朦胧的白光洒下。但从我们的计时器上的数据来看,地表上现在应该还是黑夜,所以这大概不是阳光。就像我们先前找到的那处阿卡迪亚大学代表团的前进基地一样,这地儿也是由一系列集装箱式营房和大帐篷组成的,只不过它看上去要更……军事化一些。

在营地的周围,我发现了疑似是反步兵定向雷爆炸后留下的扇形灼痕和嵌在冰块里的钢珠,外加满地的弹壳和弹痕累累的战斗掩体,而且从各种玩意儿上随处可见的"步枪与闪电"标识来看,这些人可不是什么大学代表团和受雇佣的义勇军。

他们是第一军团的人,最高统帅的直属部队。

与阿卡迪亚大学的前进基地不同,这里的空气中并没有弥漫着那种同时令人感到心烦与心悸的浓郁酸味,取而代之的则是遍地的尸首——其中至少有近一百具是普通的人类。大多数死者都穿着工程兵和后勤单位的灰色工装制服,在死亡时没有携带任何比工兵锹更有威力的武器。许多人聚在自己的营房或者掩体附近,似乎是想要在那儿寻找掩护;还有一些人则倒在战斗岗位上,身边散落着受损的枪支和弹壳。他们显然是在试图抵抗时被打死的,伤口没有出血,而是呈现出醒目的灰黑色炭化焦痕。

我们对这种伤痕实在是太熟悉了。

"瞧这个,能量武器烧灼的痕迹,这些人是被傀儡制造的步兵武器干掉的。"我嘟哝了一句,同时在那些已经覆满白霜的尸体间搜索着——很快,我就找到了自己想找的东西:一具高大、强壮、穿着浅色紧身服的尸体。在用力按了按这家伙被大口径步枪弹洞穿的胸口,感受到了整块骨板的触感后,我完全确认了他的身份。

"一百一十七条正规军的命,换了九个货真价实的傀儡士兵,"蕾琪比我先一步清点完了死者的数目,"明摆着是不太好看的交换比。不过考虑到大多数人并非战斗部队的人员,而且袭击这里的傀儡数量多半也不少,这倒也不算太糟糕。"

"我想,那些送命的家伙恐怕不会这么觉得。"我用脚尖踢了踢一名被激光束烧穿脑门儿的工程兵尸体,哼了一声,"对了,你们说的'会让我们感兴趣'的东西呢?虽然现在我们总算知道之前失踪的一部分傀儡到底去哪儿了,但这些死人可不怎么有意思。"

"在这儿。"先前报信的那两人之一推开了一座集装箱式营房已经有些受损变形的金属门,"请跟我们来。"

和别的地方一样,营房里也是一片狼藉,活像是被一群醉酒的小偷光顾过似的,没有一样东西还能算得上完整。总而言之,这里压根儿就没留下什么值得我注意的东西……

呃，等等，更正一下，确实有东西吸引了我的目光。

那是一个人，一个已经死去了一段时间的男人。这人躺卧在一只巨大的金属箱子上方，尸体早已因低温而冷冻得像雕像般僵硬。从他身上的军官制服判断，这伙计应该是一名正规军里的上尉，而且属于后勤补给单位，而他空荡荡的手枪枪套以及胸口上的那个弹孔则再清楚不过地说明了他有别于营地中其他人的死因。

"在我们找到这地方的时候，这人就已经死了，"探路二人组之一说道，"我们估计，他大概是在营地被攻击时藏进了这里面，所以躲过了一劫，但却在爬出来之后因为无法忍受看到的可怕景象而自杀了。"

"你是说这个？"我将尸体搬到一旁，打开了那只金属箱——这东西事实上是一只焊死在集装箱式营房角落里的柜子，构成箱壁的合金钢比我们使用的防暴盾还要厚重结实，并且装有一个可以拆卸的通风阀。在平时，它一般被用来存储重要文件和应急储备物资，也可以在紧急状态下被当成临时避难所，容纳两三个走投无路的倒霉鬼。只不过，在打开箱子之后，我看到的却是……

"看不出来，这帮正规军的龟儿子还真会享受。"蕾琪的部下之一率先评论道，而其他人全都露出了赞同的神色——装满了小半个箱子的那些东西并不是文件或者干巴巴的压缩口粮与净水器（当然，要是真的找到这些，对我们而言倒也不算坏），而是一盒盒詹斯群岛产的高等可可粉与贝勒加德半岛的精制方糖、十几瓶北阿卡迪亚产的250毫升小瓶装苹果白兰地、好些包来自高门地峡的优质雪花大角兽肉干，以及一套镀着银的茶具和固态燃料炉。我还注意到,那个死掉的军官脚边居然丢了六只喝空了的酒瓶,这表明他在断送自己的性命之前,还是抓紧时间好好享受了一番的。

"但这么做……呃……其实是不应该的!按照《野营装备使用暂行规定》,在专属重要物品储存柜里摆放其他东西是违规的。更何况,未经申请就随便带这些并非必要的奢侈品到前线,理论上也是不允许的。"站在一旁的奥菲莉亚虽然不断地咽着口水,但还是认真地提醒着我们,"无论如何,这么做真的是非常过分……"

"没错,非常非常过分!"我一边抽出多功能军刀,以最快的速度弄开其中一瓶苹果白兰地的软木塞,一边指着那死人的鼻子斥责道,"该死的,你就不知道应该为长官多留点补给吗?这可是基本的礼貌!"

艾琳用奇怪的眼神瞪了我几秒钟,最后还是没说什么。嗯,很显然,她也完全认同了我刚才所提出的正当理由,很好,非常好。

"不过话说回来,你们说的傀儡的去向呢?"蕾琪一边将用冰镐砸下来的冰块放进锅里,准备用固态燃料加热成可以用来冲泡热巧克力的饮用水,一边提出了这个问题,"我在这里没看到任何关于傀儡的东西。"

"别急,头儿,东西都在这儿呢。"探路二人组中的另一个(我一直没有记住他们的名字,这人是叫艾萨克还是埃克斯来着?)走到了营房中的唯一一张桌子旁,从桌上拿起了一个笔记本。从封面上的姓名和标志来看,这玩意儿显然出自那位仍然躺在室内的老兄的手笔。虽然这是一本个人日记而非更加翔实的任务日志,但作者仍然用非常工整的字体写下了一看就知道相当翔实的记录，而且还在里面夹了几张照片。"这是我们之前在这人身上找到的，也是整个营地里唯一没被破坏的文字记录了。"

"嗯，看来这个家伙也没我们想的那么糟糕嘛。"我接过日记，按照往常的习惯先取出了那些照片——夹在那些书页中的照片其实并不太多，总共只有六张，其中前三张都是合影，显然是这座营地中的指挥官们在进入下尼尼微城之前以及开始建立营地时拍下来留念的；而第四张照片拍摄得显然非常匆忙，而且拍摄位置的光线也很昏暗，只能勉强看到一个似乎是人类影子的东西站立在一堆瓦砾之中，从照片中的残影来看，拍摄者当时似乎正在高速奔跑着。第五、第六张照片的清晰度倒是要高一点儿，至少没有那些让人无法看清图中事物的残影了，取而代之的是一连串仿佛粗绳索般的东西，以及悬吊在下面的巨大浅红色囊状物，看上去有点儿像是刚刚从地里拔出来的圆萝卜。

只不过，寻常的萝卜肯定没法长到比一个成年人还大。

"呃……这是啥啊，怪恶心的。"在盯着后两张照片看了一阵之后，我突然感到了一阵莫名的不适——虽然我压根儿就不知道照片上的那些东西到底是什么，但这种感觉却自然而然地出现在了我的意识之中。不知为何，我有一种感觉，一旦选择翻开那本日记，就是向我已经涉入的那片浑浊泥潭迈出了无法回头的一步。

不过话说回来，对于大半个身子都已经落进泥潭的人来说，弄脏半件衣服和弄脏整件衣服，其实似乎也……没那么大的区别？

于是，我就这么翻开了日记。

3

现在回想起来，那个举枪自尽的家伙其实从头到脚都和我不是一路人——根据他足足写满了日记前十页的、辞藻华丽的自述，这位哈尔上尉是个标准的世家出身的二代，一个在祖辈的余荫下顺顺利利地长大的漂亮家伙，和我这种没爹没娘、穷困潦倒，纯粹凭着对全人类未来命运的责任感和对人类文明的无限忠诚奋斗打拼了一辈子的英雄好汉恰巧构成了两个极端。事实上，直到一个半月之前，这浑球儿甚至都没踏出过阿卡迪亚岛一步，这次在兰檀的行动还是他这辈子头一次在大陆上干活儿。

但就像大多数既没什么过硬的真本事又不知轻重的二代们一样（呃，我可不是指我们的好朋友奥菲莉亚，真的！），这家伙在第一次货真价实的任务里就被指派到了一个重要岗位上：在随着那些据说要去南方"增援友军"的部队一同抵达兰檀之后，哈尔上尉很快便接到了密令—— 一旦兰檀的政治形式变得"对'复仇派'不利"，他将随大部队一同进入旧尼尼微城的废墟，并在那里作为多支特遣部队之一的首席技术官参与"特别任务"。虽说就像绝大多数人一样，这家伙以前对下尼尼微城的了解仅限于一点儿不被官方承认的流言蜚语,但从字里行间不难看出,他对于自己压根儿不清楚的一切都"充满了必胜的信心"。

……自从进入地下后,我们在目标区域设立前进营地的努力非常成功,工程连、通信排和负责安全保卫的1、2排均在计划时间内达成了目标。上级曾经询问我们是否需要重武器支援,但我拒绝了——与仍有小规模傀儡军队袭扰破坏活动存在的地表不同,除了偶尔的塌方和机械事故之外,地下显得更加安全。目前我们遭受的最严重的伤亡仅仅是两个人在清理被堵住的通道内的瓦砾时,被坍塌的碎块砸成轻度脑震荡。当然,这也证明了遵守条例、时刻戴好头盔的重要性。不过,今天我们与地面的通信遭受了干扰,我努力尝试了好几次才成功将例行报告提交至旅指挥部,我认为这大概只是寻常的设备故障而已。

在"任务第三日"那一页上,那家伙如此写道——从日期推断,那似乎是城内的联合军部队开始遭受从地下蜂拥而出的怪物的攻击的前三天……看来,直到那时为止,这下面都还风平浪静。

……虽然一直在努力工作,但说实话,我们得到的任务目标相当模糊:"在下尼尼微城建立稳定立足点,勘探周围并确认一切有价值的古代遗物"。这个"周围"指多远?"有价值"又指的是什么?很不幸,没有人给我确切的、可以被量化的判断标准。要是有个科技考古学家或者技术史学家,比如大名鼎鼎的伊斯坎德尔·罗蒙诺索夫博士那样的人,没准儿我们能更好地解决这个问题。

又及:工程连的操作员伊扎特中士今天中午在挖掘备用厕所需要的坑时,无意间发现了一个类似于祭坛或者操作台的东西。我相信那是某种古代遗物,但因为缺乏必要的知识,无法确定它到底是什么。

"这个人提到了罗蒙诺索夫先生呢。"咪咪说道,"他这么有名吗?"

"没错,"奥菲莉亚耸了耸肩,"至少,正儿八经受过高等教育的人都知道他的名字。虽然因为他平时特别注意不在公开场合露面,所以很少有人知道他长什么样,但最近几年,只要提到'科技考古学家'或者'技术史学家',大多数人第一个想到的都会是他。"虽然她没有多说什么,但我还是敏锐地察觉到了隐藏在她眉宇间的那一丝不悦。很显然,作为世代研究古代科学技术遗产的谢林家族的后代,她对于罗蒙诺索夫抢了自己的家族名头这点还是有那么点儿不快的。

"真是可惜,我们现在还不知道他的下落,如果他在的话,没准儿我们早就解决这些麻烦了。"端着不知从哪儿找来的大托盘的艾琳走了过来,将用刚找到的材料煮好的热巧克力分给了我们每个人。在浅尝一口后,就算对品尝美食素来没什么天赋的我也注意到,这些巧克力的温度、甜度与口感全都恰到好处,甚至连在银杯里的满盈度也是,既不显得太少也不会稍稍一斜就洒出来——这只能是简的手艺。

"不过我有种预感,我们也许很快就会见面了。"我让又暖又甜的巧克力从舌尖开始缓缓蔓延,滑进食道,稍稍花了几秒钟时间享受这种来之不易的舒适感觉,然后才继续翻看那本日记。

接下来的记录不再是之前那种词规句整、条分缕析的长篇大论,而是一些零散的、笔迹潦草的片段的组合,显然是在紧张工作的间隙匆匆记下的。从日记的内容来看,哈尔上尉和其他军官似乎联系上了阿卡迪亚大学的那些家伙,但就连后者也不清楚他们发现的那东西到底是什么。于是,这些家伙自然而然地想到了一个点子。

他们决定自己去试试。

接下来的记载变得更加零散也更加潦草，许多地方的笔迹混乱到了让那些具有最高等级草书造诣的资深医师们也会自叹弗如的地步。哪怕是拥有千锤百炼的眼力和百里挑一的优秀图形辨识能力的我，也只能勉强看出几个单词和词组："启动""奇怪的闪光""发光的门""陌生的地方""遭遇"，当然，还有"傀儡"。

这看起来有点意思了。

"咦？这所谓的'门'指的是什么？要是我没记错的话，你之前提到过，你们曾经莫名其妙地从位于新阿斯旺湖底下的古代建筑里消失，然后就出现在了城里，"凑在我身边看着日记的蕾琪问道，"那时候……"

"那时候我们都失去意识了，所以什么都没看到。"艾琳，哦不对，应该是简耷了耷肩，"但我个人认为，这个人提到的'门'，很可能确实和之前发生在我们身上的事有关。"

"也许吧，不过我得先看看这后面都写了什么。"我试图翻开下一页，才发现纸张居然发出了纤维撕裂的轻微"嘶啦"声——由于那家伙在自杀时仍然把这东西揣在怀里，日记本的一些地方被渗入的鲜血粘住了，许多字迹因此变得模糊难辨。但在那些已经开始由鲜红变成暗紫色的血迹之间，我还是能勉强读出一些文段来。

"我们犯下了巨大的错误，就像是因为愚蠢的好奇心而擅自去捅马蜂窝的小孩。"我找到了一部分写得还算清爽而且也没被血迹覆盖的文句，小声读道，"我们发现了这里的秘密，我们现在也知道那些傀儡到底去了哪儿，但代价却是四十几条生命！而且现在一切都已经迟了——我们原以为，从那道'门'里原路逃回，就可以万事大吉。但很显然，那些家伙，那些终于开始露出它们丑恶扭曲的真面目的怪物，已经通过某种方式反向锁定了我们的位置。在我们还在优哉游哉地做着撤离的准备时，那些门就已经出现在了营地里，而那些家伙随之紧追而来……我们一点儿机会都没有，只能像屠宰场里的鸡一样束手待毙……我不知道躲在这种地方还能安全多久，但我受够了！我会为自己的愚蠢负上全部责任，但绝不会让我自己任由那些连人都算不上的东西处置……那个啥……以上。"

"就这些?"蕾琪歪了歪脑袋。

"这些已经够了！"多亏了强大的自制力和崇高的责任心，我才没立即撇下其他人冲出门外，掉头就跑——很显然，根据我一贯的坏运气，之前发生在地面上的那些破事，大概很快就会原封不动地在这里再发生一次。而有着善于吸取教训的优秀品质的我，自然不会让这种事再次发生。"弟兄们，把能拿的都拿上！我们必须马上离开——"

"且慢。"奥菲莉亚突然拉住了我。

"怎么了？这里很危险！如果那家伙留下的记录是真的，没准儿我们随时都可能被袭击！"我焦急地试图挣脱奥菲莉亚抓着我肩膀的手，却没能成功，"你是不是走不动了？如果走不动，我可以背你！实在不行的话，公主抱也不是不——呜嗷！"

"少胡思乱想啦！"奥菲莉亚的回答是直接甩在我脸上的一记耳光——看来，虽然经历了不少事，但她还是保留了许多老习惯，"听我说，我有种感觉。有什么东西正在朝这里接近……"

"是敌人对吧？是傀儡吗？还是那些活见鬼的怪物？算了，无论是什么，总之我们必须立即离开这里！"我摇了摇头。虽然作为一名义勇军，与人类的敌人战斗是我不可推卸的职责，但审时度势、避免无价值的伤亡同样也意义重大。

"不，都不是。"奥菲莉亚的头摇得像是拨浪鼓，而且看上去，她似乎也感到相当困惑，"说起来你也许不信，但我非常确信一点，那东西应该不是什么危险的存在——至少目前对我们没什么威胁。"

"啥意思？"我反问道。自从被莫名其妙扔进这座该死的鬼城之后，我只觉得这里凡是会动的玩意儿似乎都恨不得照着我脑门儿来上一梭子；相较之下，"没有威胁"的东西反而比较稀罕。"那到底是什么？"

"我真的不知道。"奥菲莉亚双手一摊，"但我可以保证，你用不着担心……"

"上次在地面上，你还保证不会发生坏事呢！"我有些烦躁地将可可粉、砂糖、日记和几瓶白兰地塞进自己的背包，然后举着霰弹枪冲出了门，"我可不管你怎么说，反正……呜哇啊！"

在开门的一刹那，我就直接和奥菲莉亚提到的那玩意儿撞了个正着。

4

　　说句题外话，你们都知道果冻这东西吧？按照罗蒙诺索夫的说法，在很早很早以前，甚至早在星际开拓浪潮开启伟大的文明黄金时代之前，这种又软又可爱的、半透明的、有着Q弹口感的食物就已经在古地球上流行开了。当然，在我年轻那会儿，科技考古学家和技术史学家们就已经从上古文献中找出并复原了利用从海藻和动物生皮中提取的琼脂和食用明胶生产各种零食的相关技术，并成功将这些技术投入了生产。由于这些制品相对还算亲民的价格，在咪咪的口味变得刁钻，开始动不动嚷着要蛋糕和冰激凌这样的名贵物品之前，我一直都在用果冻来抵她的奖金和加班费。

　　不过说实话，我自个儿倒是不太喜欢吃这玩意儿——不是因为它味道不好，而是因为我有过最初在品尝果冻时险些窒息的不幸经历，这让我对这东西产生了强烈的心理阴影。当然，作为视死如归的人类文明优秀战士，我是绝对不害怕死亡的，但被这种东西噎死可不怎么光明正大，而且要是仅仅由于这个就导致我不能为全人类的福祉做出更多的贡献，那真是全世界莫大的损失。

而在冒失地从营房里冲出去的那一瞬间，我又一次体会到了这种给我留下心理阴影的感觉。

"呜哇！阿德！"多亏了其他人，尤其是咪咪的迅速反应，这种糟糕的感觉只持续了一小会儿，接着，因为窒息而陷入慌乱的我就被其他人硬拽了出来，一头栽倒在地板上。

"阿德阿德！你还好吧？"

"我没啥事，但那是什么啊？"我指着堵在营房门外的那一大坨不断蠕动的半透明东西问道。这个问题其实没多大必要性——毕竟，刚才奥菲莉亚就已经在一定程度上预先回答过了："从没见过这种东西！"

"长官，这很像是果冻，不过恕我直言，那显然是某种生物。"暂时作为简存在的艾琳有条不紊地把我们喝完的空杯子收了起来、用抹布擦干净后，摆回了营房的柜子里，仿佛外面那明晃晃的、不断蠕动着的、极其庞大的一团胶状玩意儿压根儿不存在似的。

"不知道它好不好吃……呜喵！"或许是没有感觉到危险气息的缘故，咪咪开始说傻话了——当然，我立即用食指的指节对她进行了纠正。

"说过多少次了！不要整天都想着吃——在我们结算工资的时候想想就够了！"

在关好门后，我双手撑着这座集装箱式营房唯一一扇玻璃窗的窗框，几乎将整张脸都贴在了玻璃上，仔细地观察起那个正在屋外蠕动的庞然大物：这玩意儿看上去大概有七八米长、三到四米高，显然比传说中生活在古地球上的那种名为"大象"的生物还要大上一圈。乍看之下，它似乎只是一团没有固定形状、如同巨大水珠般的柔软球体,但只要仔细瞧瞧便不难发现,这东西事实上有着比我想象中更复杂的内部结构:在它的半透明身体内部,我看到了一个类似胃囊的东西,以及至少数十条通往身体表面、不断泵动着的半透明管状结构。在这些"管子"旁,一丛丛像是单细胞生物伪足的细长触手不断伸缩挥舞,以缓慢却不失灵巧的动作有条不紊地扫过附近的地面,触探着它碰到的所有东西。

在接下来的几十秒内,这个缓慢蠕行着的半透明大团子先后用伪足卷起了一把铲子、一支傀儡造的M-G激光卡宾枪、一枚取掉保险销却没来得及引爆的G-530破片手雷以及一卷两吨级轻型挖掘机的备用履带,又把它们一一放下,显然是没有什么兴趣(假如这个连脑子都没有的玩意儿也知道什么是"兴趣"的话)。但是,在其中一条伪足抓住一具穿着后勤军士制服的尸体时,它立即将那具尸体卷了起来,扔进了其中一根通往"胃囊"的管状结构里。

"这家伙在……吃尸体吗?"即便隔着呼吸面罩,我还是能听到蕾琪咽下口水时发出的响亮声音,"好吧,也对。这么一来,我们就知道为什么那些大学的家伙会消失得一个都不剩了。"

"恐怕不完全对,"奥菲莉亚摇头道,"它只是把尸体储存起来而已——至少我没看到这家伙有咀嚼或者消化的迹象。"

"没错。"我附和道。透过那个软乎乎的大团子的凝胶状躯体,我注意到"胃囊"的确没有任何显著的分泌消化液的迹象,里面的尸体仍然是完好的。这个大家伙仅仅是把死者存储起来,除此之外就什么都没做。

当然,出现在营地内的大家伙并不只有这么一头(或者用"一团"来形容会更贴切些? 算了,这不重要)。在营地的其他角落,另外三个长得一模一样的大家伙也在做着同样的事儿——它们用巨大的伪足翻动一地狼藉,将人类和傀儡的尸体不加区别地搜集起来,塞进自己体内。有些时候,当死者身上仍然携带着备用弹匣、刺刀、手枪或者手雷时,这些家伙的伪足顶端还会分裂出更加细小、也更灵巧的"指头",将这些碍事的东西一一取下,然后才将死者收入腹中。除了尸体之外,这些家伙也对食物颇感兴趣。我在其中一头大团子的"胃囊"中发现了大包大包的面粉、腌肉和冻鱼,这倒是和之前在地面上见到的情况别无二致。

但自始至终,这些家伙都未曾试图对我们采取任何行动——哪怕我之前曾经和其中一个家伙"亲密接触"过也罢。

"看来你是对的。"当大团子们蠕动着离开我们的视线后,我对奥菲莉亚说道,"它们确实没什么威胁……至少暂时是这样没错。"

"但这到底是什么东西? 某种本地食腐动物吗?"蕾琪问道。

"肯定不是——至少我可以确定,它们并不是在'吃'东西,只是在搜集和搬运罢了。"我立即回答道,"事实上,我觉得,它们更可能和那些'清道夫'有联系。"

"因为这些味道吗?"

"当——然啊。"我捏着鼻子,用力点了点头。由于气温太低,一开始时,我们还没怎么嗅到气味;但当这些大团子挨个儿在我们身边爬过之后,被它们的腹足和伪足触碰过的东西全都沾上了滑溜溜的黏液。那种仿佛醋泡烂西红柿的味道又回来了,继续残暴地无差别攻击我们每个人的嗅觉神经。说实话,要是现在有谁能给我一罐子空气清新剂的话,我愿意用奥菲莉亚付给我的整个月的薪水去换它。

　　当然,这地方没有空气清新剂,也没有别的可以遮住那股酸臭味的东西。我只能一边羡慕嫉妒恨地看着永远戴着带呼吸面罩的封闭式头盔的蕾琪,一边聊胜于无地用一只手捂着口鼻部位,安静地观察着那些大家伙的行动。如我所料,在将整个营地(除了我们所在的营房之外)仔细搜索过一遍之后,这群家伙几乎把它们能够触及的每一件有机物——无论是食物、尸体,还是皮带和皮靴之类的衣物——全都搜刮进了它们的"肚子"里。由于容纳了数量庞大的"货物",这些玩意儿的体积被生生撑大了接近一倍。但即便如此,它们仍然有条不紊地继续搜索着,直到将身边彻底"打扫"干净,才欣欣然地掉头前往别的地方。

　　"天,这些东西简直像是会动的垃圾袋一样。"不知是谁嘀咕了一句。

　　"别这么说。那些'垃圾'毕竟都是我们自己人啊,听起来怪可怜的。"蕾琪说道。不过,我倒是觉得那人的说法有些道理:虽然第一军团因为常驻阿卡迪亚、由总司令官和联合军最高统帅部直辖而又被称为"禁卫军团",但很多人并不看好这帮一辈子也没见过几次货真价实的战场的家伙的实际战斗能力。这里的状况显然也证明了这一点。如果换成我以前的老东家第二军团,或者别的像样点的军团,就算是非战斗单位也断断不会在一次突袭下无一逃脱;而这座营地里的大多数人在被攻击时显然正处于全无防备的状态,一点儿身处危险地带的自觉也没有,因此才会在赤手空拳的状态下白白送命。

　　不过,我现在可没心情去多想这些事儿——在"胡吃海塞"一通之后,成功让自己从大号果冻团子进化为特大号肉冻团子的怪物们离开了营地,开始朝着这座巨型天井的西北方向缓缓蠕行,而基于对全人类的忠诚和强烈的责任感,我们立即保持距离，谨慎地跟了上去。没过多久，这些摇摇晃晃、鼓鼓囊囊，活像是重度超载的大货车的家伙抵达了一处大坑附近。在坑的中央，一座直径十来米、不知用什么材料制成的灰色圆形平台正散发着淡淡的光芒。从大坑周围停着的一辆轻型挖掘机判断，这里显然就是哈尔上尉在日记里提到的那个地方。

当怪物们接近平台时，原本萦绕在平台表面的光芒突然像是被注入了生命一样，"萌发"出了几截类似植物幼芽的结构。在之后的几秒钟内，这些"幼芽"迅速"生长"了起来，最后形成了一道由明灭不定的微光形成的、足以让那些大家伙鼓胀的身体穿过的"门"。而那些大家伙也老实不客气地钻了过去，就这么像变魔术般地在我们面前消失了。

"喂，阿德！我们也过去吧？"咪咪和艾琳同时推了推我的肩膀，提议道。

"那个啥……稍微等一下，我还没准备好……"我原本已经下意识地准备冲向那些随时可能消失的"门"了，但却又突然停住了脚步——当然，我其实也不知道现在到底还有什么好"准备"的，但在我意识的角落里，有一只无形之手一直在拉扯着我，让我尽可能三思而后行。

"怎么了，阿德？还有什么问题吗？"

这个问题问得很好，因为我真的不知道到底还有什么问题。唯一让我仍然呆呆地站在原地的，只有那种说不清道不明的"不好的感觉"。不知为何，在看到那道微微发光的大门时，我第一个想到的却是萤火虫——这种从古地球引入，被用来防治乱吃庄稼的本土软体动物的昆虫在第二军团辖区内的河川附近相当常见。而我从小就知道，一部分雌性萤火虫会用类似的微光作为诱饵，吸引雄性自投罗网……现在，那扇"门"也给了我类似的感觉：充满诱惑，但却也同样让人感到危险。

"阿德！你不去的话，我们就先走了！"见我迟迟没有反应，奥菲莉亚第一个举着盾牌冲向了那扇开始逐渐缩小的"门"，"我现在有种很强烈的感觉——在'门'的那边有很重要的东西，我们必须去探个究竟。"

"咪咪也去！"

"弟兄们跟上！"

"喂！我、我这就来还不行吗？"到最后，我还是不得不跟在其他人身后，在"门"消失前的最后一秒钟冲进了那道不透明的光幕。

黑暗随即笼罩了我们所有人。

第九章

地狱炖锅与意外的重逢

1

从前，在我从联合军的孤儿收容设施里搬出来，被送进据点镇上城区的预备士官学校后，负责讲授城市巷战战术的教官告诉过我一些有趣的东西。按照他的说法，当我们的老祖宗还在银河另一头的古地球上，披着一身毛皮在蛮荒丛林里挣扎求生时，他们原本是一群夜行性动物，为了躲避一种叫"恐龙"的玩意儿而不得不昼伏夜出，并最终进化出了拥有一亿多个视杆细胞的视网膜。因此，对我们而言，不那么"绝对"的黑暗其实并不可怕——只要花点时间，我们总能适应它。

比如说我刚刚抵达的这地方。

当那扇完全不符合我所学过的一切物理学基础知识（虽然说实话，我也没学过多少物理学知识就是了）的光之门在我身后消弭无踪后，我最先感受到的正是黑暗——与那座有着来自天井上方的稳定照明的营地不同，我刚刚抵达的这地方实在是黑得可怕，除了如同凌晨天空中的星星般散布在周遭的几处微弱暗红色光源外，存在于我周围的只有无穷无尽的黑暗。这种黑暗是如此之浓，以至于我的距离感在一瞬间几乎完全消失了。有那么一刹那，我觉得自己仿佛置身于宇宙的虚空之中，除了脚下的一小块地面之外，只有无边际的广袤空间；但到了下一个刹那，我又觉得有四面黑墙砌成狭小的密室，将我挤压得喘不上气，幽闭恐惧症发作时的那种特别的寒意爬上我的后背，像条毒蛇般要咬穿我的脊梁骨，让我在接下来的整整一秒钟时间内都瑟瑟发抖。

当然，这样的感觉并没有持续多久。随着双眼开始自动调整适应，原本微弱得几乎可以忽略不计的暗淡光源在我的眼中逐渐变得明亮起来。虽说这种明亮程度着实有限，只是让周围从彻底而无差别的黑暗变成了深浅不一、充满层次感的黑暗，但也足以让我辨别出这到底是什么地儿了。

很显然，我身边并不是无垠虚空，但也不是足以诱发幽闭恐惧症的狭窄密道。大致而言，这里是一条约莫和新阿卡迪亚城里的四车道公路差不多宽的地下通道，天花板到地面的高度也与宽度大体相仿。或许是由于年久失修，这里的墙面和天花板上裂痕累累，地面上则堆满了大小不一的混凝土块、金属加强筋，以及一些我完全不知道是什么的建材残块，让我想起了……

没错，那张夹在日记里的照片。那张站在瓦砾堆中的模糊人影的照片上的背景，和这里几乎一模一样。

"喂，这里好黑啊，我开！"比我先一步进来的咪咪突然从背包里掏出了手电，作势要摁下开关——好在一直保持着警惕、反应也足够迅速的我立即阻止了她的行动。

"别胡乱使用光源！也别随便出声！"我将另一只手的食指放在嘴唇上，轻轻嘘了一口气，示意她噤声。在那个第一次对我提到"视杆细胞"这个词儿的教官的课上，我学到的另一个重要事项，就是要慎用任何照明用具——在黑暗中，战术手电或者装在头盔与肩甲上的小型战术灯能做到的可不仅仅是为你照亮附近，它们还能成为替躲在中远距离上的敌人定位你的绝佳标志。最重要的是，光度较强的照明设备甚至会在一定程度上降低你对有效照明区域周边的观察能力，甚至很可能让你直到看见枪口焰亮起的那一瞬间才回过味儿来。

值得庆幸的是，蕾琪和她的"战争老鼠"们显然也很清楚这点——作为长年累月以在古代城市废墟里"淘金"为谋生手段的资深"鬣狗"团伙，这些家伙显然早已通过残酷的经历学会了许多生存之道。他们不仅没人随便开灯或者使用照明弹、荧光棒，甚至连随身携带的一台主动式红外探照灯也收了起来。毕竟，许多牛鬼蛇神（比如我之前"附体"的那头"阿拉克涅"）可以在一定程度上看见红外波段，像我们这种被命运之神抛弃已久的衰货，还是不要对自己的运气过于自信为好。

"救主领袖啊，这都是照片里的……"在小心翼翼地往前走了一小段路后，我听到有个"战争老鼠"小声嘀咕道。当然，就算那位伙计不出声，我也已经注意到了这一点：在我们身边的通道的墙壁上，一连串巨大的纺锤状物体极为规则地悬挂成排，与那本日记中夹着的最后两张照片上出现的东西一模一样。在刚看到这些玩意儿时，我首先想到的是植物的块根——当然，这不仅仅是因为它们的形状，更是因为在这些最小也有一人来高、一米多宽，最大则足以塞下一辆轻型四轮装甲车的物体上方，存在着明显的、酷似树木根系的结构。

呃,不对,我得更正一下,那些东西就是货真价实的树根。在抓住一段垂下的根须尖端,通过指尖的触感进一步确认之后,我得出了这个结论。

"那个,我们……现在到底在什么地方啊?为什么这里会有这种东西?"蕾琪问道。

"这个吗?呃,好像是地下三百二十七米来着。"我立即回答。

"咦?你怎么知道?"

"很简单,这上面写着啊。"我朝着爬满了整面墙壁的虬结根系指了指。在几段树根之间所露出的小片墙体上,一些已经有些破损掉色的马赛克瓷砖拼成了"-327米,地下区,深度层级:C89"这么几个字儿。

"三百……二十七米?救主领袖的卵蛋啊……"蕾琪在呼吸面罩后发出了牙疼般的"嘶嘶"声,这似乎是她表示惊讶的一种习惯,"这么深?"

"严格来说,不算非常深,"奥菲莉亚接口道,"根据我以前读过的内部研究资料,早在这里被马尔科姆将军招来的傀儡军团攻陷之前,谢林家族就对传说中的下尼尼微城做过初步调查。当时的估计是,下尼尼微城的最深处很可能抵达了基岩层的底部,也就是地下五百五十米。而且这里的某些供能系统显然是基于地热能源的,考虑到提供如此规模能量所需的温度,很可能这个数字还得——"

"我不是这个意思,"蕾琪摇了摇头,"我是说,既然这地方深成这样,那这些树根……"

"难道是……我们之前在城里见到的那些大得离谱的树?"

"不然还能是什么?"

　　好吧，没错，除了那些大树之外，我还真想不出还有什么玩意儿能长出这种级别的根系来。不过话说回来，那些"块根"本身看上去也有些古怪。在小心地确认了附近没有绊索诡雷、落穴式陷阱或者准备一枪敲掉我的枪手后，我凑到了其中一块悬在粗大树根下方的"块根"旁，用战斗霰弹枪的折叠式枪托戳了戳那东西。

　　"块根"轻轻地颤抖了一下。

　　我确实没看错，这玩意儿刚才真的颤抖了一下。虽然有些植物也能在被触碰或者受到其他形式的外界刺激后做出反应，但刚才的那一下子绝对、绝对只可能是动物的反应。我可以以我那极其优秀的观察能力保证这一点。

　　当然，将"不知畏惧"这个词儿作为人生座右铭的我自然不至于因为看到这点不寻常的东西就退缩，但在考虑片刻之后，我还是没有做出进一步的动作——由于外面覆盖着一层类似于树木外表皮、满是裂纹的不透明组织，从外头没法看到这东西里面到底是个什么情况；而且我也不是伊斯坎德尔·罗蒙诺索夫，压根儿不具备关于这种古怪玩意儿的任何知识。当初在学校里，那位教官教给我的另一件事就是：要是遇到什么整不明白的东西，先保持距离别乱碰才是正确做法。

　　"算了，我们继续走吧。"在考虑了一会儿之后，我退了回去，对其他人说道，"不过话说回来，之前那些大家伙都跑到哪儿去了？"

　　接下来的事实证明，我的这个问题其实根本算不上问题——当一阵温热的风从通道的另一头吹来时，我们很快便闻到了一股浓烈而熟悉的酸臭味。循着这股令人反胃的气息，我们快速穿过了狭长幽暗、又热又湿、仿佛某种动物消化道的通道，抵达了一处泛着微光的狭窄洞口。而通过这处只能容一人勉强弯腰通过的洞口向外望去,我们看到了一个……很特别的地方。

接着,我听到了来自不止一个人的剧烈呕吐声。

2

在大约三年前,我的小队曾经接到过一个不算很困难的任务:一个住在绿谷镇南方的大家族派人联络上了当时恰巧正在那里采买的我们,询问我们能否去附近的湖泊中寻找并杀死一只被怀疑与不止一起人员失踪案有关的毒角鳄。

当然,出于维护人民群众生命财产安全、让大家可以安心游泳的责任感(以及那么一丁点儿微不足道的对赏金的期望),我们爽快地答应了要求,而整个行动也不算繁难——把一只捆绑停当的大角兽幼崽扔在一处满是爪痕的湖畔泥滩上,再耐心地等上半个下午,那畜生便毫不意外地上钩了。虽说在诸多异兽之中,毒角鳄这玩意儿属于相对凶暴、生命力也颇为顽强的一类,但在点50口径重机枪的穿甲弹面前,这些特点全都毫无意义。

从理论上讲,我们当时的委托已经完成了,但不幸的是,这项委托还有一个小小的附带条件:那位毒角鳄先生只不过是嫌疑犯,因此我们有必要在说服它配合调查(换言之,用穿甲弹在它的脑袋上开几个洞)之后进一步调查取证,以排除凶手另有他人的可能性。于是，我们不得不花了很大的劲儿，用刺刀剖开了那头怪物的胃，从而成功证明了我们没有冤枉好人（呃，这么说好像有哪里不对）……但我们当时所见到的场景，直到现在也经常会出现在我的噩梦之中，并且让我在第二天自愿选择含有丰富纤维素的健康饮食。

而现在，在这处狭窄的洞口之外，我所看到的正是当年那一幕的……某种重现。

洞口下方是一座巨大的、足以塞下一座十层大楼还绰绰有余的圆柱状大坑。数以千计的粗壮根须从天花板上的几处通风口中伸出，如同蜘蛛网般密密麻麻地爬满了大坑的内侧表面。在坑的底部，一汪黄褐色的液体正在翻腾着。大量比人脑袋还大的气泡不停地在咕噜声中冒出水面，并在破裂的同时散发出浓郁的臭味，让我不由得想起了曾在高门地峡附近的火成岩台地上见过的间歇泉。只不过，与那些被地下的熔岩加热的温泉不同，这些气泡散发出的臭味并非是相对温和的硫黄味道，而是一股极端猛烈、让人窒息的恶臭。在第一次吸入这股味道时，我只觉得仿佛有人将一整锅沸腾的污泥直接灌进了我的气管和喉咙。在我的脑子来得及弄明白这到底是怎么一码事之前，我的胃部已经先一步疯狂地痉挛翻涌了起来。

当然，比起那些径直开始翻江倒海的人，我最后还是忍住了呕吐的冲动，成功地保住了之前拼命填进肚子的珍贵白兰地、巧克力、雪花大角兽肉干和糖，从而为节约粮食的重大事业做出了一点儿微不足道的小小贡献。

"救主领袖，救主领袖，救主领袖在上啊啊啊……"在背对着我迅速摘下头盔，清空肠胃，又重新用这玩意儿遮住脸后，已经无物可吐的蕾琪颤颤巍巍地挪到了我身边，一边用颤抖的声音嘀咕着，一边朝着下面张望——在那片黄褐色的液体当中，大量生物的残肢、躯干甚至头颅正随着水面的波动载沉载浮。其中一些是属于各种野生动物、鱼类，甚至异兽的，一些来自被杀死的人类，还有一些则是傀儡们的残骸。一部分尸骸早已被腐蚀性液体侵蚀融解，只剩下了挂着些许腐肉的残缺骨殖；还有一些倒是大致保持着原状，显然刚被投入这只地狱炖锅之中不算太久。而就在此时此刻，那几只我们先前在营地中遇到过的半透明大团子正凑在这锅腐臭浓汤附近，将费心费力收集来的食物、尸体和其他能够被消化吸收的有机物一股脑儿地从"肚子"喷吐出来，投入其中。而在把所有东西都吐干净后，体积大幅度缩小的它们又互相靠近，融成了一团，然后缓缓地蠕动进了那片黄汤内部，就此消失不见。而让我们更加惊讶莫名的是，在这些怪物身边，还聚着数十名傀儡士兵。当那些大家伙忙着办它们的事时，这些强壮、俊美的男男女女也在有条不紊地卸下随身的武器弹药，脱下身上的护甲和衣物，然后有序地分成两列，其中一列消失在了一个由数百条硕大的根须缠绕形成的洞口之中，无影无踪，而另一列则迈着整齐的步伐走向了那片消化液，就像排队踏入澡堂的大浴池一样坦然。

史多恶臭的巨大气泡从黄色液体的表面冒了出来。

"真是见了鬼了！"在目瞪口呆地"欣赏"完这一切后，一名脸色已然变得如同冻死的尸体般惨白的"战争老鼠"嘀咕道，"这、这到底是个什么玩意儿？到底是为什么？他们为什么这么做？"

仿佛是为了回答他的问题似的，当那只蠕动着的透明大团子彻底消失在黄色消化液中后，在位于洞壁较高处的某个角落中，有什么东西突然开始剧烈扭动了起来——那是几块和我们在身后的通道中见过的几乎一模一样的"块根"，与粗壮的根须紧紧地连接在一起。

但现在,其中一块"块根"浑圆的木质化表面逐渐出现一道道裂纹,随即就像蛋壳般破成了碎片,"稀里哗啦"地掉落下去,露出了藏在下面的一层半透明的皮囊。在那层皮囊之下,一只丑陋的"阿拉克涅"正在羊水中翻滚、挣扎,最终用利刃状肢体成功地划开了包裹住自己的透明薄膜,来到了这个恶臭扑鼻、闷热不堪的黑暗世界。

我没有对这件事发表评论,也没有任何人多说哪怕一句话——虽然没人对我们解释任何东西,但在看到这一幕后,任何头脑正常的人都已经能把事实猜出个十之八九了。在一片静默之中,这只初生的怪物开始用它的两对步足插进攀满坑壁的树根缝隙中,灵活地朝着一个位于巨坑顶部的洞口爬去。拜它天生的、足以与真正的蜘蛛相媲美的灵敏身手所赐,仅仅几秒钟的工夫,这家伙已经将那半人半昆虫的脑袋探到了洞口的位置。

在下一秒钟,一截磨利了的钢管直接穿透了它的脑门儿。

3

　　虽然我这辈子也算是见惯了各种各样稀奇古怪的意外（或者用优雅一点儿的说法，"命运之神对我们开的小小玩笑"），但刚才发生的这事儿还是有些超乎寻常得过头了——当然，这并不仅仅是因为我没有预料到这头"阿拉克涅"那可悲可怜的一生居然会短促到这等程度；更是因为，结束了它这短暂一生的人的身份也完全出乎我的意料。

　　当那支简易"长矛"从横贯它脑门儿的伤口中被抽走后，"阿拉克涅"抽搐着的躯体从洞口掉落了下去，在那些盘根错节的巨大树根上反复弹跳了几下，最后在沉闷的"扑通"声中落入了冒着泡泡的消化池里没了踪影。万幸的是，先前聚在那附近的傀儡和半透明大团子们此时已经一个不剩，因此干掉了它的平娜，以及跟在她身后的德尔塔和可可虽然搞出了这么大的动静，但起码没有立即变成众矢之的。

　　你们想知道我是怎么在这地方的暗弱光照下看清几百米外的人到底是谁的？当然是凭着我敏锐的观察力……好吧，其实不是。我之所以能在第一时间辨明这几位的身份，完全是由于他们显然对某些基本准则毫无概念:平娜攥着钢管的机械义肢手背上用胶带绑着一支强光手电,而另外两位则高举着相当明亮的化学照明棒。在这种只有微弱光照的地方,他们现在就像是一座移动灯塔,随时可能吸引来比飞蛾更危险的东西。

但他们自己似乎对这种事儿完全没有自觉。

在摞翻那只"阿拉克涅"后,就我所知本该留在安全中心内的三人立即将一段尼龙绳索(他们是从哪儿找到这玩意儿的?)固定在了一段树根上,然后像登山运动员一样,沿着绳索朝着臭气熏天的大坑中央下降。

"他们这是干什么呀?"奥菲莉亚戳了戳我的肩膀,"去搞科学调查吗?"

"如果伊斯坎德尔·罗蒙诺索夫那家伙在这儿的话,这倒还是挺有可能的。"我同样大惑不解地摇了摇头。难道这几位突然对科学知识的发展进步产生了浓厚兴趣,所以才无视我这个队长要他们留守的指令,特意跑到这地方来调查研究?不不不,要让我相信这种可能性,还不如让我相信这个宇宙里有会弹钢琴的大猩猩来得容易点儿。更重要的是,就连和奥菲莉亚这个有时候确实能起到些作用的"向导"在一起的我们,也是花了大把时间外加靠着超好的运气误打误撞才找到了这儿,他们三个又是怎么在对下尼尼微城一无所知的前提下做到这点的?要是我没记错的话,德尔塔那个蠢材可是在据点镇生活了二十年还能在下城区的跳蚤市场里迷路的罕见路痴,而以前和我在同一支正规军部队里时,平娜也不止一次证明了她对判读地图和野外定位这事儿毫无天赋的事实。

算了,现在可不是考虑这些有的没的的时候!虽然目前大坑里面空无一人,看上去颇为安全,但我很清楚,随便往这种地方乱跑,尤其是如此明目张胆地乱跑,其危险程度恐怕不比闭着眼睛在雷区里裸奔要低。在迅速考虑一番后,我从背包里拿出了无线电通信器,一连试了好几个频道。但如我所料,除了杂音之外,我没有得到任何回应——考虑到在地下空间内无线通信的效果和距离都很有限,他们很可能打一开始就没把这东西带在身上。

　　总之,在我忧心忡忡地试图联络他们的同时,可可、平娜和德尔塔仍在自顾自地沿着坑壁继续朝着下面前进。虽然这座大坑的坑壁与底部完全垂直,但层层盘结的树根仍然形成了一系列类似栈道和梯级的结构,将位于坑壁上的数十座洞窟相互连接在了一起。因此,在靠着尼龙绳降下了最初的十来米后,三人便改为了相对容易的步行。或许是附近的寂静所导致的安全错觉的缘故,无论是平时还算谨慎的平娜还是很不谨慎的德尔塔,似乎都没有仔细地观察四周,甚至还大大咧咧地用强光手电四处照来照去。除此之外,我还注意到,走在三人队列最后的可可似乎在手中捧着什么东西。每前进一段路,另外两人就会停下来和她低声交谈几句,似乎是在确认什么重要的事。

　　我现在可没那个闲心去考虑他们到底要干什么,当务之急可是立即通知他们,让这几个大大咧咧擅自乱跑的家伙明白自己的处境到底有多危险!既然无线电是没啥指望了,那么……

　　"嗨!可可!平娜!德尔塔先生!我们在——这——里!快——把灯——关掉!这——很——危险!"

　　就在我的脑子还在忙着进行一系列复杂的分析、估计和推测时,咪咪已经钻出了洞口,站在外面的树根栈道上,将双手在嘴边合成喇叭形朝着下面大喊了起来。这家伙的嗓门原本就相当大,而在巨坑对声波的多次反射的"加持"下,她的这一喊造成的效果可谓相当……壮观，并理所当然地在第一时间吸引了下面三人的注意力。干得好啊，咪咪！就是这……等一下，好像有什么地方不对？

你这声音也太大了些吧？这种大喊大叫可比乱用可见光更容易暴露自己吧？

接下来发生的事情与我的预料别无二致：当咪咪的那声纵然还不至于惊天地，但也肯定到了泣鬼神程度的狮子吼的余音还在大坑中反复回荡时，不少挂在根系上的"块根"已经开始颤动了起来。几秒钟后，在平娜三人组身后不远的"栈道"旁，一块特别硕大的"块根"便被从里面戳出的一排短镰刀般的利爪直截了当地切成了两瓣，被咪咪"吵醒"的三只丑陋的杀人侏儒"嘶嘶"尖叫着从四溢的羊水中爬了起来，准备开始它们在这个世界上的第一场厮杀。

但这个数字很快就变成了一只。

"中了！"在用手中的M-G激光卡宾枪以最大功率打出两记短点射后，蕾琪用略带满足的语气嘟哝道。虽然在这之前，"战争老鼠"们给我留下了更擅长在混乱的环境下近战格斗的印象，但我也已经注意到，他们的，尤其是蕾琪的射击技术，可不仅仅局限于用冲锋枪和霰弹枪朝着敌人的大致方向猛扣扳机而已。

由于最大功率短点射对激光器元件负荷过大，在将那两只杀人侏儒的脑袋蒸发成等离子云团之后，蕾琪不得不暂停开火，以免激光卡宾枪变成废铁。不过，对平娜而言，这已经足够了。就在剩下的那只小畜生不知所措，待在原地的时候，平娜闪烁着电光的金属义肢已经狠狠地砸在了它那张奸诈的小脸盘儿上。

呼……说实在的，这种景象，我这一辈子都不会看腻。

当然，虽说最先冒头的那些家伙就这么被干净利落地灭掉了,但这档子破事显然不是那么容易就结束的。就在平娜用她的招牌闪电下勾拳让杀人侏儒飞进下面的消化池里认祖归宗后没多久,另外几块巨大的"块根"表面也开始"噼里啪啦"地剥裂,露出了不断挣扎的爪子和包着甲壳的分节长腿,而在几座又黑又深的洞窟内,不祥的沉重脚步声也渐渐朝这里接近。

"好吧,没法子了。"我啐了一口唾沫,随即翻身跳出了洞口,"要命的回家去,不要命的跟我来!"

"阿德,你欺负人! 人家现在倒是想回家,"咪咪苦着脸,凑在我耳边小声说道,"但现在我们不是回不去吗?"

"算了,我保证,等我们能回家的时候,这次找到的巧克力剩下的都归你!"实在没什么闲工夫和她继续这种口舌之争的我迅速掏出两枚烟幕手榴弹,拽下拉环就丢了下去。大团大团呛人的含磷烟雾迅速在那些刚刚降生到这世界上的牛鬼蛇神与平娜三人组之间腾起,让对这个世界毫无经验的它们陷入了混乱之中。与此同时,咪咪则很有默契地抽出随身携带的开山刀劈断了一段粗细合适的树根,与我一道拽着这玩意儿荡了下去。

现在想来,咪咪当时的做法绝对当得起"玩命"二字。如果换个时间地点,允许我仔细思考的话,我很可能会选择更加……稳妥一些的法子,但在那时,当我的大脑姗姗来迟地意识到这么做的种种潜在危险时,我和咪咪已经靠着这条树根准确地落在了一大群乌七八糟的怪物之间,而后者显然对我们这套帅到爆的出场方式全无防备。

"嗨,大家好!"虽然有那么点儿后怕,但既然已经华丽登场了,那我也只能硬着头皮把这幕即兴舞台剧演完,最起码,必要的台词总还是要说的:"很高兴见到各位! 那个啥……再见。"

接着,我把接下来的"发言"任务交给了手里的战斗霰弹枪。

4

"呜……呜啊啊啊……阿德,你没事!呜啊啊啊……真是太好了……"

可可就像一只抓住猎物的章鱼般紧紧地抱着我,一边抽泣,一边浑身颤抖,同时含糊不清地说道。当然,目睹了我刚才英姿飒爽地干翻那么一大票妖魔鬼怪的光辉形象,她会如此激动也并不奇怪,只是……

"啊……那个……我也很高兴能再见到你。但……但你这也抱得太紧了吧?"我一边挣扎着喘气,一边说道。

"因为我刚到这儿时,真的吓坏了嘛。"

"吓坏了? 是因为这些怪物吗?"我用脚尖拨了拨一头被十二号霰弹在不到一米的距离内打烂胸口的杀人侏儒,耸了耸肩——在刚才不到半分钟的时间里,我和咪咪统共开枪打爆了七头这种丑得令人心惊肉跳的东西,而且咪咪还在弹匣打空之后用钢质枪托砸死了第八头;而留在我们上方进行火力支援的"战争老鼠"们也用M-G激光卡宾枪和自动步枪干掉了同样数量的丑八怪,还捎带上了另一头刚从羊水囊里钻出来的"阿拉克

194

涅"。至少目前，我们基本上算是安全了……当然，考虑到这地方瞬息万变的状况，没人能保证这个"目前"会持续多久。

"不是啦!"可可拼命摇着头，同时用小手指着大坑的底部，"是……是……是那个……"或许是由于一时间找不到合适的措辞，她的脸颊现在红得活像是熟透了的灯笼椒。

"是这样的，阿德南中校。我们之所以会来找你，其实都是可可的主意。"最后，还是比较擅长语言表达的平娜主动接过了话茬，"在你们出发之后，她无论如何都没法好好待着，一直闹着说一定要和你一起行动才行，因为这是她欠你的，要是我们不想走，她就会自己来。为了确保她的安全，我们只好陪着她来了。"

"呃，欠我的?"

"因为是阿德你当时帮助了我啊……而且在水底的时候，也是我不好，因为……呜……因为实在控制不住自己，所以才做了那种事，给大家都添了麻烦……"可可对着手指，支支吾吾地说道，"我知我很没用，什么都不会，也做不了多少事情。但是哪怕是一点点也好……只要能帮上阿德你的忙……"

"我不……呃，算了……"我原本还想说"我不需要你帮忙"的，但在这句话行将脱口而出的瞬间，我那一贯相当优秀的情商立即让我意识到，这么说只会让可可难过而已，"我是很感谢你们能来啦。不过话说回来，你们是怎么找到这里的?"

"其实是靠这个啦。"可可从她披着的那件很不合身的野战制服衣兜里掏出了一只儿童玩具似的半球状小扣件。在盯着这玩意儿想了两秒钟之后，我才想起来，它是我们在几个月前从日出城地下挖出的"战利品"之一。为了防止可可走丢，罗蒙诺索夫曾经将这件有简单发信和定位功能、可以很容易地别在裤带上的小玩意儿分给了好几个人，我身上也有一个……按理说，那玩意儿应该在我的身上才对。

"呃？咦？"我摸了摸自己的裤袋，却没找到那东西。不过，要猜出它的下落倒也不是太难：先前，当我因为那次鲁莽的实验而倒下抽搐时，这东西多半掉了出去。而它之所以会把可可一行人引到这个糟糕地方，原因同样也不难猜测——在我们大开杀戒后不久，那种长得像巨型果冻团子的半透明怪物多半也造访了那条通道，并在"打扫战场"时意外捎上了这个小玩意儿。

"总之，阿德你们没、没事实在是太好了……我还、还、还以为大家都已经……已经……"可可心有余悸地朝着恶臭熏天、漂浮着无数令人望之欲呕的残肢断臂的大坑底部瞥了一眼，然后又梨花带雨地哭了起来。救主领袖他老人家在上！女生的泪腺全都是这么发达的吗？我穿在护胸甲下面的衬衣都快被打湿了耶！

"各位，现在可不是谈情说爱的时候！"就在我忙着考虑怎么让可可自愿放开我时，同样抓着一条树根，用绕绳下降法落到我身边的蕾琪适时地替我解了围……等等！你这么说是个什么意思？我们哪里看着像是在谈情说爱了啊？

"那些家伙马上就会回来！我们必须尽快撤离这里！"

"这我百分之两百赞成！"在脱离了可可的纠缠之后，我连忙点头，"我们现在就……趴下！"

虽然没搞明白情况，但蕾琪和平娜这些常年在火线上搏命的家伙显然明白我的意思，甚至连德尔塔这家伙，也在第一时间做出了反应。而我则一把抓住还在发呆的可可的肩膀，将她推倒在了由无数粗大的树根盘结而成的"栈道"上。好吧，我知道我们这副模样看上去有那么点儿……不太雅观，但这么做起码让我们及时地躲过了那道掠过头顶的炽热白光。

而当我第二次抬起头时，一个直径足有半米多的红热大坑已经出现在了前方的墙壁上，大量混杂着炭化树根碎块的熔融建材就像烧化的蜡块一样，带着跃动的火苗，伴着一阵黏稠的"噼啪"声接连掉落。

"救主领袖他娘亲啊！"

直到那道强光消退，周边空气中的异常热度开始冷却下去，原本面向我的蕾琪和其他人才看清了我在几秒钟前注意到的那玩意儿——在这座地狱大锅的另一头，一个庞然大物弯腰从一处幽深的洞窟内钻出。这家伙足有三个正常成年人那么高，小腿差不多和我的腰一样粗，硕大无毛的脑袋被特化的角质层覆盖着，活像是戴了一张鬼脸面具。这家伙的一只手中高举着一面金属盾牌，而另一只胳膊则整个儿长成了炮管的样子。事实上，刚才那险些把我们打回宇宙形成之初的基本粒子状态的一发，就是从这杆大家伙里射出来的。

要是按照正常流程，我们这时候肯定要问上一句"这又是什么鬼？"，不过现在的状况显然有些太过紧迫，因此大伙儿颇有默契地跳过了这个例行环节，直接开始用手里一切带扳机的东西朝着这家伙招呼了过去。各种实弹枪械的枪口焰此起彼伏，以最大功率发射的激光卡宾枪红热的枪口在黑暗中闪烁着幽光，但毫不奇怪地，虽然命中这么个不算敏捷的大靶子并不困难，但我们的所有攻击——哪怕它们碰巧没有被那面巨盾挡下来——对这家伙而言，顶多也只能算挠痒痒的级别，甚至连这都不如。

毕竟，在早些时候我们所看的影片里，那些留在地面上的倒霉鬼可是被迫动用了坦克炮才撂倒了和这些家伙类似的东西。而我们现在可没有同等威力的装备……呃，要是"走为上二号"还在的话，我可是一点儿也不会担心这点的，不幸的是，因为那些试图在兰檀挑起战端,并且成功地把我们都拉进坑里的家伙的"壮举",我那位亲爱的老伙计早在十多天前就已经沉到新阿斯旺湖底下去了。

该死该死该死,见鬼见鬼见鬼!难道我这一辈子的伟大传奇就要在这种臭烘烘的鬼地方结束了?这可绝对不行!不行,我必须冷静!现在的状况并不是完全穷途末路——既然这东西看上去还有点儿"人"样,那它多半也具有人型生物的某些弱点。虽说瞄准裆部攻击这种万能招数未必管用,但只要能在近距离准确攻击眼睛、脊椎或者咽喉这种脆弱部位……

"呜嗷嗷嗷——"

就在我即将完成冷静理性的战术规划的瞬间,刚刚朝着我们的方向打出一发等离子团,现在正沿着环绕大坑的栈道,迈着大步扑向"战争老鼠"们的巨人突然发出了阵阵吃痛的咆哮。难道是刚才有谁撞了大运,成功地打中了这家伙的要害?不,不对。正趴在这怪物脸上的那团毛茸茸的不明物体似乎才是一切的关键……

"喂!你们都愣着干啥?快过来搭把手!"刚刚从大坑上方跳到巨人脸上,正用一对锋锐的钛合金钢爪照着脆弱部位疯狂抓挠的毛茸茸不明物体突然开口了,而且还是我极为熟悉的电子合成音。好吧,在看到这家伙没出现在可可的怀里时,我就应该猜到的。

"喂,那边那个夯货!说你呢!你不是平时都很擅长干这种事儿吗?现在知道怎么做吧?"

"啊……咦?我吗?"咪咪一脸不知所措地指着自己。

"就是你啦!"一手抓着防暴盾、一手抓住另一截树根晃荡下来的艾琳对她喊道,同时在落在栈道上的瞬间挥出盾牌,把一只拖着半截残躯、想要爬到咪咪身后偷袭的小怪物像扫垃圾一样打飞了出去。"上！动作快！"

用不着她再多说什么，咪咪便已经冲了上去。正被熊玩偶凶恶的利爪攻击折磨着的巨人显然注意到了她的接近，并试图用双臂将这个新的敌手砸成肉泥。不过，在咪咪的灵活闪避动作面前，这种尝试唯一的意义不过是显示出这家伙的笨拙，并让咪咪能有机会抓住它的胳膊，并以此为踏足点跳上它的肩膀。

接下来的事就很简单了——至少对我们家的咪咪而言是这样。换成别人或许连想都不敢想，但在她眼里，在五秒钟内避过来回挥舞的、像混凝土电线杆一样粗的胳膊，然后跳上对方的面门，将两枚带有锥形装药战斗部的反装甲手雷拔掉插销，塞进目标的甲壳"面具"的眼窗内，最后再抱着玩具熊，趁着手雷爆炸之前跳下来，不是什么特别困难的事儿。

接下来的爆炸直接炸穿了那鬼东西的脑壳，在它相较于庞大身体而言小得实在有点可怜的脑袋瓜正中央崩出了一个大洞，顺带着彻底毁掉了它的中枢神经系统。随后，这个大家伙倒地的动静……呃，怪了，它为什么居然没有倒下来，还重新站稳了脚跟？

"咪咪！小心！"在这脑袋已经开花的家伙朝前伸出一条腿时，咪咪却仍然背对着它。不妙！这下真的很不妙！以现在这种情况推断，咪咪几乎肯定会被这浑蛋给一脚踏中。就算她的身体比寻常人要结实一点儿，硬接这一下也实在是……

万幸的是，正如那巨人刚才没有如我所料地倒下去一样，这一幕也没有按照我预料的那样发生。

因为眨眼之后，那巨人便被一道纯白而炽热的光芒吞没了。

5

"呜……呜啊啊啊……"在看到那道与先前巨人朝我们发射的离子束色泽相仿，却更炽热、更强劲的光芒后，刚用手中的盾牌把几个从坑底方向爬上来的不逞之徒重新挨个儿砸下去的艾琳突然哭了起来——我完全能够理解她现在的感受，毕竟，在看到光束的源头后，我也差点儿要感动得哭出来了。

开火的是一辆"基路伯"超重型坦克，傀儡军团的军工厂中生产的最为庞大、也最为可怕的地面载具。当然，在整个罗迪尼亚大陆上存在着数以百计的这种庞然大物，但只有一辆有理由会在这种时候帮我们一把。

"各位请注意，这种大型敌人在胸腔内有一个辅助神经中枢，即便在脑组织被破坏后，仍然可以在一定时间内继续行动。"当一台有着圆滚滚的可爱外形的无人机"嗡嗡"地朝我们飞来时，我听到了那个从扬声器内传出的、久违的熟悉声音，"如果要解决它们的话，建议直接击穿脊椎，破坏循环系统的核心区域——就像这样。"

随着"终焉"式离子炮的又一次射击，另一头刚从洞穴里钻出的巨人也被穿了个透心凉（哦不，应该是透心热才对），保护着它的硬化皮肤和巨大的金属盾在几毫秒内就蒸发得无影无踪。而双联装30毫米机关炮的弹雨则让一大群正在大坑周围的栈道与平台上蠢蠢欲动的家伙领会到了贴心的"关爱"，接二连三地在露头的瞬间就变成了面目难辨的肉屑。在"基路伯"那不讲道理的毁灭性压制火力保护下，我们身处的这片区域变成了无人可以接近的绝对禁区，就像传说中被真正的基路伯手持烈焰之剑看守着的伊甸园一样。

　　"喂！你们几个！"伊斯坎德尔·罗蒙诺索夫的声音又一次从扬声器里传了出来，"还不快动起来？我们的弹药可不是无限的哦！"

第十章

将军与隐德莱希

1

半个小时后。

"喂！这杯是我的，我的！"

"拜托，阿德南先生，你可不能这样！有好东西的话，难道不是应该多和你的朋友分享才对吗？"

"但你之前不是已经喝过一杯了吗？说好的给我留一点儿呢？"

"你可以让艾琳，呃，不对，让简给你再泡一杯嘛。"

"不行！我总共也就抢出来这么几包高级巧克力粉，必须得省着用才行！你知不知道在据点镇，这东西要卖二十五块钱一包啊？而且你喝这么多会变胖的！女孩子要是变胖的话——呜哇啊！"

"说过多少次，你怎么就是记不住呢？我——不——是——

女——人！"在用蛮不讲理的一记耳光结束了我们的争辩后，我眼前的这位身高不到一米四、个子娇小，有着玩偶式的精巧五官、一直拖到腰间的银色长发以及非常可爱的声线，怎么看都应该是个彻头彻尾不掺假的美少女（至少经常让我不经意地将他当成美少女），但内在本质却是个中年大叔的老兄夺走了我打算享用的热巧克力，自顾自地喝了起来；与此同时，一股得意扬扬的甜桃气味也迅速在他身边弥散开来。"还有，我们好不容易从那么一大堆麻烦里救了你呢！你就不能对我稍微尊重点？"

"罗蒙诺索夫博士！那个……其实不能这么说啦，"在他身边，正一脸忧伤地盯着手里的几块焦黑受损部件的高个子女孩连忙说道，"这……这都是我的错！要是我能早点修好车上的通信和定位装置，也不至于不知道他们已经来到这么近的地方了……是我不好，才害所有人都遇到危险……"

"行啦行啦，栗子，至少大家都没事啊。"简走过去，抱了抱她的老合作伙伴。接着，她从栗子手中接过了那些受损的小玩意儿，开始用一种更加专注而职业的眼神打量起它们来——任何认识她的人都不难意识到，这意味着她现在已经将自己切换成了机械师爱尔卡，那个对我们而言最有价值（但态度通常也最糟糕）的人格。

"嗯……等等，我瞧瞧，这些散热器上的温度传感器元件都是怎么搞的？为什么电路都烧化了？绝缘材料也没有好好更换！你们平时不知道定期检查这个词儿是怎么写的吗？嗯？如果不知道，我可以教你们怎么写！别以为几个错误的读数只是小事儿！像你们刚才那样用主炮连续进行最大功率射击，一个计算错误就可能让这玩意儿连同冷聚变反应堆整个烧成渣啊！到时候你们打算怎么赔？嗯？或者你们打算用拳头和那些怪物单挑吗?"

"呃……那个,都是我的错!要是我能再聪明一点儿,学会更多的这类技术就好了……"栗子又一次摆出了她惯常的"一切都是我的错"的姿势。当然,一贯客观公正的我自然不会这么认为——毕竟,在我的这支小队中,栗子的职务是已经彻底完蛋的"走为上一号"和现在暂时还没完蛋的"走为上二号"的驾驶员,而艾琳,哦不对,爱尔卡才是常备的正牌机械师。不过,就算所有人都明白这一点,栗子还是会像这样一次又一次地道歉,就像她之前对我这么做的一样。

毕竟,她就是那种不道歉就不舒服的人啦。

除了我们的历史学家阁下以及栗子之外,目前与我们一同待在这座离那处恶臭熏天的大坑足有一千米远的地下避难所里的还有另外十来个人。如果有不明内情的人(比如先前与我们一起逃进这里的"战争老鼠"们)突然看到他们的话,难免会被吓一大跳,毕竟,这些人全都长着和我几乎一模一样的脸,体格也和我相去无几。

当然,单从遗传学角度来讲,这些人其实**就是我**——他们虽然自称为我的"兄弟",但事实上,我们并不存在生物学意义上的父母,因为我们的基因全都直接复制自一个在近十个世纪前就已经死去的人所留下的遗传材料,并被一群继承了那位老兄遗志的人用古代残留的技术设备秘密培养成人。由于某些不太简单的原因,这些伙计曾经一而再再而三地找过我们的麻烦,甚至不止一次险些把我置于死地。当然,在解释清楚事情原委之后,宽宏大量的我们早已原谅了这些家伙……

呃,不对,也许有一个人是例外。

"可可小姐,对于之前对你所做的一切,我很遗憾——但我必须说明一点：当时我们的行为，完全是基于最大限度理性考虑后得出的结论。为了这个世界，乃至其他世界上生活着的人类和非人类智慧生物的未来，我们不得不牺牲一部分人的利益。"在打照面的刹那，我的这些"兄弟"们的指挥官伊斯玛仪便对可可说道，"我知道你曾经因此失去了很多，而且仅就结果来看，我们所做的这一切并非必要。但我不会因此向你求取原谅。"

"……"可可并没有答话，而是抱紧了怀里的玩具熊爪爪，下意识地后退了几步。在一眨眼的时间内，我同时从她过于苍白的脸上看到了似乎是憎恶、愤怒、不安和哀伤的神色，但这些情绪很快便被她隐藏在了名为惶恐的面具之下。

"喂，你怎么还好意思对她说这些……"我下意识地想要训斥我的这位"兄弟"几句。

"我不会指望有人原谅我们的所作所为，也不否认你有憎恨我们的权利，"伊斯玛仪没有理我，而是继续对可可说道，"但我希望你至少能在这一切结束之前配合我们——在完成使命之后，我乐意接受任何形式的复仇。只要你愿意。"

"呜……"可可呜咽了一声，迅速地躲到了奥菲莉亚身后。后者只是叉着腰，轻轻地叹了口气："我想，可可应该不是那种真的执迷于无聊复仇的人。但是话说回来，我现在真的对这事的结果有些……没信心了。之前罗蒙诺索夫博士向我保证，只要到了旧尼尼微城里，我父母塞进我脑子里的那些东西就会运转起来，帮助我找到苏菲娅以及造成这一切麻烦的根源，而你们也是为此才一直想把我掳走的。但是……呃……我已经来了这地方这么多天了，却还是没想起来任何重要的事情，也没能帮上大家的忙！我不知道……"

"别这么说嘛！你已经帮了我们很大的忙了，"蕾琪连忙安慰她，"要不是你的话，我们很可能都会在地面上丧命，根本没法找到那个安全中心安顿伤员。而且你也不止一次替我们打开了麻烦的密码锁，或者从岔道中找出了正确的路之类的……"

"但我不知道苏菲娅在哪儿！直到现在为止，我连一点头绪都没有！"奥菲莉亚看来似乎快要哭出来了，"只是想起来这些小事，根本一点意义都没有！我一直以为自己能想起来苏菲娅去了哪儿，但是现在我才知道，我根本做不到！"

"恕我直言，既然您当初接受的意识植入手术是失败的，那么，无法获得与苏菲娅完全一致的外源性记忆也完全在我们的预料范围内，"伊斯玛仪点了点头，"但这并不重要。因为，无常的命运在今天已经对我们露出了微笑。"

"而且他老人家的笑容还很——灿——烂——哦。"残忍地喝掉了本属于我的那杯咖啡的罗蒙诺索夫笑着补充道，"奥菲莉亚女士，可否请您来帮我们一个举手之劳的小忙呢？"

2

　　与之前奥菲莉亚凭着模模糊糊的记忆带我们找到的那座地下安全中心一样，这座被我们当作庇护所的地下建筑，在设计时显然也考虑到了使用者在其中长时间蛰居的可能性。我们看到了超过十间宿舍、宽敞干净的厨房、小型健身房、会议室和好几座专门储存各种耗材的仓库，以及所有人都喜闻乐见的大型混浴浴室——要是能在这里多住几天的话，我没准儿会有幸，啊不对，不幸遇上一些令人脸红心跳的意外，但很可惜，现在我们实在是没那个闲工夫。在面积足有先前的安全中心五六倍大的大堂内，在小型日光灯提供的光源以及自动化设备的照顾下，成排既可以用于观赏也能充作食品的绿色蔬菜在墙角的花坛和水栽罐里茁壮成长，小型鱼池里也照例养着观赏鱼。除此之外，在这儿的角落中还有一整套通用型机械维修设备，以及一台足以运送诸如主战坦克和重型火炮这类装备的大号升降机——在刚才，当我们在"走为上二号"的护卫下沿着一连串弯弯绕绕的地下通道逃离那座魔窟之后，就是打这地方进来的。

　　当然，那座地下安全中心所拥有的其他设备，在这儿也都应有尽有——在由一面透明的强化有机玻璃墙隔出的密封式操作室内,数目众多的带有宽阔屏幕的控制台排列成了长长的一行,而且许多设备都有被反复使用过的迹象,不少地方还堆放着许多笔记与文件。

在最中央的一座控制台前的椅子上,一具已经风干的尸体正襟危坐,面前摆着一只已经空掉的氰化物药罐。虽然离世已久,但我仍然能从这个男人身上感受到某种……可以被称为威严的气场,仿佛他是一名已经去世的国王,或者某个被人们所遗忘的神祇的圣体。

"这边请。"伊斯玛仪指了指封闭式操作室的方向,而罗蒙诺索夫则打了个响指,让他的两位"伙计"用辅助机械臂打开了操作室的门。随着两侧的空气重新流通,微风吹动了男人的衣角,让我看到了他华丽肩章上的金红色流苏——那是联合军高级将领的标志。

"这、这位是……"奥菲莉亚有些怯生生地问道,不知是因为对死者感到敬畏,抑或是因为她平时随身携带、背得滚瓜烂熟的各种法令条例里没有"如何和一具穿着中将制服的男性木乃伊得体地共处一室"这么一条,"那个……为什么我觉得他有些眼熟……"

"这并不奇怪,因为他是您的祖先——马尔科姆·谢林将军,我等技术史和科技考古学研究者的伟大领路人、最后的兰檀统帅和军团长,也是目前我们所面临的这些麻烦的源头。"罗蒙诺索夫说道,"我们的运气还算不错,在被扔进城里时恰好落在了离这处设施不远的地方,因此在几天前就找到了这儿。当然,这里的辅助通信设备也帮了我们大忙,让我能在短时间内联络并集结阿德南中校的'兄弟'们,并遥控我的两位'伙计'把我们的大宝贝重新从湖里开上来——这一切都得感谢马尔科姆将军特意留下的遗产。"

怪不得我能在这地方和"走为上二号"重逢——虽然先吃了航空炸弹和舰炮炮弹，然后又随着那艘破船一起沉到了新阿斯旺湖的湖底，但对于皮糙肉厚、压根儿不用内燃机供能，而且密封性好到足以在真空状态下作战的"基路伯"重型坦克而言，这点麻烦压根儿算不了什么。对于罗蒙诺索夫而言，一旦找到了重新联系上他的无人机助手"穆吉"与"贺尼"的办法，那么让它们把那大玩意儿重新开进城里根本就是轻而易举。

"不过，没想到马尔科姆·谢林将军居然死在这里。"一旁的蕾琪嘀咕道，"我看到的公开记载中，都说他是在最后的战斗中阵亡在阵地上的。"

"虽然联合军的许多官方历史记录都挺扯淡，但这种说法确实不算说谎——至少从某些角度而言，这地方确实是马尔科姆中将的阵地，而他也确实是在这里独身一人展开最后战斗的。我花了很多年时间搜集资料，研究每一点蛛丝马迹，才最终确认了这一点。"

我下意识地以为说这话的是伊斯坎德尔·罗蒙诺索夫，但直到闻声回过头去才发现，开口回应我们的是另一个人——一个无论是声音还是长相都酷似罗蒙诺索夫的人。

"请容许我向各位介绍——"真正的伊斯坎德尔·罗蒙诺索夫看了一眼刚从一扇开启的小门中走出的那人，对我们露出了微笑。如果不是他的衣着打扮有着些许不同，并且将头发在脑后束成一个可爱的马尾，我很可能完全无法区分谁才是那个与我们合作的历史学家。"这位是阿列克谢，我的……我想，你大概可以将他称为我的'兄弟'。与我一样，他也是那些古代浑蛋胡乱摆弄人类基因池的受害者，而且他也是一名历史学家，只不过具体研究方向与我……不太一样。当然，他也是伊斯玛仪先生的技术顾问。”

“等等……我见过你。”我喃喃自语道。

“见过？……哦，我明白你的意思了。”阿列克谢的语气里没有流露出一丝讶异，好像就知道我一定会这么说似的，“我猜，你是在意外启动了‘链接’之后，通过你的某位‘兄弟’的双眼见到我的吧？”

我点了点头。

“我想也是。毕竟，我平时不怎么离开我的研究室，更没有什么机会和伊斯玛仪他们之外的人见面。那座地下研究室就在这座城市的郊区……当然，通过以前的人留下的地下管道，我可以很容易地进到城里来寻找一些研究素材之类的东西。”阿列克谢说道，“我和伊斯玛仪先生他们已经合作了相当长的一段时间。虽然在一开始时，我们的相遇仅仅是个意外，但在过去的几年中，有了他们的帮助，我的研究取得了巨大的进展……尤其是关于‘城堡’与‘傀儡’本质的研究，只不过，在这幅拼图中最关键的那一小块仍然不在我们手上，而要想通过它最终确认一切的真实性，我们恐怕就只能指望奥菲莉亚女士了。”

“我？”

“没错，请在这里坐下。”伊斯玛仪和我的“兄弟”们拉来了一张带有轮子的办公椅，放在去世的马尔科姆将军身边，而刚才一直在聆听爱尔卡关于机械维护保养方面的长篇训斥的栗子则顶替了目前暂时“缺席”的简的位置，替奥菲莉亚从厨房端来了一杯热饮。

“现在我们要启动了。”

211

"启动什么？我对这些根本没印象……"

虽然奥菲莉亚这样抗议着，但终于达成了目的的伊斯玛仪一伙当然不会在乎——毕竟，在这之前，为了让她像这样"合作"，这些家伙可是一直在绞尽脑汁地给我们找麻烦。在几乎是半强制地让她坐好之后，伊斯玛仪的弟兄之一接连摁下了好几处开关，让粗糙但却比触摸屏或者声音控制这类古代技术更可靠的机械式操纵台发出了一阵令人牙酸的"噼啪"声。但奇怪的是，屏幕上却什么都没有出现。

"让我来试试!"蕾琪自告奋勇地提议道，不过我和咪咪立即将这个电子设备白痴拽到了一旁。值得庆幸的是，就在所有人快要等得不耐烦时，那块一片黑色的屏幕上总算是冒出了一行文字:控制中心7号，坐标:(A14,D01,C89)，开始启动特定自定义程序阿尔法。进行必要验证:4330-25D5。

"这啥玩意儿?"我嘟哝道。

"是开启程序必需的密码——为了安全起见，密码不止一套，会随机变更，而每个密码都有特定的对应码。"阿列克谢耸了耸肩，"如果试图依靠穷举之类的方法破译，密码会在每一次输入错误后自动变更。虽然花了很长时间研究，但到目前为止，我们都对这些密码毫无办法。"

"所以你们觉得奥菲莉亚能行?"

"最好如此，但如果不行的话，我们也只能按照自己的推测采取下一步行动——目前地面上的情况有多糟，我们可是一清二楚;而如果我的推测没错的话，那还仅仅是麻烦的开始而已。"历史学家用他最严肃的语调对我说出了这番话，身边的空气中散发着燃烧的木炭与胡椒的味道，"所以说，请祈祷奥菲莉亚从她父母那儿用特殊方式继承的有限记忆之中包括这些东西，否则……"

"好了，我想你应该用不着'否则'了。"当奥菲莉亚的表情从困惑变成恍惚，然后又变成若有所思，并开始在键盘上输入一连串数字和字母时，我说道。她输入了一遍，接着又在屏幕上的内容变化后输入了第二和第三遍。然后，古老的屏幕闪烁了几秒钟，出现了一张英俊但却有些疲惫的中年男性的面容。

"各位，你们好——虽然我不太清楚你们都是谁，"在像传说中阿拉丁神灯里的精灵般从屏幕上冒出来之后，这个男人的影像对我们露出了倦怠的笑容，看上去活像是个连续无偿加班一个月后终于准备回家睡个好觉的倒霉鬼，"不过，既然各位即将开始与这个'我'展开对话，那么很显然，有两件事必然已经发生了。"

"呃?"我听到自己小声嘟哝道。

"第一，毋庸置疑，我现在必然已经不在世上了;"疲惫的男人叹了口气，"第二，某个与我的家族有着某些关系，并曾经接受过特殊的'治疗'或者'处理'——或者管它叫作什么——的人，必然已经来到了这里。哦，对了，如果我刚才还没打过招呼的话，那现在补上大概也不迟:你好，我很高兴你能够抵达这里。既然你能够成功出现在此处，那就意味着，一切仍有希望。"

"呃……抱歉，但我不太明白你的意思……"奥菲莉亚挠了挠头发。

"没关系，我可以解释。"男人说道，"你也许曾经听说过我——但我倒宁愿自己的名字能尽早被这个世界遗忘。我的全名是马尔科姆·兰檀·谢林，谢林家族的最后一位军团统帅和兰檀的执政。我不知道你所听说的对我的评价到底是什么样的，但事实上，我只不过是一个自以为是、刚愎自用，并最终落入了自已掘出的坟墓的人。你目前所见的,是我利用这些古代技术留下的最后一点儿微不足道的遗物,虽然功能有限,但这个程序应当可以解答你的某些问题。"

3

"你说你可以回答我们的问题？什么问题都可以吗?"早已按捺不住的我第一个问道。

"当然不行，我的朋友。"影像倒是立即回答了我的这个问题，"你现在所看到的'我'，在本质上只是个只读程序，功能有限，不可能无限地随机应对各种问题。所以请以正确、清晰的方式提出您的问题。"

靠！为什么这家伙看上去似乎还挺得意的？算了，不管这个，先把问题问明白再说。

"那你知不知道，那些在城里攻击我们的东西到底是什么鬼?"

好吧，我必须承认，在目睹了那个恶臭熏天的大坑里的景象后，我们事实上已经基本把最关键的真相猜了个八九不离十。但就像历史学家刚才所说的那样，这一切还缺乏最关键的一块拼图，在看到那块拼图之前，我们并没有信心宣称，依据所见所闻归纳出的结论是百分之百准确的。

"你说，你们已经遭到了攻击？嗯，看来一切进展都如我所料。"影像中的那个"马尔科姆"说道，"很显然，傀儡最终还是进入了他们的'第二阶段'，'大测试'似乎已经开始了。"

"果然！"我听到伊斯玛仪与我的"兄弟"们几乎同时点了点头，全体露出了坦然的神色——无疑，他们从很久之前就在等待着这样的答复。而现在，他们所听到的话语终于让他们得以确认，自己的努力并非徒劳之举。

不过相较之下，不仅我、咪咪、可可和平娜对这番话摸不着头脑，甚至就连奥菲莉亚现在也是一脸不知所云的样子。虽说我们大致上倒是明白"第二阶段"的意思，但这个"大测试"又是什么？

"总之，由于不知道各位到底已经了解了多少，我还是从'第二阶段'开始解释好了。"影像说道，"如果各位懂得一些和谐星的上古历史的话，那么应该或多或少地明白，这个世界原本——至少以黄金时代的标准而言——并不是个丰饶之地，也没有什么特别具有价值的自然资源。哦，当然，在那个时代，可以有效操纵四大基本作用力的人类其实也已经没有多少资源不能直接生产出来了。这个荒凉的世界更不是什么风景秀丽之地，也不具备特殊的文化历史意义——"

"这些我们都知道，"我打断了影像的话，"当时开发这里的家伙对外的说法是，要把这里变成一座特殊的战争游乐场，对吧？这些我们都知道。"

"你知道？那就更方便解释了。"屏幕上的"马尔科姆"微笑道，"那你应该也明白，这种'对外说法'只是一种纯粹的托词和伪装吧？"

我点了点头，但考虑到面前设备的光学传感器和图像识别软件没准儿早就已经不能用了，于是又字正腔圆地补充了一句："是的，我知道。"

"别担心，我'看'得到你们——顺便说一句，虽然那双眼睛看上去挺凶，脸上的雀斑也多了点儿，不过我的这位血亲整体上还不算糟糕。"

"呀啊啊啊啊——"就像大多数女人一样，奥菲莉亚在听了这话后险些瞬间暴跳起来，好在咪咪和平娜马上一左一右制住了她。

"总之，让我们继续吧。各位既然已经知道，最初公开的傀儡的生产目的不过是个伪装，那么也肯定已经明白，这个世界上所发生的一切，不过是傀儡的创造者，也就是那个以'保卫纯洁的人类'为口号的极端组织'圣体兄弟会'的所谓伟大计划中的一环。在旧文明终焉之时的最后战争中，这个世界原本被计划用于'决定性的一击'，但却因为一些最终改旗易帜的兄弟会成员的阻挠而未能成功。在那之后，整个计划被延宕了八百年之久，直到当初的联邦科学院偶然在日出城地下发现了一座被称为'城堡'的古代地下建筑为止。"

"这些我们也都知道了。当时的联邦科学院为了研究城堡里的古代遗产，展开了所谓的'国王'计划，并且导致了傀儡被唤醒——"

"不，这种说法就不完全准确了。"影像说道，"就我所知，事实上，是他们在城堡中发现的远古遗产之一，亦即所谓的'隐德莱希'策划了这一切。"

"策划？"平娜咂了咂嘴，"听起来那东西简直就像是个人一样……"

"差不多。至少和现在的这个'我'相比，隐德莱希确实更接近于一个人。"影像答道，"因为那本来就是一个自律性高阶人工智能，一个特制的拟似人格。它是圣体兄弟会留下的最后底牌之一,用以确保在一切失败之后,他们的计划仍然有可能被完成。由于只有极个别人知道此事,所以就连当初转而反对那个疯狂计划的兄弟会成员,也没有将它找到并毁灭。"

"'隐德莱希'……这个词在古地球的语言里的本义是'目的之达成'的意思吧?"伊斯坎德尔·罗蒙诺索夫突然插了一句,与此同时,我觉得自己似乎嗅到了些许类似香料在葬礼上焚烧的味道——看来,这个词似乎让他感到很……沉重。"但真没想到,就算是这么一条小小的漏网之鱼,也还是让那些疯子的目的如此接近于达成……"

"你看了我的那些记录吧?我在自己那可耻的一生中最后时日里的胡言乱语?"影像苦笑了一声,"算了,虽然有不少废话,但我留在这儿的手记里写的也都是事实——隐德莱希是一个极为狡猾的存在,一个利用信息不对称优势的大师。在刚被联邦的科技考古学家们发现时,它将自己伪装成了一个普普通通的弱人工智能,并宣称自己的存在意义只是将珍贵的知识传递给未来的人类。对此全无怀疑的科研人员们按照它'好心'提供的知识制造出了诸多设备:能直接控制人类行为的植入器、可以向自然人的脑子里植入拟似人格的装置……它隐瞒了这些东西的真正用途,并设计了一系列虚假的'实验',最终控制了几名工作人员,唤醒了已经在和谐星地下沉睡了八个世纪的傀儡军团。"

"但这并不是它全部的目的?"阿列克谢和伊斯坎德尔异口同声地问道。

"当然不是!事实上,隐德莱希的设计并不完美——按照最初的构想,一旦成功植入目标的意识,它应该就能完全控制对方才对。但事实上,它顶多只能在一定程度上,或者在一定时间内暂时影响那些不幸的受害者而已。最重要的是,那些在联邦科学院里干活儿的伙计也不是吃素的。在最后时刻，他们意识到了自己犯下的错误，并在大错铸成之前选择了自我了断。而隐德莱希则只勉强完成了一小半预定目标——醒来的傀儡战士们没有得到进一步指令，也没有获得行动的目的，只能凭着预设的斗争本能互相厮杀，顺带把整片大陆，以及本来已经重建得有所起色的文明重新变成了一地灰烬。

"一切本该就这么结束了才对。但很不幸，我们谢林家族却又将沉睡的灾星再度唤醒了。"在停顿了一小会儿之后，"马尔科姆"继续说道，"我们的祖先曾经是联邦政府时期最优秀的技术史学家之一，也是最初在尼尼微城地下发现这些被称为'下尼尼微城'的古代遗迹群，并对它们进行勘探的人。即便在傀儡战争横扫世界之后，我们世世代代仍然努力在下尼尼微城的废墟中进行着研究，试图从先人的遗产中找出拯救我们文明的机遇。最终，通过我们所发现的系列线索，隐德莱希又一次被人们冒险发掘了出来，并被主持发掘的那个蠢货——也就是我本人——植入了自己的脑子里。"

"真是不幸。"伊斯坎德尔嘀咕道。

"是啊。那时的我天真而无知，毫无保留地相信了它的每一句谎言，甚至直到它一点点地夺走我的意志、操纵我的精神时，我仍然没有进行丝毫抵抗……因为我相信自己可以反过来利用它，通过从它那儿获取的古代知识造福人类。"影像苦笑道，"最后，聪明反被聪明误的我成了它的牵线木偶，并为它完成了先前未竟目标的下半部分——通过主动发起挑衅式攻击，我将一支傀儡军队引诱到下尼尼微城，并通过这里的设备让这个古老而残忍的实验进入新的阶段：让傀儡们向下一个阶段转化。"

"下一个阶段……也就是那些攻击了我们的……怪物吗？"

奥菲莉亚问道。

"既然你使用了'怪物'这个词来形容攻击你们的家伙,那么很显然,傀儡们的第二阶段转化已经初步完成了。""马尔科姆"说道,"我相信,这些家伙肯定给你们找了不少麻烦吧?"

"这个嘛,它们是很难对付啦——但也只是相对而言。事实上,如果考虑到傀儡军团的地下军工厂所生产的重型武器,特别是大口径火炮、重型装甲载具和航空兵器的话,那些原装正版的傀儡反而还要更厉害一些。"平娜想了想,然后说道,"恕我直言,如果傀儡第二阶段的全部作战能力就是目前我们见到的水平的话,那么它们也不过尔尔。"

"不过尔尔? 也罢。我知道你会这么说。""马尔科姆"笑了笑,"既然你也是一位军人,那么,你能不能告诉我,判断军事行动胜利的最根本标准是什么? 是像野蛮人那样比谁砍下的人头数量比较多? 还是比谁割下的耳朵能装满更多的皮袋子? 或者比谁更有本事用黑曜石长剑在剑斗中击倒对手,把他们拖上祭坛吗?"

"呃……"从平娜一个劲儿摇头的情况来看,她平时大概压根儿就没考虑过这个刁钻古怪的问题(其实我也没考虑过)。好在奥菲莉亚立即接上了话茬:"根据《军事战术学》第二版第一章第一节的标准解释,一切军事行动应当服务于其目的。在无法达到既定战略目的的前提下,无论取得何种形式的局部战术成功,均不能视为行动已经获得胜利。"

"啊哈,答得好! 不愧是我们谢林家的孩子。"影像笑道,"那么,你们想过,圣体兄弟会的根本目的是什么吗?"

4

　　从理论上讲，我好像知道这个问题的答案。

　　在两个星期前，我的"兄弟"伊斯玛仪曾经向我简短地解释过——至少是他那个版本的正确答案。按照他的说法，那些什么兄弟会是一帮把人类的遗传基因纯洁性看得至高无上的人类至上主义者。在"为了人类"的口号下，他们可以毫无仁慈、不计手段地扫除一切所谓的"丑恶的变异"与"腐朽的人造基因污染"，以及各种各样"非我族类"的非人类智慧生物。

　　不过话说回来，如果这就是正确答案的话，那我实在是想不明白傀儡们的"第二阶段"有什么必要性——至少，比起面对一辆迎面冲来的"基路伯"坦克，无论是我还是平娜肯定都宁可选择和一头"独眼巨人"干上一仗。而我相信，要是让兄弟会的"清洗"目标们来选的话，肯定也会做出和我们相同的选择……吧？

　　"虽然现在的这个'我'不可能进行真正意义上的思考，但要基于逻辑判断你在想些什么，那倒是不难。"屏幕上的幽灵说道，"你肯定在想，相较于更接近于人类战士的原本形态，傀儡们所谓的第二阶段在纯粹的军事层面上似乎并不具备特别的优势。

诚然,那些被你们称为'怪物'的家伙有着更强的生命力、体力和运动能力,并在各种武器化身体结构的加持下具备可怕的单体战斗能力,也变得更为凶狠而难缠,但在失去了大部分操纵技术装备的能力后,它们的实际威胁并没有什么显著增加。换言之,你完全看不出,这样的转化具有什么必要性。"

虽然我并不喜欢保持沉默,但既然对方都已经替我把能说的话提前说完了,那我也就只好拼命点头了。

"单从逻辑上讲,你的想法没错——但圣体兄弟会当初的考量却有所不同。"马尔科姆的影像做了个打响指的动作,接着,在他的身后,出现了一个由无以计数的细小光点组成的旋涡状结构——很显然,那只可能是银河。在这幅银河示意图中,位于中下方的约五分之一的区域被特别的高亮度色调标识了出来。

"正如各位所见,这,是过去的人类文明在全盛时期的势力范围。当时的人类不仅分布在以猎户—天鹅座旋臂为轴心的近千个宜居世界上,而且也与几十个非人类智慧种族缔结了外交关系。但是,如果与这一区域内所有宜居世界——当然,是以我们这种普通碳基生物的标准——相比,这个数量级仍然太小。"

"嗯?"我完全不明白对方的意思。

"这我倒是有点头绪了……是因为德雷克公式的计算结果?"伊斯坎德尔嘀咕道,身上开始散发出一股兴奋的青梅气味。

"我必须更正一点,传统的德雷克公式其实早在全面宇航时代揭幕之前就已经被证明为不尽正确——毕竟它只是个假说,而且大多数参数的不确定性太大。但基于其原理提出的新德雷克公式在依靠实地观测结果修正参数后倒是还算可靠。""马尔科姆"答道,"按照新公式的算法,除去各类大质量天体过度密集、难以稳定地维持普通碳基生命的银心小块区域之外,银河中能住人的地方,以及理论上能够演化出'人'的地方都不少。仅仅在曾经的人类文明所触及的区域内,这两种世界的数量就可能达到之前我所提及的那两个数字的二十倍,甚至更多。"

"呃……"我不明白这家伙说这些到底有什么意义,但还是基于一贯的谦逊继续耐心听了下去,"所以呢?"

"所以,你们是否想过这是为什么?""马尔科姆"提出了这个问题,不过他显然没有指望我们能答得上来,于是立即给出了答案,"这种状况的发生,事实上并不奇怪。因为人类文明在太阳系外的扩张中一直面临着一个麻烦的问题。以宇宙的尺度而论,亚光速航行仍然过于缓慢,而我们却难以挣脱这一物理学束缚。在后来开发出的时空翘曲技术,也就是俗称的'传送'技术在一定程度上解决了这个问题,但它却有着精确性不足的巨大缺陷,除非在目的地设立专门的'信标',否则'传送'的距离越远,误差就会越大——而且是呈指数增长的。这种麻烦直接限制了古代人类的扩张范围——他们不得不先使用高亚光速飞船对潜在的目的地进行探索,在缓慢地'爬'过三维空间后设立'信标',然后才能大举进入一个陌生的太阳系。这种相对低效率的做法,使得相当多在理论上应当得到勘探的世界从未与人类接触过,因为当时的人类只能优先选择自己感兴趣的,或者已经存在达到工业社会水准的本土文明、足以通过各种方式进行星际联络尝试的世界建立联系。"

嗯,说得真是好极了……可惜我还是有些不大清楚。当然,既然罗蒙诺索夫兄弟、奥菲莉亚,甚至是伊斯玛仪那帮子人眼下都是一副"哇,原来是这样啊!"的表情,那我现在也只能连连点头,以免破坏坏氛围了……呃,我这可不是在不懂装懂! 真的不是哦!

"我现在有些明白了,"奥菲莉亚揉了揉她那对很容易让人感到凶狠的吊梢眼，点了点头，"所以说，就算在黄金时代，人类文明的'领地'也更接近于大片飞地和孤岛的复合体，其间还散落着许多很可能有'人'居住的世界。"

"对。这也正是圣体兄弟会最为忌惮的——这些家伙认定，一切'基因不纯'的人类，以及非人类智慧生命，都是'其心必异'的'非我族类'，是他们所谓的'真正的人类'的巨大威胁。在邦联瓦解时代的大战中，圣体兄弟会以其势力几乎在报复性打击中被全歼为代价，用禁忌的大规模杀伤性武器毁灭了大多数已知世界上的所谓'敌人'，但他们很清楚，这离实现他们的所谓的伟大理想，还差了十万八千里。"

"可那些落后到连无线电也没法向太空发送的文明，根本不可能威胁到谁吧？"伊斯坎德尔忍不住吐槽道。

"呵！但兄弟会的疯子可不这么觉得。他们的口头禅就是'为虺弗摧，为蛇若何'——哦，这是古地球上东亚细亚地区的一句老话。"影像答道，"所以，他们认为，无论代价如何，都必须彻底地毁灭那些'潜藏着的敌人'。但与和居住在文明世界的外星人同归于尽相比，这么做可就太困难了。"

"因为他们根本没本事——更准确地说，当时的整个人类文明都做不到——组织足够多的远征舰队，把所有可能带有宜居类地行星的主序星所拥有的行星系统都搜查一遍。与建立一支庞大的军队相比，如何把这支军队投送到几千光年之外并维持其后勤运作，才是真正的大问题。"历史学家说道。

"正是如此。"影像答道，"在大崩溃后，兄弟会虽然仍在银河的角落里藏下了一定规模的军事力量——包括自动化舰队和行星毁灭武器，但其数量已经远不足以消灭他们所要消灭的目标了。他们可以用压箱底的剩余武器炸掉一两个世界、攻占几颗行星,但也仅此而已。但是,隐藏在傀儡基因内的'第二阶段'却完全不同,这个阶段的傀儡不再是一支需要后勤补给、装备生产或者指挥调度的军队,而只是一群按照既定程序歼灭与吞噬'敌人'的活体兵器。当然,只要有必要,它们可以使用夺取的军械作战,但就算没有也没什么关系。正如各位所见,在对抗拥有较高技术水准的敌人时,这些怪物并不能占到什么便宜;但别忘了,那些具有发达文明的世界在大崩溃时就已经被逐一毁灭了,而要对付前工业时代或者工业时代初期的落后文明,它们的战斗力已经绰绰有余。最重要的是,令人困扰的星际旅行困难对它们而言根本不是问题,一旦转入第二阶段,傀儡便可以很容易地跨越千百光年的距离,入侵那些位于宇宙遥远角落中的目标。"

"咦?这又是为什——"我咽了一口唾沫。

"我刚才提到过,所谓的'传送'技术从未完全解决精度问题。如果你恰好拥有一支军队,那么这种问题会变得极为致命。在辛辛苦苦准备好运输船只和护卫舰艇后,你还需要做出痛苦的抉择:是冒着将战舰扔进恒星的光球层的风险使用'传送'节约时间?还是让他们花上几百年时间在三维空间中缓慢地从一个行星系爬向另一个行星系?无论哪个选项都糟糕透顶。""马尔科姆"打了个响指,身后的银河变成了一片散逸的光幕;接着,那些光影又重新整合、聚集,变成了一个长满脉管、不断蠕动着的球根状物体,看上去既像是从动物病变的器官上切下的肉芽或是肿瘤,又像是被放大了的孢子。"但是,一旦转化为'第二阶段',傀儡们将不再为这种两难选择所困,只要目标星球有合适的条件,有太阳能、水和有机物,以及充足的时间,单从理论上讲,区区几个像这样的孢子囊——它们的质量还不到一克重——便足以在目标行星表面'孵化'出一支军队。"

"这就意味着,他们可以几乎没有成本地使用'传送'技术试错。只需要靠一台像样的天空望远镜大致锁定处于候选名单上的恒星,再通过运行轨道和速度推算出目前的大致实际位置,剩下的就是按照一定的空间间距——也许是每五百或者一千千米一个孢子囊——将这些玩意儿随机投入目标区域,一切就搞定了。哪怕失败率再高,损失的也只是一丁点儿可以随时复制出来的遗传基因与蛋白质外壳,而不是士兵、武器和战舰;而传送几克有机物所需的能量也远远低于传送数百万吨的战舰、武器和补给。"历史学家接着说道,"而且,在入侵的最初阶段,转化为第二阶段的傀儡们几乎不可能被那些低技术世界的土著察觉——要是我没弄错的话,地面上的那些大树,大概也是傀儡的一种形态吧?"

"啊,没错。兄弟会的家伙管那些玩意儿叫'尤格多拉希尔',似乎是取自古地球的某些古老神话来着?你们刚才所看到的孢子囊会在第一时间迅速成长为这种东西,进行光合作用,而一旦成熟,它们的根系还会产生大量根瘤,并最终繁衍出一种可以变形的单细胞生物聚合体,用以收集额外的用于'生产'战斗生物的有机质。"死去的前兰檀统帅解释道,"在正常情况下,随着'生产'规模扩大,'尤格多拉希尔'们甚至会用根系在地下空间内建立大型消化池以处理回收的有机质。根据兄弟会的估测,到了这一阶段,大多数战斗个体的培育耗时不会超过二十四到七十二小时。顺便说一句,傀儡的这种转化在理论上是可逆的,当整个世界上的'敌人'均被毁灭后,它们将进行一次变形,从那些子宫囊里重新培育出人类,以取代被灭绝的原住民,在被占领的世界上建立新的文明——当然,那是拥有圣体兄弟会所认定的'纯正遗传基因'的'真正的人类'。"

"呃……赞美救主领袖。"我看了看伊斯玛仪、平娜和其他人,除了咪咪仍然以她一贯的自信神色面对着我,其他人的脸色显然都……不太好看。毋庸置疑,我们之前遇到的那座恶臭大坑显然不可能会是这类东西中的唯一一个。在这么长的时间过去后,就算动动脚趾头,我们也能猜出那些鬼东西的数量可能膨胀到了什么程度。

"好了,各位,还有问题吗?如果没有的话,我就要说最后一件正事儿了。"影像耐心地问道。

"我还有问题!"让我有些吃惊的是,提问的居然是之前一直没吭声,只是缩在一旁狼吞虎咽着从厨房找到的食品罐头的德尔塔。这浑蛋用衣袖胡乱擦了擦沾满罐装食物油腻汤汁的胡茬,然后举起了一只手,"请问,我们为什么要继续打这仗呢?"

"呃,您说什么?"

"我是说。您瞧,既然那些鬼东西被造出来的目的是去天知道在哪儿的那些外星球上杀天知道长什么样的外星人,那它们应该没理由攻击我们啊!"德尔塔一边大声擤着鼻涕,一边眉飞色舞地说道,"这里肯定是有什么地方弄错了!您肯定有办法告诉它们,我们根本不是什么外星人,也无意与那些高贵的——呜啊啊啊!"

当一道电流从德尔塔的后颈窝钻入他的脊椎后,这家伙立即像一只被BB弹打中的鸡仔般倒在地上,以一种令人愉快的姿态抽搐了起来。有那么一刹那,我还以为是伊斯坎德尔·罗蒙诺索夫终于无法忍受这个脓包,所以派出了那两位"伙计"让他闭了嘴,但接着,我注意到,电翻这家伙的其实是一台属于这座地下设施的昆虫型仿生维护机器人。

5

　　"请原谅我的专擅,但我判断,如果让此人继续参与后续行动,他将会成为危险的不稳定因素。因此,如果各位不介意的话,我会负责在接下来的几天里为他提供合乎人道主义的照顾。"在德尔塔停止抽搐后,"马尔科姆"说道。

　　我耸了耸肩,"没关系,就算你的照顾不那么人道,我们也不会说什么的。"

　　"除此之外,我必须说明一点,那就是那些被你们称为'怪物'的生物确实有理由对你们发起攻击——首先,各位应该知道,目前和谐星的居民中,除了身在此处的你们之中的某些人外,恐怕没几个人符合兄弟会的'纯洁人类'的标准;其次,傀儡的本质是一种活体武器,而且是一种在过去从未使用过,甚至没有被真正制造完毕的武器。众所周知,在将一种新式武器投入大规模实战之前,通常会有最后的一个步骤——而只有在这个步骤完成之后,操纵了这一切的隐德莱希才会将它的武器投向星海的彼端。"

　　"呃,让我猜猜。你说的'这个步骤'指的应该是……实战测试?"我问道。

　　当然,这就是正确答案。

　　我恨这个正确答案。

第十一章

钟慢力场与最后的目的地

1

据说,许多常年在前线奔波的老兵都会拥有某些特殊的能耐,而其中最常见的一项,便是可以随时随地睡着这一足以羡煞全宇宙失眠症患者的"绝技"。当然,将一生都奉献给了为全人类争取福祉的伟大斗争的我自然也不例外——只要有必要,我可以在不断遭受炮弹轰击的战壕里、子弹从头上嗖嗖飞过去的散兵坑中、蚊虫乱飞的污水坑边,甚至是别的更糟糕的地方轻松入睡,但却又可以持续保持相对较浅的睡眠,以便在真正的危险接近时立即醒来,投入战斗。当然,也有人曾经提出,这种特殊能力其实并非后天习得的,而是我们与生俱来的。那些因为睡眠不足而精神恍惚的家伙,通常都是因为反应速度太慢而被落下的炮弹炸成筛子,或者由于各种低级错误而最先送命的人;而像我这样的人,则比较有机会在这种"自然选择"中幸存下来。

不过，就算是我这种人，有时也会有些非常……个人化的小毛病。虽然无论是火炮和枪械的射击声、车辆在机动中的摇晃，还是蕾琪时不时喊出的"中了"都不足以令我从浅层睡眠中完全苏醒，但当有人突然抽走我垫在脑袋下面的东西时，从后颈传来的不适感却让我立即跳了起来。

"喂！我的枕头呢？你们怎么能这样对待——噢！"

"枕你个大头鬼啊！"对于我的抗议，坐在这辆"毒蜥蜴"装甲运兵车射手座上的蕾琪的回应是直接甩了我一个耳光，然后立即转过身去，在另一名"战争老鼠"的协助下将什么东西装进了面前的火炮侧面的半自动填弹机里——好吧，那其实是一个一尺①来长的大弹夹，里面并排塞着六发60毫米口径低膛压炮专用的火箭推进榴弹。但在更早的时候，那东西一直被我用一件军大衣包着，放在脑袋下面充作临时枕头使用。"拜托给我警醒点儿好不好？戴好头盔和护具！我们马上就要到地面上了！"

"哦，真是太好了……真的？"我有些茫然地瞪着用呼吸面罩和头盔遮着脸的蕾琪，看了好一会儿——要是能看到她的脸的话，我会看到什么表情呢？紧张？激动？恐惧？还是马上就有一场大战可打的兴奋？不过，无论她怎么想，拜刚才那个热辣辣的耳光所赐（为什么大家都喜欢这么对待我？不过如果是女孩子动手，至少还是……可以接受的），我现在倒是已经有些兴奋起来了。

"明摆着的事儿自己去看！你好歹也是长着眼睛的吧？别老是烦我行不行？"在撂下这句话后，蕾琪就又开始转动炮口，朝着黑暗中那些四处乱窜的影子打出了一发发曳着火焰尾羽的高爆弹。她的部下们也透过车厢两侧的射击口不断地对外开火，

———————
① 1尺≈0.3333米。

将侥幸逃过爆炸和弹片洗礼的怪物挨个儿撂倒——看来，这些家伙确实没时间和我闲聊。

"好吧。"我耸耸肩，从罩在护甲外的大衣衣兜里掏出了一台阿列克谢之前交给我的PDA，按照几小时前多次操演过的做法，依次按下了触摸屏上的几个"按钮"。与我用惯了的机械式键盘比起来，这种据说在过去相当寻常的操作界面使用起来简直就像是在变戏法，给人一种很……不踏实的感觉。但无论如何，至少这玩意儿确实像"马尔科姆"所说的那样有些用处。

"原来我们已经走了这么远啊！"

当那幅附带有行动路线记录的三维电子地图出现在屏幕上时，我自言自语了一句。

根据屏幕一角所显示的数字，我们的这支由我的小队、"战争老鼠"的一个残余分队和一群曾经试图要我的命的家伙们混编成的奇特战斗部队，在过去的三小时四十分钟内总共向目的地前进了两千七百九十米——当然，是纯粹的直线距离。虽然看上去实在是不算迅速，但考虑到一路上不断爆发小规模遭遇战、反复走进坍塌堵塞的死胡同（这些都是已经几百年没更新的老地图无法告诉我们的），以及不止一次被迫一边开火驱散敌人一边修理升降机或者防爆闸门的供电系统，能只花这点时间就走这么远，已经算是不错了。

当然，我们能取得这样的"好成绩"，在很大程度上也得归功于刚刚进行的一番"鸟枪换炮"——按照爱尔卡的"最权威专家意见"，目前作为我们的绝对主力的"走为上二号"在经过维护后正处于最佳状态。除此之外，我们还得到了三辆装有半自动火炮、重机枪和火焰喷射器的"毒蜥蜴"装甲运兵车。除此之外，这些车上还装着十来套产自傀儡军团的兵工厂、拥有辅助动力外骨骼系统的重型"毁灭者"战斗服，携带着充足的单兵武器、弹药和补给，而且一切都像是全新的一样……哦不对，更正一下，从理论上讲，虽然大多生产于半个世纪之前，但我们的这些装备**就是全新的**。

虽然听上去矛盾至极，但马尔科姆的"幽灵"就是这么告诉我们的。

2

　　"既然各位已经没有别的问题了,那么,我们最好还是抓紧时间,尽快把剩下的事务解决掉。"十个小时前,在那座古老的地下设施中,刚让德尔塔那家伙彻底安静下来的"马尔科姆"对我们说道,"毕竟,根据我的计算,每拖延一个小时,城区内就会增加一千一百个进入第二阶段的战斗型傀儡个体,而且随着时间推移,速度还有可能进一步提高——三天后,速度会提高到每小时一千六百个,一周后则有可能超过两千……我想,你们大概不希望看到这种情况吧?"

　　这个问题的答案毫无悬念——除了计划在明天一早就上吊自杀和智商没上及格线的家伙外,大概没有任何和谐星居民希望和一群每天都会增长好几万、蛮不讲理、凶残好战而且还不接受你投降的怪物打交道。更重要的是,每当想起我们居然被一群一千年前就已经死透了的混账王八蛋,外加他们留下的一个连实物都不是的浑蛋电子垃圾视为测试武器实战能力的活靶子,我就会气不打一处来。虽然我必须承认,"马尔科姆"所提到的未来首先让我感到了恐惧,但这股怒火相当及时地冲散了最初的惧意，坚定了我和这些浑蛋干到底的决心。

事实上，除了已经被放倒在地，由服务机器人套上了给精神病人专用的拘束服，准备接受"人道主义照料"的德尔塔之外，我能从在场的每个人身上感受到与我相似的情绪——呃，也许咪咪算是个例外。在听到那些令人脊背发凉的数字之后，她居然在……笑？

"喂，咪咪，你笑什么？现在情况很糟糕啊。"

"糟糕？这是好事啊，阿德！"咪咪伸出右手的中指和食指，对我比画了一个"胜利"的手势，"这个人刚才说了哦，那些怪物其实是傀儡！那我们在干掉它们之后可以向联合军政府要求赏金啦！按照据点镇的规定，在战斗中解决掉一个傀儡士兵可以得到十块钱赏金，一千一百个就是一万一千块钱，两千个就是两万块钱！等打赢了这一仗，我们就能还清债务，然后就可以实现阿德你的心愿，在帆角港海边的阳光沙滩买一座漂漂亮亮的大房子，还是带露天大浴池的那种！到时候我、艾琳、栗子姊，还有其他人就能和乐融融地生活在一起了……"

"嗯，很好，非常好！"虽然有山一样多的槽点要吐，但我还是忍住没有多说话——无论如何，咪咪的乐观主义起码对我们的士气是一种有效的鼓舞……吧？

"那么，马尔科姆先生，您知道让我们取胜的方法吗？"

"从理论上讲，确实有。"在说完这句话后，屏幕上的"马尔科姆"突然不见了踪影，接着，一台拳头大小的迷你飞行器突然从房间的角落里冒了出来，一个由光线构成的立体版"马尔科姆"出现在了我们眼前。

"请各位帮我一个小忙，"这个全息影像指了指位于控制室边缘的一扇密封的装甲门，然后摆了摆手，"待会儿我会解除这扇门的门禁,到时候,你们谁能扔一件稍微有点分量的物品进去? 随便什么都行,但不要是贵重物品。"

"没问题!"一脸跃跃欲试的咪咪立即伸手去抓被可可抱在怀里的熊玩偶,但后者立即挥舞着钛合金爪子,让她没法靠近。

"太过分了,你没听到不能扔贵重物品吗?"爪爪嘟哝道,"你不知道这是什么意思吗?"

"可罗蒙诺索夫博士以前说过,你是非卖品啊。不能卖的东西应该没有价值——呜喵!"咪咪一如既往地说起了傻话,直到玩具熊忍无可忍,用一记愤怒的挥爪吓得她躲到一旁为止。

"算了,我来吧。"我伸手制止了咪咪,然后从衣兜里掏出了自己的多功能刺刀。在那扇门开启的瞬间,我立即将这件冷兵器朝里扔去——刺刀迅速地在空中划出了一道完美的弧线,就像一道固态的闪电般飞入了门内,然后……

停在了空中?

这又是在闹哪样? 难道那扇门后面还有什么透明的障碍物? 不对,要是那样的话,刺刀至少应该先戳进什么东西一点儿,然后才掉下来,而不会像现在这样仿佛被停掉了时间一样在半空中悬着不动……呃,等等,不对,这把刀其实没有悬停在原地。虽然极为缓慢,但它确实在以极小的幅度——大概每秒一两毫米——向前移动着,就像是扎进了一团极为浓稠的透明凝胶。

"这是什么? 某种防御性磁场吗?"见到这一幕,就连知识广博的伊斯坎德尔也短暂地露出了迷惘的神色,"不,有点不像。难、难道是传说中的……"

"是的,这就是我一直想找的钟慢力场,比时空翘曲技术更加高端的古老科技,黄金时代对基本作用力和物理学基础原理运用的集大成者。"这一次，回答他的是阿列克谢，"哦，对了，这么一来，我们的争论就是我赢了。"

"争论？"我好奇地问道。

"没错，在大约十年前，我曾经和伊斯坎德尔因为一份古代文档发生过争吵。"阿列克谢洋洋得意地说道，"当时，他宣称那份文档是假的，古代人从未生产出真正可用的钟慢力场，至少从未在和谐星上使用过这种设备，而我则认为那是真的……嗯，为了向我证明他的猜测是正确的，伊斯坎德尔在那之后就从家里不辞而别，开始在世界各地展开调查研究，而我们也就一直没有再见面。"

"我呸！明明是你小子停缴了我的房租，害得我只能卷铺盖跑路好不好？"

"那么，谁叫你自己不去赚钱交房租呢？赖着自己的双胞胎弟弟白吃白喝整整三年，你还觉得这是件光荣的事儿？"

"呃……"

"总之，我是在下尼尼微城之外的另一座已经成为废墟的'城堡'里找到第一台钟慢力场投射器的，在那之后，我遇到了伊斯玛仪他们，并在他们的协助下试着对这玩意儿进行研究，结果却发现，别说对力场投射器开展逆向工程，就连了解它的具体原理，也已经超出了我们这个时代的知识上限。"成功让自己兄弟语塞的阿列克谢继续解释道，"除了按照操作说明操控已有的设备外，我只知道这东西的效果与能耗成正比，与作用范围呈反比。在这种数百立方米规模的小型空间内，就算将时间的相对流速延缓到正常状态的百万分之一甚至更慢都不是难事，但在较大的空间内，延缓的幅度往往就只有万分之一，甚至几千分之一了。"

夭寿啦！这听上去简直就像是，噢不对，这根本就是魔法嘛！或者不如说，对我这种级别的脑子而言，要说这不是魔法，反而还更难理解吧？

"总而言之，自从最初的钟慢力场发生器被制造出来后，这类设备就一直被用于保存各种各样的特定对象免受时间的侵蚀，比如亚光速飞船上的乘客、重要的生物样本和活体材料。当然，如果你没别的东西要保管，用它来储存武器弹药之类的也不是不行。"随着"幽灵"朝室内伸出一只手，几盏灯随即亮了起来，让我们看清了存放在那扇门后的几辆装甲运兵车、大堆大堆的轻武器和弹药，以及许多标本罐、军用食品、药物箱，外加不少看上去像是精密电子设备的东西。"在必要的情况下，这件宝贝也能以完全不同的方式派上更大的用场。"

"比如说……作为迟滞敌人的武器？"一向在这方面特别敏锐的我立即给出了相当靠谱的猜测。

"正是。"

随着"幽灵"的回答，一幅由迷你飞行器投射出的二维地图取代了他的虚幻身影。由于对旧尼尼微城以往的状况实在谈不上了解，我只能勉强看出，这幅地图应当是这座城市（或者更准确地说，当它还能被称为"城市"而非"废墟"的时候）的规划图。在图中，两个相距甚远的位置被标记成了醒目的红色，其中之一似乎位于整座城市的正中央，也就是第一环形运河的内侧，而另一处则位于第三环形运河外——考虑到我们之前所走过的路程和大致的行动方向，那多半代表的就是我们目前所在的这个地方……吧？

除了这两个大红点外，另外还有四五十个细小的墨绿色圆圈分别散落在这座城市的各个角落，看上去活像是从雨后的林间空地上冒出来的蘑菇圈。

"在近半个世纪之前，我曾经一度因为骄傲自大和缺乏警惕，让自己比任何人都更彻底地沦为了隐德莱希的俘虏。"就在我们绞尽脑汁思考地图上那些花花绿绿的标记的含义时，"幽灵"继续说道，"但隐德莱希本身是一个有缺憾的作品，一个和目前的'我'类似的、用拟似人格生成模组拼凑出的急就章。当傀儡军团被成功地诱入城内后，由于要处理的事务实在太多，它对我的控制出现了暂时但却极为关键的漏洞，让我得以有机会纠正某些错误——在当时，一切看似已经难以挽回。尼尼微城的城防体系几乎已经瓦解，残余的守军正在逃亡，攻入城内的敌人无论在数量还是火力上都占了压倒性的优势。从常规军事角度而言，我们已经输了。只不过，傀儡本身也存在着弱点。"

"你是说……"

"在未受到外部控制的前提下，傀儡军团也有能力按照既定程序运转和作战——但在作为拥有数万个作战单位的军团行动时，他们的自主式指挥控制系统采取的是相对容易遭到破坏的星形拓扑结构。当然，这种'不合理'只存在于理论上，毕竟，要干扰和破坏傀儡使用的中微子通信网络太过困难，而如果单个指挥单元被瘫痪或者从物理层面摧毁，存在于附近的指挥单位也可以立即接管控制权限。因此，这几乎不能被看作弱点。"随着"幽灵"的话语，地图上的大量墨绿色圆圈开始微微发光，让人产生了一种不太舒服的感觉，"不过万幸的是，我虽然做不到这两件事，却恰好拥有另外两项必要的技术手段，可以让我采取替代性措施：首先，这座设施让我能够单方面定位和分析一定范围内傀儡的活动，通过信息流的变化推断出那些战地指挥单元的位置；其次，拜隐德莱希在诱惑我时作为诱饵送给我的古代知识所赐,我知道如何启动那些原本用来保存古代设施和生物样本的钟慢力场。"

好吧,原来那些力场的最初用途是保存下尼尼微城的古代设施? 怪不得之前我们发现的安全中心还有这地方看上去都这么崭新完好,光靠那几台自动维护机器人的工作显然是不够的。不过话说回来,既然有这么强大的保鲜手段,那为什么厨房里存着的还是真空包装的应急口粮? 就不能放点儿比那些白水煮卫生纸口味更好的东西吗?

"总之,在一切眼看即将无法挽回的时刻,我成功了——钟慢力场不能歼灭敌人,却暂时将整个傀儡军团的所有指挥单元都凝固在了时间之中。全面失去指挥后,处于集团作战模式、没有放开单独行动权限的傀儡士兵转入了休眠状态,暂时让兰檀恢复了和平。除此之外,被钟慢力场压制的还有一个地方,""幽灵"伸出了一只由光线构成的虚无之手,指向了位于市中心的那个红点,"就是这里。它是一切麻烦的源头,也是你们这趟旅程的终点——只要按照我接下来给出的计划,趁着还来得及,及时夺取这个地方,那么所有问题都会就此结束。"

"这……看上去有些困难啊。"奥菲莉亚下意识地咬着嘴唇,满脸愁云地看着地图上的比例尺——当然,除了仍然念叨着"发财"和"大房子"的咪咪之外,所有在场的人眼下的感受都和她差不多,"如果之前的情报没错,这段路上也许已经塞满了成千上万的……那种东西,除非把整个兰檀的远程火炮和航空兵都派来进行火力支援,否则要硬闯的话……"

"哦对了,顺便再告诉你一件事,我年轻的血亲,""幽灵"突然打断了她的话,"在扫描了你的一部分生物特征之后,我忽然有个意料之外的发现。目前正身处那座建筑物之中,并且很可能导致了目前这一切的那个人,似乎和你有着特殊的亲缘关系……虽说具体的状况我也不了解,但至少我能保证——"

"我干!"奥菲莉亚突然改用斩钉截铁的语气说道,"所有人!拿上装备,准备出发!"

喂!你这态度转变得也太干脆了点吧?

3

虽然在地下度过了很长一段漫无天日的时光,但出乎意料的是,当我们的小小车队冲出一处通往地表的隧道出口,返回地面时,我没有产生多少特别的感触——当然,这在很大程度上是由于目前的时间:现在正是午夜时分,而且是兰檀标准的湿热夏夜。浓密得仿佛随时可能沉落下来的灰黑色云层铺满了天穹,让地面上看不到一星半点儿来自月亮或者群星的光芒,和昏暗逼仄的地下几无差别。

哦不对,严格来说,差别还是存在的。在抵达地表后,从四面八方起的攻击顿时变得密集了起来,各式各样不成人形的玩意儿就像十年没打扫过的破屋地板下的臭虫般源源不断地从城市的每个角落拥出,尖叫着、呐喊着、嘶吼着朝我们拥来。虽说我听不懂它们到底在吱哇鬼叫个啥,但这并不妨碍我斗胆猜测,它们大概喊的是"请赏我一发枪子儿"。

所以我们就慷慨大方地满足了这些要求。

由于先前抱着"不能辜负马尔科姆将军的一番好意"的念头将那间地下室内的武器装备席卷一空,现在的我们手头有着充足至极的弹药，足以让每个人痛痛快快地一路上扣着扳机不放直到爽够为止。装甲运兵车的低膛压炮发射的破片榴弹曳着明亮的淡橘色尾焰四处飞舞，金属弹片就像无形的大镰刀一样与机关炮和机枪火网一道收割着蠢动的敌人，而稍微靠得近一些的家伙则可以获得努力特别奖——由我和其他待在车厢内的人从轻武器射击孔发射的霰弹与激光束构成的特制惊喜套餐。而当那些块头非常巨大、一看就知道不好对付的家伙冒出来时，在后方压阵的"走为上二号"就可以得到机会表演了。在栗子的娴熟操作下，那门终于完全修复上线、再也不会打出一团"礼花"或者害得供能系统全面瘫痪的"终焉"式离子炮直截了当地发挥出了百分之百，不，我看就算说是百分之一百五十都不为过的强大破坏力，以蛮不讲理的杀伤效果将一切位于路径之上、射程之内的宏观物体统统蒸发成了散逸的离子云。大量汽化的火炮制冷剂不断从炮盾两侧的菱形排气孔中"嘶嘶"地喷出，让这辆庞然大物看上去像极了传说中喷火吐烟的恶龙。

当然，就算有这么一头恶龙站在我们身后，有些麻烦仍然是不那么好解决的——尽管因为持续数十年的弃置失修，大多数旧尼尼微城内的高层建筑都已经成了摇摇欲坠的危房，根本没人敢冒着生命危险爬到那上面去，但对于那些压根儿已经连人都不算（当然，罗蒙诺索夫兄弟大概会对这点有些不同意见）也完全不在乎死亡的家伙而言，就算是危房也仍然可以被视为相当有战术价值的火力点。随着我们的击杀数字不断攀升，越来越多的杀人侏儒、"阿拉克涅"和其他看上去不人不鬼的玩意儿开始成群结队地登上这些摇摇欲坠的古老建筑，借助地利优势对我们猛烈开火。在一些地方，我们甚至还发现了不少长得像是猴子和大蝙蝠的杂交品种的飞行生物，这些家伙虽然看上去无害,但在掠过我们头顶时发出的尖锐嘶鸣却足以令人双眼充血、头晕目眩,让人恨得牙齿发痒。

"救主领袖的卵蛋在上! 当年的那些家伙为什么要把房子修这么高啊? 生怕修低了跳楼摔不死吗?"当火炮防盾上的光学瞄准镜被一发火箭弹爆炸的冲击波击碎后,蕾琪开始大声咒骂起来——由于仰角有限,无论是装甲车上的低膛压炮还是"走为上二号"的等离子主炮,全都无法有效地射击这些居高临下的浑蛋,而它们却可以悠然自得地用从活体武器到捡来的枪支弹药在内的一切东西找我们的麻烦。更让人感到糟心的是,我们很快发现,正全身心投入为我们添堵的大业的并不只这些家伙。

"这是啥鬼——呀啊啊啊!"

当一名"战争老鼠"从乘员舱中探出身子,准备用装在装甲车车尾的高射机枪对那些躲在楼顶的恶棍还以颜色时,不知什么玩意儿突然"嗵"的一声击中了他,并在眨眼间爆出了一大团黏稠的不透明物质,将他的整个上半身都包裹了起来。在接下来的几秒钟里,这个可怜人就像落入沥青坑的动物一样,绝望、癫狂却徒劳地挣扎着、抽搐着,但怎么也摆脱不了死神的怀抱——那些黏性物质仿佛有生命般地迅速扩张、蔓延,在将猎物死死抓住的同时分泌出了大量腐蚀性物质,以一种残酷的速率消化着目标的皮肉——不会让目标立即丧命,却又足以造成无法避免的致命伤。由于被牢牢堵住了口鼻,他甚至连痛苦的呼喊也发不出来,作响的只有溺在腐蚀液里发出的吸溜声。

"别去碰他!"

正当我出于一贯的对同伴的关心打算把这人拽回乘员舱内时,另一双手却粗暴地将已经不再动弹的"战争老鼠"给拖了出去——是伊斯玛仪。不知何时,我的这位原本搭乘另一辆装甲运兵车的"兄弟"已经带着他的一队战友下了车，他自己和另外两人来到了我的装甲车上，而其他人则在街道一旁组成标准的巷战搜索攻击队形，并消失在了一条小巷中。

"喂！你这是干什么？"

伊斯玛仪没有回答我的问题。在将那个在劫难逃的可怜人丢下车后，他立即接过了车尾机枪的控制权，开始朝着空中猛烈射击。曳光弹划出的弹道在黑暗中织成了一道道白炽的利刃，以令人赞叹的效率迅速劈碎了另外几个朝着我们的方向袭来的不明物体，让它们变成了淅淅沥沥地洒落在地上的黏湿碎片。

等等，这些从天而降的东西到底是打哪儿来的？为什么这里的天空看上去比别的地方还要黑？怀着这些问题，我鼓起勇气掀开了离自己最近的另一处乘员舱，在确保露在外面的部位都被头盔基本护住的前提下，小心翼翼地抬起了头（当然，这可不是胆怯，而只是久经沙场的勇士必要的谨慎罢了）。

一团无论怎么看都相当令人厌恶的东西随即贴着我的头盔边缘飞了过去。

"这我的天……又是搞啥啊？"在顺着那团东西的飞行轨迹抬起头后，我发现了另一幕挑战理智底线的景象：在我们头顶，两株高达一百米以上，有着在字面意义上遮天蔽日的庞大树冠的巨树——我记得马尔科姆的"幽灵"管它们叫"尤格多拉希尔"来着——正以一种规律的频率摇晃着悬挂在枝杈下的大量莲蓬状结构，就好像我随手摘下一片翠绿的树叶想凑近端详，却突然毫无防备地看见叶片背面布满了密密麻麻的虫卵，每一颗都在眼皮底下有节奏地孵化、破壳、蠕动。每摇晃几次，就会有一团这样的玩意儿从"莲蓬"里被高压气体猛然推出，像炮弹一样射向我们。

天地良心！这到底是哪门子叫人头皮发炸的恶趣味啊？既然是树,那就好好地扮演一棵树的角色不就好了吗？你给地下的那堆怪物提供养料什么的我们也就认了,为什么也要掺和到战斗里来啊？

虽然"只不过"是树,但这些鬼东西真不是什么容易解决的对手。由于巨大的树干与我们之间隔着一整排高楼,从我们目前所在的位置无法以平射火力直接将其摧毁,而悬挂在密集的枝杈下的"莲蓬"又实在多得有些过分,光靠装甲车上的这几挺高射机枪一时半会儿压根儿无法完全消灭。而考虑到巨大树冠的覆盖范围和那些"莲蓬"的射程,如果选择强冲的话,难度恐怕也不会太……

呃,更正一下,已经是一点儿难度都没有了。

因为就在我考虑这些事时,那两棵巨树已经在接连不断的沉闷爆炸声中重重地倒了下去,消失在了旧尼尼微城的残垣断壁之间。

"障碍排除,继续前进!"在这些庞大、诡异的植物轰然倾倒后不久,伊斯玛仪的——当然,也是我的——"兄弟"们再度出现在了那些危楼间的巷道之中。在看了一眼手腕上的表后,我意识到,从下车出动到返回,连带着在途中顺手排除掉各色各样的挡路者,这些人总共只花了不到三分钟。

"你们刚才到底是……"当车队重新开始前进时,我问伊斯玛仪。

"稍微试了试之前找到的聚能爆破装置而已——看来还是挺管用的,不是吗?"

"当然,这都多亏了我。"与我同乘一辆车的阿列克谢补充道,"和某个只会从废墟里找到没用的玩意儿的家伙不同,我可是能修复真正可以派上用场的古代设备的。"

"嗯，是啊，看来你们还是这么……有效率。"我耸了耸肩，瞥了一眼伊斯坎德尔，还好，他似乎没有因此而生气，"有些时候，就连我自己都对我们之前能从你们手里活下来感到有些惊讶。"

"我不会对之前我们对你们所采取的行动而道歉，我的兄弟，因为阿列克谢先生告诉过我们，从逻辑上讲，那是当时的最优做法。"伊斯玛仪继续用他一贯的那种正经腔调答道，"根据可靠情报，隐德莱希这些年来一直通过代理人在幕后操纵很多科技考古活动，我们无法确认你们，尤其是伊斯坎德尔·罗蒙诺索夫博士，是否是受到它控制的另一批提线木偶，因此只能优先将你们视为歼灭对象。"

"啥？你的意思是，你们在日出城真的打算干掉我们？那个阿列克谢打算解决掉他的兄弟？"

"我也不想这样，但古地球上东亚细亚地区有一句俗语，叫作'大义灭亲'。"阿列克谢说道，"如果我的兄弟危害到了和谐星绝大多数人类的安全，我当然也不得不对他采取必要措施，但我的本意绝对不是……"

"扯淡！"伊斯坎德尔吼道，一股子刺鼻的辣椒味从他身上冒了出来，"你小子怎么想的我还不知道？你就是因为嫉妒我而打算把我解决掉，对不对？"

"也许我们之间确实有点嫌隙，而这些嫌隙确实让我……呃……对你产生了一丁点儿负面观感，但我当时的决定绝对与此无关。"阿列克谢一边说着，一边下意识地避开了他兄弟的目光，"这么做都是为了人类文明乃至诸多非人类智慧种族的未来，我相信你们应该可以理解。"

哦，没错，我们当然可以谅解……个鬼啊！你们凭什么认为像我这种从小到大一直为了全人类利益而无私奋斗、成百上千次与人类文明的敌人以死相拼的当代英雄会是那个什么隐德莱希的走狗啊？这是污蔑好不好？是实打实的污蔑！要不是我大人有大量，早就去据点镇的法院起诉你们侮辱罪了哦！当然，为了维持队伍内部的团结，我以超人般的毅力将这些话全都憋在了肚子里，只用坦然的微笑作为对我的，还有历史学家的"兄弟"的回答。

　　说实话，有些时候，我的高尚真的是会让自己都感到惊讶。

4

二十五分钟后。

虽然一路上我们遭遇到的各种敌人很可能已经超过了"数以百计"这个范畴,达到了"千"的数量级,但在我们精湛娴熟的战斗技巧、优良的军事素养、足以克服万难的大无畏战斗精神,以及被慷慨赠予的全新装备,还有被爱尔卡认真维护过一番的"走为上二号"面前,它们的阻挠全都是无用功。虽然有一名我的"兄弟"不幸死于流弹,一名"战争老鼠"的伙计被那种莫名其妙的强腐蚀性物质融掉了上半身,外加超过一打人受了各种程度的轻重伤,但大体而言,我们还算是安然突出了重围,抵达了位于市中心的目的地……

呃,要真是这样倒好了。

更正一下,我们根本就不是在往市中心进军——根据马尔科姆的"幽灵"提供的情报,在那一带聚集的敌人起码是我们之前路上遇到的那些家伙的二三十倍,就算英勇无敌如我们,要凭自己的力量杀出一条血路也着实有那么点困难,因此,我们不得不转而选择了一个相对不那么直接的计划,将位于第三环形运河外侧的原尼尼微大学作为目的地。如果我们手头的情报没错，而且那地方也还没被那些牛鬼蛇神攻陷的话，我们应该可以在那儿获得攻入市中心的必要助力。

当然，要是那地方已经丢了，一切就只好免谈了。

值得庆幸的是，虽然我们这一路上倒霉的次数和花样已经多到足以让我们获得"灾厄的宠儿"或者"霉运传播者"这样的光荣头衔了，但当车队接近大学废墟时，从远处传来的一阵紧似一阵的枪炮声和爆炸声告诉我，我在今天居然意外地没有遭遇不幸——虽然年久失修的校区早已被炸得坑坑洼洼，活像是刚从地下发掘出来的古城遗址，而且被摧毁的联合军车辆和被破坏的防御工事到处都是，极大地增强了这一带的凄惨程度。但无论如何，当我们抵达学校门外的原公路环岛时，迎接我们的是一小队穿着花色驳杂的护甲、武器装备很不统一、看上去个个垂头丧气的人类，其中带头的那个，似乎有点眼熟。

"咦？直美，是你啊！"

抢在我之前跳下车的蕾琪在我之前认出了那个又矮又瘦的黑发女人。从后者浓重的黑眼袋和浑身上下的脏污判断，她大概已经好些天没有正常地休息沐浴过了；相较之下，反而是在下尼尼微城吃了几顿饱饭的我们看上去要精神得多。

"赞美救主领袖！"直美讶异地看着她的指挥官，接着又将目光转向了我，以及跟在我身后的平娜、咪咪和罗蒙诺索夫兄弟他们几个。在看到栗子和艾琳驾驶的"走为上二号"，以及伊斯玛仪带领的那些我的"兄弟"们时，她瑟缩了一下，似乎想要伸手去拿背在身后的一次性反装甲火箭筒，不过最后还是没有这么做——这大概是因为蕾琪和那些"战争老鼠"的幸存者们都和我们待在一块儿吧？

"这些人都是我们的朋友和同志，你不必担心，"蕾琪对她的这位队长解释道，"其他人呢？地面上的战局如何？正规部队都在哪里？"

"我也想知道这些，头儿。可惜我遇到的人没一个是说得清楚的。"直美叹了口气。在她身后的一处看不出原样的建筑废墟中，一名扎着浅红色长马尾辫、挂着军医标志的军官正和助手们照顾着伤员，还有几个伤势不重的人被尼龙绳索牢牢捆住、不停地挣扎着，看起来似乎是"阿拉克涅"的致幻性神经毒剂的受害者。"目前咱们'战争老鼠'连缺胳膊少腿外加这些发了疯的家伙算一块儿，大概也只剩五十来号人，而且基本都在这地方啦——在昨天中午，旅指挥部突然把我们调到了这里，命令我们就地据守。和我们一起来的还有另外几支义勇军，总兵力嘛……在那些怪物上次发起进攻之前，应该还有四百人左右来着。"

"其他人呢？我没记错的话，这地方可是旧尼尼微城收复行动的前敌总指挥部。那些活见鬼的正规军都去哪儿了？！"蕾琪吼道。

"我也在纳闷儿呢，头儿……"当一阵不知来自何处的炮声从远处传来时，直美下意识地想要卧倒，但在发现我们毫无动作之后，又尴尬地站了起来，"自打我们奉命在这里集结之后，原本负责守卫这一带的警卫连就撤退了。那些当官的一开始说，我们只是暂时在这里防御，六小时内就会调来正规军部队替换我们，然后就变成了二十四小时，而刚才我们得到的新通知是四十八个小时——说实话，从两个钟头前开始，我们连空中支援都呼叫不到了，只有远程炮兵还能偶尔朝这边来两下，但炮弹掉到咱们头上的机会和掉在那些怪物头上的差不多。"

"行了，你们辛苦了。"蕾琪擦了擦从不摘下的呼吸面罩上的眼窗，又拍了拍直美的肩膀，"找一个小队护送伤员立即离开，其他人把武器弹药准备一下，我们马上就要向市中心前进了。不想来的人可以现在就走。"

"什么？"直美原本因为极度疲惫而眯缝着的双眼一下子瞪大了，看她的反应，仿佛刚才蕾琪的提议是让她马上去上吊自杀，"可我们现在根本就——"

"我知道，也许加上我们的这些……友军，要去市中心也实在不太够，但这不是问题，"蕾琪说道，"我向你们保证，我们很快就会得到必要的增援。"

第十二章

最强火力支援与新的手段

1

"就是这里了吗?"

"应该没错,至少我是想不出别的可能性了。"

在与守在大门外防御阵地上的直美对话几分钟后,我们一伙人大摇大摆地进入了大学内部,乘着装甲车迅速驶过了已经荒烟蔓草的林荫大道。在被战火摧毁之前,尼尼微大学曾经是仅次于阿卡迪亚大学的和谐星第二大学府,由于有谢林家族的资助,其中的陈设自然也是一等一的豪华。在路边,我们看到了修建得非常别致的亭台,带有漂亮的斗拱和古地球亚细亚风格的房檐的仿古式教学楼,以及建有迷你假山和游廊的池塘。在兰檀特有的湿热气候下,池塘里的荷花和芦苇长得超级茂盛,我们甚至还看到了几个受轻伤的义勇军士兵正在池边赤身裸体地处理刚刚捕获的鲤鱼与采到的藕,大约是要为持续奋战的同伴准备食物。

当然，我们对于这些亭台楼阁以及鲤鱼莲藕什么的全都毫无兴趣（虽然在闻到烧烤鱼肉的香气后，我的胃对后者似乎起了点儿反应，但那并不重要），而是直冲位于大学中央的建筑——曾经的大学歌剧院。刚才我们已经和直美确认了一遍，负责指挥旧尼尼微城收复作战的联合军前敌总指挥部确实就设在这里……当然，那已经是接近一天之前的事了。

现在，这地方就连一个鬼影子都没有。

"真是过分啊，这些人！不，不对，像这样随便抛弃贵重设备，根本就该被以丢弃公共财产和资敌的罪名起诉！"在随我们一同进入被放弃的指挥部后，奥菲莉亚立即大声抱怨道——当然，她会这么说，完全在我的预料之中。在这座建筑内，为数众多的文件、账簿、地图，满箱的武器弹药、备用零部件，以及食物包和瓶装水被随意地弃置，其中一些文件的题头上甚至还印着"秘密"这个词儿。在一处被打开的保险柜角落里，我甚至找到了二十多张由新阿卡迪亚发行、以当地的农场为担保的百元大钞。在将它们悄悄藏进怀里之后，我考虑片刻，随即从这些崭新的钞票里抽出三张，分别递给了咪咪、栗子和艾琳，宣布这是她们的特别奖金。

"太好了，阿德！这下你给的终于不是果冻和面包，是真的钱了！"

"我我我……我的表现真的配不上拿这么多……毕竟……那个……"

"呃……我平时好像不怎么用钱呢……不过，还是谢谢啦。"

正如我预料的那样，我的这一慷慨之举很好地激发了队友们的士气，只有平娜用令人不太舒服的目光瞪着我。当然，我认为她这么做完全没有道理——毕竟，给她发工资的应该是第二军团司令部，可不是我。

"感谢救主领袖！这些通信器还能用，发电机里也还有剩余燃料。"就在我忙着鼓舞同伴们时，我们的老伙计伊斯坎德尔已经在建筑的一角找到了他想要的东西—— 一整套最新式的远距离通信设备，以及负责为它供能的一台独立发电机。在他的那对飞来飞去的"伙计"们的协助下，他很快就完成了对这些设备的应急检修和重启工作。"瞧瞧这些东西。那些发号施令的官老爷肯定跑得非常匆忙，居然丢下这么多还能用的设备。"

"还有这些文件。天哪，不仅仅有'秘密'，居然还有'机密'！"在接连捡起几份掉在地上的文件后，奥菲莉亚竟然因为过度生气而将牙齿磨出了声音，"按照《保密法》，这些没到解密年限的文件居然没被销毁也没有被带走，就这么随便遗弃在这里，那些人起码得进去蹲上四五年……"

是是是。我对这点完全赞成——不如说，那些蠢到发起这次作战行动，差点让我们送命还对此毫不在乎的浑蛋最好都到牢里去待一辈子才对！不过话说回来，虽然联合军里的蠢蛋永远不比癞皮狗身上的跳蚤少，但会把机密文件随意乱丢的人还真没有几个……除非这么做的人相信，这些机密很快就会彻底化为乌有，再也不会为人所见。

想到这儿，我突然有了一种相当糟糕的预感。

"联系上了！"

还没等我进一步思考这种预感到底意味着什么，伊斯坎德尔已经向我通报了这个消息——随着其中一台通信器屏幕缓缓亮起，我看到了一张既熟悉又陌生的脸。说是熟悉，是因为我在许多地方都见过这张脸，联合军发给每个士兵的手册上，军营礼堂的门楣上，甚至是联合军在新阿卡迪亚发行的公债票据的背面；说陌生，是因为我在那些地方见到的这张脸统统都是美化过的，而像这样直接见到对方真容的机会可着实不多。

"你们这是怎么回事？"在通信状态稳定下来后，和谐星最高统帅、联合军的总司令官，也是我们这趟在理论上尚未完成的任务的委托人列昂尼德·丘尔巴诺夫大将问道。虽然据说每天都在为了全世界的重大事务日夜操劳，但这位统帅阁下那超过二百五十千克的体重显然没有因此受到什么折损。值得庆幸的是，上百枚缀满了那件红绿双色豪华制服的巨大勋章和纯金奖牌在一定程度上有效地起到了吸引视线、掩饰他因为大量脂肪而鼓胀起来的身体曲线的作用。在他身边，除了几名穿着雪白的短袖制服和短披风、圆筒式礼帽上佩戴着黄铜色实习军官徽记的少男少女之外，我还看到了议会议长兼军务卿葛明大将。老实说，如果把这位面庞深陷、瘦得活像是芦苇秆的憔悴老头和丘尔巴诺夫大将加在一起再除以二，倒是可以得到两个体型正常的健康人。

"对，到底怎么回事？为什么还没撤离？"对于我们的联络，葛明大将和丘尔巴诺夫大将显然都有些惊讶，"我不是三个小时前就让你们立即撤到安全区域了吗？为什么还——嗯？怎么是你？"

虽然对方没有明确说明到底是谁，但我知道，他们多半是认出了这位与联合军颇有些联系的历史学家。毕竟，像我这样的无名小卒恐怕是入不了这两位的法眼的。

"伊斯坎德尔·罗蒙诺索夫博士？你怎么会在这里？"总司令官努力睁开因为脂肪堆积过多而沉得有些过头的眼皮，有些不可置信地打量着他，"我之前接到的情报说，你和奥菲莉亚·谢林在一起,难道——"

"我在这里,长官。"奥菲莉亚凑到了屏幕前,不过并没有行礼,"我还活着。也许在您看来,这是件有些……意外的事情?"

"呃?"我们的总司令愣了一下,似乎不知道该如何答复才好,但葛明大将及时地替他接过了话头。"哪里,我们都很高兴您能安全脱险。"这位瘦得活像骷髅的议长绷紧了嘴角仅有的那点儿肌肉和皮肤,大概以他的标准,这便是微笑了,"您应该知道,当我们听说谢林家族的嫡系继承人竟然遭到那些'和平派'分子如此明目张胆的袭击时,我的心都快要碎了,万幸的是——"

"那也得您还有心才行,"奥菲莉亚咬了咬嘴唇,"毕竟,就我所知,那些针对我的袭击实在是太'凑巧'了些——无论从哪个角度而言都是如此。"

"世界上总有那么些不幸的巧合,女士。"议长继续维持着足以吓哭小朋友的微笑,"更何况,在当时看来,发生一场这样的不幸巧合确实有其必要性,自从您的家族在兰檀的权势土崩瓦解之后,这片土地上的民众就变得有些……不够关心人类的未来了。尼尼微城的废墟变成了压在他们灵魂之上的心魔,让他们对为全人类的命运而战心怀恐惧,而继续让整个大陆五分之一的人口与资源游离于对抗大敌的宏伟目标之外,显然是非常不妥的。在这样的情况下,如果发生一场不幸能让联合军政府获得合适的机会,在不破坏兰檀自治权的前提下合理合法地解决掉这个问题,那实在是再好不过了——我相信谢林家族列祖列宗的在天之灵大概也会感到欣慰吧?"

欣慰你个大头鬼! 这家伙还真有够过分的,刚才这话,不就等于明摆着承认了那些破事——狠毒的刺杀阴谋、"华美号"和"走为上二号"的沉没、满满一船无辜的人横遭的不测——全都是他们干的了吗？

"但你们的计划已经搞砸了，"历史学家撇了撇嘴，"您应该知道这城里现在是什么情况吧，议长兼军务卿阁下？至少在某些层面上，你们可是亲手打开了地狱之门。"

"我们当然知道，"在与丘尔巴诺夫大将低声交谈几句后，葛明耸了耸肩，"虽然我们不太清楚那些怪物到底是为什么冒出来的，又是否与我们的作战行动有关，但我可以向您保证，博士，与未能在日出城完成任务、带来和平的您不同，我们会好好负起责任，把这里的问题解决掉的。"

"你们打算怎么解决呢？那些鬼东西可是在繁殖，繁殖啊！用不了半个月，它们的数量会超过兰檀驻扎的全部正规部队！而你们的所谓精兵强将现在根本是溃不成军，否则我们也不会在他们的司令部里和你们联络了！"伊斯坎德尔恼火地揪着自己的银色长发，厉声说道。一股有些呛人的大蒜和煤焦油味开始在他身边弥散开来。

"请不要把必要的战术转移称为'溃败'，我们要实事求是。"葛明说道，"而且，就在三个小时前，我们已经就目前的情况采取了果断措施，为各位提供了我们所能提供的最强火力支援，请千万放心。"

"有支援了，太好——呜喵！"咪咪正要跳起来欢呼，却被一贯冷静的我弹了额头。

"什么样的支援？说清楚点！"

"当然是极为有效的一次性火力投射，极具威慑性，保证可以一口气扫荡所有敌人。"议长嘿嘿笑着，"满意了吧？"

"嗯……"奥菲莉亚没有露出任何喜悦的神色，反而将嘴唇咬得更用力了，"然后呢？"

　　"然后嘛,等到那些支援到位之后,你们就什么都不需要担心了。"议长瞥了一眼手腕上的表,"如果没出差错的话,这些宝贝儿应该快要到了,各位只需要等着迎接热辣辣的惊喜就行了哦。"

　　就在那家伙说完后,一股强烈的火药味从伊斯坎德尔的身上散发了出来。我相当确信,那只可能意味着极度的愤慨。

　　好吧,我大概猜到那是什么了。

2

伊斯坎德尔·罗蒙诺索夫曾经告诉过我，在很久以前的古地球时代，当核聚变反应堆、反物质发动机和其他更为高效的供能设备尚未开发成熟时，人类曾经暂时使用过放射性重金属裂变这种权宜之计。虽然原料储量有限，还有很大的污染风险，但这种相对简单易用的技术仍然风靡过那么一小段时间——事实上，正是由于相对简单，就算是我们这些技术已然衰退的和谐星居民们，也能靠着科技史学家所复原的知识在一定程度上掌握对它的运用。

虽然实在令人不敢恭维就是了。

众所周知，在阿卡迪亚岛的数个秘密基地里，存储着联合军仅有的几十枚核弹头。上一代和上上代最高统帅花了近半个世纪的时间，才勉强从高门地峡北方的矿区搞到并提炼出了几百千克铀和钚的同位素，制造出了这些据说准备用于与傀儡决一死战的兵器，但迄今为止，没有人真见过它们被扔到傀儡们的头上。事实上，许多人都在私下猜测联合军最高统帅部不惜砸锅卖铁也要搞出这些东西的真正原因，而这大概也和近年来阿卡迪亚对各军团自治领地越来越颐指气使的态度不无关系。

但至少在明面上，联合军政府从没承认过这一点——他们的论据倒也理直气壮：最高统帅部确实没有用核弹威胁过任何人，更别提实际使用了。

……直到今天为止。

虽然天穹之下布满了层层棉絮状的彤云，牢牢地遮挡住了超过九成的夜空，但我们仍然能够感觉到危险的迫近。从西北偏北，也就是阿卡迪亚岛的方向，一阵令人心头发痒、耳膜酸疼的"嗡嗡"声正在迅速逼近，就像是全大陆的大黄蜂都被填塞进一座蜂巢里，被浓烟烈火熏烤到集群发狂，然后瞬间一齐被释放了出来。

"这……这啥啊？"平娜有些慌了——值得庆幸的是，德尔塔那家伙不在这里，否则天知道他会不合时宜地散布多少恐惧。"听起来……让人感觉很不妙。我说，最高统帅他们不会抛弃我们的吧？他们一定会援助我们的，对不对？"

"就某种意义上讲，是的。"正散发着可以被直接闻到的强烈怒气的伊斯坎德尔瞥了一眼惊慌的义勇军联络官，耸了耸肩，"如果我的判断没出差错的话，那应该是正在接近，哦不对，很可能是已经从我们头顶飞过了的'落日'式超音速远程巡航导弹发出的声音，多半不止一枚，而且每一枚都载着威力起码相当于两万五千吨TNT当量的核弹头。确实是很了不起的援助呢。"

"啊？你开玩笑的吧？"

当然，我们都很清楚，伊斯坎德尔这回铁定没开玩笑——且不说他本就不喜欢这么做，因为他的先祖留下的遗传基因中被动的那些小手脚，这位历史学家不可能掩盖自己的真实情绪。既然他身边的火药味和辣椒味已经浓烈到了呛人的程度，那么，正朝我们飞过来的东西,恐怕正是那种要命的玩意儿。

更重要的是,空中传来的那种嘶鸣声是无论如何都做不了假的。虽然在刚刚重新造出核武器时,最高统帅部的那帮人希望用更不容易被拦截的弹道导弹作为它的投射手段,但由于科技考古学家和技术史学家们始终未能找到某些关键的技术片段,他们最后还是不得不选择了更加"成熟"的巡航导弹。而那玩意儿的冲压式发动机工作时产生的响声……怎么说呢?除了货真价实的聋子,没人能对其置若罔闻。

好了,完犊子了,彻底挂了。

这么一来,我倒是可以理解为什么那些正规军的浑球儿会逃得那么慌张了——这几枚大家伙的威力虽然还不足以彻底毁灭总面积近千平方千米的旧尼尼微城和它的一系列卫星城,但如果它们瞄准的是市中心的话,我们目前的位置铁定会被卷入光辐射和冲击波的杀伤半径之内。

天地良心!我这一辈子精忠报国、积德行善,难道到头来就落得这么个下场?这到底是哪门子混账王八蛋的黑色幽默啊!不行,我绝对不允许这种事发生!这绝不可能是真的!我肯定只是在做噩梦!没错,只要醒过来……

"统帅先生,议长先生,告诉我,你们疯了吗?"就在我开始用双手抓住自己的脸颊,竭尽全力朝两侧撕扯时,浑身火药味的伊斯坎德尔长长地叹了口气,"虽然我之前就不认为你们很聪明,但恕我直言,这种毫无意义的事情,就算作为一个玩笑也实在是太不好笑了。"

"没错,非常非常不好笑。"阿列克谢接着他兄弟的话补充道,"恕我直言,你俩的行为和瞎眼傻瓜没什么区别。"

"嗯?"通信器对面的那两个家伙愣了一下。

"那个……我说,我们是不是应该去避难了?"平娜有些不知所措地拉了拉他们的衣袖,"虽然这里也在杀伤半径之内,但我刚才从平面图上看到,学校里似乎有几处还算深的地下仓库,如果躲到里面去的话,也许还有一定的可能存活……"

"不需要!这就是为什么我说那两个家伙是疯子。"历史学家答道,"首先,在向他们提交关于前往日出城的行动计划时,我就已经提到了古代设施中可能存在的技术设备——尤其是空间传送设备——以及它们可能的使用方法……"

"当然,你在那份计划里肯定漏了钟慢力场发生器。"阿列克谢不失时机地补充道。

"这不重要啦!呃……总之,如果我的猜测是正确的,这些可怜的玩意儿根本就无法达成发射它们的人的任何目的。"

"嗯嗯?"对面的那俩家伙继续一头雾水。

"自个儿看着吧。"历史学家信步走到了指挥部的窗前,以最不适合面对核弹攻击的负手直立姿态望向了发动机嗡鸣声传来的方向,等待着。

接着,那几乎要把人耳膜钻穿的冲压式发动机的嗡鸣声消失了。

寂静骤然而至。

当然,我很清楚,根据各种各样记载在图画绘本里的故事,以及源自我那比绘本故事还要扯淡的现实生活的经验判断,这样的寂静通常不过是更大(而且往往更麻烦)的动静的前兆——而这次自然也不例外。

最先打破寂静的是光。炽烈的光甚至穿透了遍布旧尼尼微城上空的云团,让成百上千的断壁残垣在失修的街道上投下了自己的影子;与此同时,我们面前的通信器也爆发出了一阵仿佛疯猫挠铁板般的刺耳杂音，屏幕上则只剩下了一堆四处乱跳的灰白色小点和波纹。接着，排山倒海的轰鸣声也随着一阵暴风自我们头顶袭来，就像有人直接在天空中倒下了一整座大海。带着不自然的热量的烈风将破败的市街中四处蔓生的植被刮得来回摇晃，将地面上染血的尘土吹向天空。一时间，窗外的能见度在这诡异的尘暴中降到了极低，我们所能见到的只有飞沙走石，以及从天空中洒落下的白光。

呃……从天空中？

虽然就我所知，核弹这玩意儿在空中爆炸的杀伤效果会比在地表起爆更好。但无论怎么看，这次爆炸的位置也实在是高得有些过头了——更重要的是，虽然外面被照得相当亮堂，动静也搞得很大，但以核弹的杀伤效果而言，就这么点儿影响是不是太……

"……哦，原来是到这里了吗？真是有趣。"当外面的强光和尘暴开始渐渐消停下来后，伊斯坎德尔的"伙计"之一（我觉得那应该是穆吉）从一处没有关严的窗口飞了进来，将一串数字和代码投射在了历史学家面前，后者则只是摇了摇头，那股强烈的火药味也逐渐变成了充满讥讽感的酸橙气味，"比我想象的还要厉害些嘛。不过话说回来，既然那些家伙计划在第二阶段傀儡完成测试后从这里发射'种子'，那么这种功率也是必需的。"

"你说啥啊？"我问道，"刚才是咋啦？那些核弹呢？是出了什么故障还是怎么回事？为什么我们一点儿事都没有啊？"

"放心，那些玩意儿当然没出故障——它们只是完全没有命中目标罢了。"当通信器恢复正常后，历史学家冷笑了一声，"最高统帅部的各位，能听见吗？你们的那些大玩意儿看上去造得相当不错呢。"

　　"呃,等等,到底是怎么回事?"屏幕对面的那些家伙显然急了,"为什么导弹的定位信号不见了? 到底发生了什么?"

　　"简而言之,你们的核弹,刚才确实是成功起爆了,"历史学家微笑道,"只不过,它们似乎是在和谐星大气层的电离层被引爆的,没能实现你们的期望就是了。"

3

"这……这……"在听完伊斯坎德尔·罗蒙诺索夫的陈述之后,丘尔巴诺夫大将和葛明大将面面相觑了好一阵子,似乎想要确认到底是哪里出了岔子,但最后,他们显然还是什么都没弄明白,"这就是你提过的——"

"没错,这就是我提过的'防御手段'——像这么显眼而笨拙的攻击,被对方侦测到,然后被顺手扔到几十上百千米之外,完全在意料之中。"历史学家将纤细的双手抱在胸前,眯着眼打量着他的两位雇主,"更何况,就算没有这些空间传送设备的阻挠,你们的这点儿攻击也不够看,傀儡们实现第二阶段转化和繁殖的主要场所位于深处地下的下尼尼微城内,而且从理论上讲,只要有足够多的有机物和能量,就能继续创造更多的战斗人员。就算你们炸掉了地面上的一切,顶多也只能稍微拖延一下它们的进度罢了。"他歪了歪头,"当然,现在就更别提了,除了接下来几周内可能会残留一些辐射尘污染外,你们的那些玩意儿根本没对这儿造成任何影响。"

"什么?你说什么傀儡第二阶段?我不明白!"葛明大将很

不雅观地咬着他那薄得像是一层干皮的下嘴唇,芦柴棒似的双手抖个不停,"我们的地下勘探分队报告说,他们遇到的就是一大群怪物而已,完全不像是……"

"那个……算了。你们怎么称呼这些东西并不重要!"历史学家说道,"关键是,一旦那些'怪物'准备完毕,离开这地方,整个兰檀,或者更准确地说,整个和谐星上的人类,剩下的寿命都不会超过一到两年! 这些家伙可不是你们之前所熟知的傀儡,而是专门以**我们**为消灭目标而存在的生物兵器。我相信你们应该能理解这点。"

"呃,那个……没错……"丘尔巴诺夫大将嘟哝着,脖子上的一圈圈赘肉沾满了汗水,不断随着皮肤的抖动而落下,"我明白了。要不我们再发射一个波次的——"

"然后继续像这样被扔到一边去? 如果要放高空烟火的话,我倒是更情愿在能见度比较好的夜里这么做。"历史学家连连摇头,"听我说,我们目前还有机会扭转局面! 在旧尼尼微城参战的联合军部队,还剩下多少能投入进攻作战的成建制单位?"

总司令官和议长又一次开始交头接耳,接着,他们又从穿着白色披风的年轻侍从们手里要来了好几份文件,翻来覆去地看了好一阵子,看上去活像是在考场门外进行最后突击复习的小学生。"呃……嗯……那啥来着,对了,成建制单位的话,还剩下一些。"在讨论结束后,丘尔巴诺夫大将从镀金躺椅上坐起身来,对我们说道,挂在他的大衣上的上百枚勋章随着这一动作来回晃悠,映射出了一片刺眼的反光,"虽然之前在城区内遭到的袭击及之后的混战导致了严重损失,但在撤往城外进行重组后,每个正规旅都以预备连队为核心组织起了一两个营级战斗群;另外,大口径火炮和火箭炮也都还算完好,不过弹药储量似乎是见底了。当然,参战部队的主战坦克、装甲运兵车和其他车辆在混乱中损失了超过八成,目前能用的不到一百辆,航空兵器还剩三分之一,而义勇军部队……"

"够了!请下令各部队在一个小时内立即对敌人发动进攻——如果人不够,就让所有能拿枪的人都上!走不动的就爬着去!"历史学家立即用非常不像是他的果决语气说道,"现在是生死攸关的关头,一切代价都可以接受!"

"但援军已经在路上了。再过一星期,我们就能把刚登陆兰檀的三个旅沿河道和铁路运到这里。兰檀人也同意提供三个旅,这样一来,我们就有三万人……"

"没时间了!到时候事态很可能会发展到无法收拾的地步——我不指望那些正规部队能获得什么战果,他们的任务就是牵制敌人!我本人,还有阿德南先生会亲自指挥对首要目标的突击!"

骤然听到罗蒙诺索夫博士对最高统帅提起我,我连忙下意识地摆出了立正的姿态——再怎么说,这也是一个让我的大老板注意到我的好机会。虽然我本人从来不计名利,但没准儿在见识到我那不屈不挠、英勇无畏的一面后,他们会额外付给我奖金啥的……

"我就是阿德南·奥雷利安努斯,长官。我很高兴能肩负如此之重任——"

"这家伙行不行啊?我看他似乎不是什么很可靠的人。"葛明大将的一句话直接给我当头浇了一盆冷水。喂!你哪只眼睛看出我"不可靠"了?

"不过,既然目前情况已经是……这样了,我们也不介意各位进行尝试。"

"但你们的兵力和装备足够执行这种行动吗?"在通信开始如此之久后,总司令官大人总算说出了一句听上去像是司令官该说的话,"如果你们需要空中掩护或者空投武器弹药援助什么的,目前我们应该可以设法提供一些。当然,如果需要激励斗志的火线提拔的话,我可以马上签署命令,为各位都晋升一级军衔! 就算要追赠……啊不对,立即颁发战功勋章也不是难事!只要……"

"那东西就算了,恕我敬谢不敏。"我摇了摇头,"如果能把现在这个中校头衔换成五百块的年金,我倒是很乐意做一个一等兵,长官。"

"那可不行! 我绝不允许任何一位为人类大业奋斗的英雄得不到应得的荣誉!"总司令官大人的回答倒是干脆——当然,考虑到统帅部一直以来都有用空头军衔和勋章代替奖金发放给我们这些倒霉义勇军的优良传统,这也不算太过令人惊讶,"不过,你们现在这样……没问题吗? 真的不需要等待增援或者……"

"我认为没问题。"历史学家以一种超然自信的语气答道,"把那些增援都留给外围的牵制部队吧,我们会自己解决麻烦的。"

4

"拜托,罗蒙诺索夫博士,请告诉我,你刚才不是在开玩笑!"五分钟后,当我们像一群勤劳的工蚁般拽着从被抛弃的司令部里搜罗到的大包小包走出大门时,我以最诚恳的语气对历史学家说道,"我们目前只有——好吧,就算把那些守在这里的游兵散勇一起算上——顶多三四百号人,其中有战斗力的顶多也就一半!你居然叫正规军别支援我们?恕我直言,虽然我和我的同伴都是你能找到的最厉害的义勇军,但这种事儿我们可——"

"做不到?不,至少你的那些伙伴们用不着做多少事,"历史学家朝走在他身后的伊斯玛仪使了个眼色,后者立即从背后解下了一只包裹,"但你,我的朋友。你要做的事儿可就不少了。"

"呃,这是否意味着我能拿到加班工资或者额外津贴什么的?"

"这我可不知道。但我倒是可以保证,如果这次行动不成功的话,就算你能把全世界财富都拿到手,恐怕也无福消受了。"历史学家对我露出了一个近乎威胁的笑容,然后从伊斯玛仪手里接过了包裹,"除此之外,我相信像你这样博爱而正义的人,大概也不希望看到成百上千个智慧物种就这么因为一帮早就死透了的老疯子的浑蛋念头而万劫不复吧?"

"那是当然的!"我立即挺直了腰杆,以我一贯的诚实做出了回答,"不过……呃,正如军事学常识所讲的那样,要想取得胜利,我们应该在尽可能保存自身的前提下……"

"啊,没错,"历史学家一边拆着手里的包裹,一边点着头,"我们当然要保存自身。援军会有的,但不是那些需要等上十天半个月才能抵达的家伙,而是可以立即投入战斗、不惧死亡、不畏艰险,能在现在这样的逆境中战胜敌人的精兵强将。"

好极了,在现在这个节骨眼上,我们确实需要这种精兵强将……但前提是要能找得到才行啊! 这鬼地方哪里会有这么厉害还站在我们这边的家伙啊? 开玩笑也要稍微给我个限度吧?

等等,伊斯坎德尔他似乎并不是在开玩笑来着?

"来,拿着这个,"在打开从伊斯玛仪那儿拿来的包裹后,历史学家二话不说地将其中的东西塞给了我,"你知道这是什么吧?"

我看了一眼对方塞来的那玩意儿,那个闪烁着诡异的幽绿色光芒,像过载的能量电池一样的东西……没错,我当然知道它是什么,我再清楚不过了。

但也正是因此,反而没能立即开口——毕竟,我可是一直拿着一件一模一样的玩意儿过了那么长时间,而且已经因为它吃过了无数苦头……啊不对,是为了人类和世界的未来奋斗过无数次了,这时候突然塞给我一件新的,这似乎……

"没时间发愣了,阿德南先生。"历史学家拍了拍我的肩膀,身上散发出了些许促狭的酸梅气息,"待会儿上了装甲车之后,你就和你的'兄弟'们一起使用'信标',为我们把必需的救兵给招来，只要情况和我估计的相去无几，目前城里就应该还有足够的……"

喂！你什么时候开始那么亲热地称呼那些家伙啦？他们上个月还在试图要我们的命哪！就算现在我们暂时联手，你的态度转变得也太快了点吧？不过话说回来，真正重要的问题倒不是这个。

"你说用'信标'招救兵？难道是……"

"没错，只有不知恐惧、百折不回，而且有着高超战斗技术的傀儡军团的战士，而不是那些遇到麻烦就屁滚尿流的正规军脓包，才能在这种时候支援我们攻击位于市中心的最终目标——别忘了，虽然转化到第二阶段的傀儡更适合实现圣体兄弟会那些老变态的目的，但考虑到技术装备和战术思维能力加成的话，还是原版的更强，更重要的是，不会产生排斥。"历史学家解释道。

"另外，根据我的计算，旧尼尼微城市区内的傀儡转化尚未完成。至少有百分之三十的第一阶段傀儡战士仍处于休眠状态，或者尚未开始转化。他们都可以被我们纳为己用。"阿列克谢顺带补充上了数据……嗯，虽然我不知道百分之三十具体相当于多少个傀儡，但这个比例听上去似乎不错。

"这我知道，"我点了点头，"但就算这样也不够啊——就算把我、伊斯玛仪，还有其他我的那些'兄弟'算在一块儿，我们也只有半个排的人数，哪怕一人控制一个……"

"谁说你们一人只能控制一个傀儡？"历史学家反问道，"别忘了，在日出城时，伊斯玛仪先生他们可是抢在我们之前夺走了储存在城堡里的关键记录和重要研究资料。在对之加以破解之后，他们发现了一些相当有用的新东西，并对他们所持有的'信标'进行了必要的功能升级……要猜猜是什么吗?"

我耸了耸肩,没多说话——考虑到目前的情况,那"新东西"大概只会有一个用途。于是,我决定问一个更有意义的问题:"那个……这么做会不会很难受?"

"放心好了,不疼不痒。"在说出这句话时,两位历史学家秀丽的小脸上同时露出了怎么说也没法让人安心的笑意,"这点我们可以保证。"

5

就某种意义而言,罗蒙诺索夫兄弟当时确实没对我说谎。

这么做确实既不疼,也不痒……因为这感觉可比一般的"疼"或者"痒"要刺激多了。

第十三章

精神争夺战与最后冲刺

1

当我还年轻时，曾经在据点镇街头的小摊上买过不少两毛钱一本的廉价读物，其中也包括了为数不少的奇幻小说。在那时，正处于俗称"中二病"阶段的我经常会呆呆地臆想自己也像书中的主角一样能够使用被称为"魔法"的神奇力量——而在所有魔法中，我最想要的总共有三种。

在那三种魔法中，头两种是冒险故事里最不起眼的"造食术"和"造水术"——呃，虽然小时候的我并不在乎这些微不足道的伎俩，但到了后来，每当忙于为全人类的未来而战的我又渴又饿地在沙尘漫天的战场上长途跋涉，或者在散兵坑或战壕里抱着脑袋等待炮击结束时，都会下意识地想起这两招，并且自言自语地感叹"要是我会这些就好了"……不过很可惜，无论我再怎么幻想，这两种魔法都从未出现在我的身上，否则我过去铁定可以为全人类做出更大的贡献。

而我想要学会的第三种魔法，则是所谓的"分身术"。

我知道这招听上去要比前两招还要"中二"不少，但我确实曾经无数次想象过自己使用它的景象。在曾经参与过的各种作战行动中，"人手不够"一直是最让我痛苦的事儿——虽然在事先制订作战计划时看不出来，但只要子弹开始贴着你的脑门儿乱飞，爆炸的气浪和掀起的尘土开始遮蔽你的视觉与听觉，"人不够"就会成为你所能听到的最为频繁也最叫人无奈的抱怨。而对于我那常驻成员用一只手就能数清的小队而言，这个问题自然要严重得多（呃，当然，如果人太多的话，我平时肯定会为支付队员们的薪水犯难），所以在以命相搏的战斗中，"我要是能变成十个人该多好"的念头仍然会自然而然地冒出来。

而在此时此刻，这个念头以远超我想象的规模成了现实。

在之前使用"信标"时，我也曾经体会过感官与意识被撕裂的感受，但与现在相比，那种感觉实在是"温和"得太过分了。当我在装甲运兵车的车厢里将自己用安全带绑定，并且启动历史学家递给我的那支升级版"信标"之后，我觉得自己的意识活像是一块被扔进绞肉机里的鲜肉，被冷酷、高效而无情地撕裂成了无数均等的份额；接着，它们被重新混合，像碎肉被灌进香肠肠衣一样灌进了数十个，不对，应该是数百个躯壳之中。

与此同时，远超过我自己大脑处理能力成百上千倍的信息，也如同海啸的巨浪般涌向了我。

现在的我是一个狙击手，没有名字，只有一个全无特色可言的编号。不过我并不在意这些，因为自从诞生于这个世界的那一瞬间开始，我被赋予的就只有战斗的本能，以及与之相关的技巧和知识。当然,我从未思考过为什么要攻击并消灭那些被标识为"敌人"的存在,因为我根本就没有被赋予对这一切的"意义"和"必要性"进行思考的能力:我有着充足到过剩的专门知识和发达的思维能力,却并没有独立的"人格"存在。

但我不认为这有什么问题——因为从一开始就没有被赋予相关的认知能力。我很擅长执行自己的分内之事,寻找掩体,潜伏隐蔽,等待目标出现,最终将它们一一摧毁。至于目标是我的同类,抑或是别的什么,这并不重要。

直到此时此刻。

在被赋予那个外来意识的瞬间,我原本正在一座房屋的废墟中待机——某种潜藏在我身体最深处的东西对我下达了指令,让我在适当的时候前往某个特定地点,并在那里以自己的遗传物质为材料,培育出更多那些正在废墟之外的街道上战斗的存在。只不过,这一指令现在已经毫无意义了。在举起装有消音器的狙击步枪后,我开始对那些丑陋的生物进行精准的狙击,将一整个弹匣的子弹准确地送进它们的身体。整个过程如同呼吸般自然。

我是一个驾驶员,或者说,曾经是——因为找原本驾驶的那辆自行火炮已经在早些时候被我的车组亲自抛弃并炸毁了。我之所以这么做,并不是因为那件武器发生了什么无法修复的故障,只是因为它目前确实已经没有用处了。

曾经只是被不完整地从沉眠中激活、完全凭着战斗本能进行盲目交战的我们,在不久之前终于得到了新的指令,第一次获得了行动的意义——我们将会完成一个古老的实验,进行一次转化。而出于控制变量的目的,我们之前与生俱来的战斗技能和相关知识，以及"非必要"的各类重型技术装备，都会在这个实验中被废弃。只有这样，接下来将与这颗行星上的居民们进行的战争才能提供最为准确的数据，模拟傀儡计划第二阶段的真实目的：对银河中那些低技术世界上的非人类智慧生命的彻底清洗。

这便是这一个"我"曾经的存在意义——但现在不是了。

在恶臭扑鼻、充满消化液的回收池前，正在将一堆从城市角落中顺手收集来的轻武器（这些不算先进的装备被认为是可以在实验中使用的）扔在回收点的我突然停下了动作。接着，在全新的目的指引下，我拿起了一支M-G激光卡宾枪，插上了一个能量电池，启动了激光发生器，然后扣动了扳机。

在50发标准威力脉冲射击结束前，我至少击毁了二十个正在孕育中的"球根"，将其中的生命彻底摧毁。虽然我很清楚，在去除遭到炭化、难以重复利用的部分后，这些被杀死的胚胎可以在回收池中被重新分解，并借由已经构建完毕的基因重组与有机质回收系统被几乎完好地"复活"，但至少，它们在接下来的数十个小时内无法投入到地表的战斗中了。接着，我拔下了耗尽电力、亮起红灯的电池，准备从堆放在回收点的装备堆里找出一个新的，但还没等我开始这么做，一段刀刃状的武器化肢体已经从侧后方穿透了我的颈部。

这段故事就这么终结在了一片黑暗之中。

我是一个炮手，是一名观察员，是一个机械师，也是一名普通的步兵。是男性，是女性，是正在准备接受"转化"的素材，也是刚从漫长的休眠中迟钝地醒来，仍然浑身披挂的战士……但我也是阿德南·阿卡迪亚·奥雷利安努斯，那个将毕生奉献给了为人类追求幸福的伟大事业的人。在一些时候，我成功地拿上了武器装备，与那些获得了全新的目标的"战友"会合，投入了对敌人的攻击之中；而在另一些场合，我仅仅进行了短暂的破坏活动就被杀死。五十段人生，一百段人生，两百段人生……来自不同个体的感受、记忆与认知在我被无限摊薄的意识中奔涌回荡，让我对"自我"的认识被一次次冲击、颠覆……古人所谓的"六道轮回"，大约就是这样的感觉吧……

"拜托，你可得撑住！"在这近乎万花筒式的混乱思绪的一角，我倒是还能大致清楚地意识到，原装正版的那个我现在正坐在"毒蜥蜴"装甲运兵车的乘员座位上，在安全带的束缚下因为精神状态过于混乱而持续抽搐着。弹丸、尖刺、破片和其他杂物击中车体装甲发出的"乒乒"声就像瓢泼大雨敲打在屋顶上的声音，与坑洼路面带来的颠簸以及火炮和机枪射击的后坐力一道，摇撼着这辆远远谈不上坚不可摧的交通工具，让陷于无数个"自我"的撕裂挣扎中的我越来越焦虑与惶恐。

"撑住，你能行的——毕竟我们都走到这一步了！"历史学家紧抓着我的肩甲，继续凑在我耳边说道——说实话，如果是真正的女孩子对我说出这句话，效果肯定会好上几十个百分点。但随着对最终目标的作战正式打响，负责驾驶"走为上二号"的栗子和艾琳自不必说，其他人也都在各自的战斗位置上忙得脱不开身，甚至连一直被视为非战斗人员的可可也跑到了车尾的机枪射手座旁，默不作声地帮助她原本最为憎恨的伊斯玛仪装填新的机枪弹链、更换弹壳收纳袋，只有伊斯坎德尔还秉持着绝不亲自参战的优良作风，优哉游哉地和我以及我那些忙着夺取城内残余的傀儡控制权的"兄弟"们一道待在相对安全的车厢里，说这些冠冕堂皇却实际上没啥用的话。

好吧，谁叫这家伙是我们的雇佣合同规定的保护对象呢？

不过话说回来，我也绝不会容许自己在这个节骨眼上支撑不住——虽然不清楚确切会发生什么，但我的直觉告诉我，一旦在此时此刻精神动摇、丧失主导权，我的下场恐怕会相当之不妙。唯一值得庆幸的是，那些与我的意识相互接驳的傀儡们虽然也有着属于自己的个体记忆，以及包含了特定的知识与技能的自我意识，但在关键的独立人格这方面却是一片晦暗的空白。因此，我夺取与维持控制权的努力至少没有遭遇任何直接阻碍，否则……

呃，很不幸，请允许我收回刚才的话。不知是否是眷顾着我们的霉运之神显灵的缘故，就在我刚开始暗自庆幸的瞬间，阻碍出现了。

这下可真的要命了啊！

2

最先出现问题的不是别的地方,恰恰就是我自己的身体。

不知你们是否曾经玩过一个叫"两人三脚"的古老赛跑游戏？如果没有,那想象一下倒也不是很难——这个游戏在某种程度上又被称为"友情破坏大赛"或者"人际紧张关系制造机",它考验的与其说是参与者的体力与反应能力,倒不如说是他们容忍他人犯错的能力(当然,像我这般心胸如大海般宽广的人,自然是不会在意这点小麻烦的)。在这种比赛中,两人一组的赛跑者的一只左脚和一只右脚会被绑在一块儿,因此他们不得不按照相同的频率奔跑。但不幸的是,绝大多数参赛者并不会提前接受任何相关的协调训练。于是乎,他们通常会在笨拙的奔跑中步调大乱,绊倒对方,然后再一边挣扎着起身,一边将推诿塞责这一人类"优良传统"发挥到极致,并且因为持续增长的矛盾而在不久之后更加频繁地栽倒在地。

虽然并不完全相同,但那时,发生在我身上的事儿其实也和这差不多。

理论上,在手中的改进型"信标"启动之后,我的本尊只需要安静坐好,专心致志地(虽然这本身就极为困难)对那些受我控制的傀儡发号施令即可,但理论与现实终究是有差异的——由于装甲车颠簸个不停,还不得不经常做出急停、急转弯,甚至倒车这样的动作来规避各种各样我看不到但却完全想象得到的麻烦,仅凭绑住我身体的那条安全带显然远不足以让我稳稳当当地待在座位上,因此,我不得不频繁地调整身体的平衡,甚至反复用手抓住或者用脚撑住车厢内的特定位置,以免自己被撞得鼻青脸肿。但是,当这辆"毒蜥蜴"又一次急转弯,而我又一次试图伸手撑住对面乘员座位的边缘时,不大不小的不幸发生了。

我的手臂居然没有及时按照我的意志伸出去。

"呜嗷!我的妈啊!"由于这糟糕的失误,我的上半身被重重地朝一侧甩出,直到那根混纺面料安全带被拉伸到极限才被迫停下;而我的一侧脸颊则直接撞上了冷冰冰的车厢壁,一股淡淡的血腥味在我的口腔内扩散开来——看来,我的某颗臼齿似乎被撞松了。

"你还好吧?"正忙着在个人终端上输入些什么的历史学家注意到了我的异常,连忙凑了过来。相当不凑巧的是,就在此时,装甲车又一次在一阵"稀里哗啦"的弹片洗礼声中转了个弯儿。虽然这个反向急弯转得相当急,但对动作敏捷的我而言,这并不成问题……

……才怪啊!

又一次,我的手像是被操弄木偶的细线绑住了一样,没有及时地服从于我的意志。由此造成的结果则是,我直接与身材娇小的历史学家撞了个满怀,干裂的嘴唇在惯性下直接压在了两瓣既软又湿润,而且还很温暖的东西上……当然,在一秒钟后,肾上腺素暴增、脸颊烧红的我已经像触电般竭力与历史学家分了开来——但这并不能让我逃脱随后飞来的两记巴掌。

"干什么？你这人渣禽兽蠢货浑蛋呀啊啊啊——"

虽然脸颊红肿、心脏狂跳，而且还被伊斯坎德尔那家伙蛮不讲理地冠上了这些显然既不客观也不公正更不准确的形容词，但我现在可没心思再管这些鸡毛蒜皮的小事了，一次失手还可以理解为偶然，但连续两次发生这种事，那就肯定有鬼了——事实上，我能够感觉到，有另一个对我充满恶意的意识刚刚从我的本尊大脑中逃离。虽然他刚才对我进行的干扰顶多只能算是比较恶劣的恶作剧，但却切切实实地扰乱了我的注意力，让本就因为思维被强制延伸开来而陷入半恍惚状态的我对众多傀儡战士的控制一时间大为削弱。

这可不是件好事儿。

在离我们的这支杂牌军所处的尼尼微中央大街不到三百米的地方，一支不久前才被我们接管的傀儡装甲小队正在一边攻击一边前进。直到我的脸被打肿之前，这支由三辆车构成的小队都维持着攻击前进的势头，前方开路的喷火坦克有条不紊地将烈焰灌入隐藏着敌人的废墟之内，位于中央的步兵战车用机关炮和机枪扫荡敢于离开掩体的目标，而最后面那辆与"走为上二号"同类的"基路伯"超重型坦克则负责毁灭那些最显眼、也最不容易解决掉的"大家伙"。然而，就在我遭到那个充满恶意的意识干扰的一刹那，"基路伯"的炮手却突然将"终焉"式离子主炮的瞄准线压在了前方的喷火坦克上，并在我来得及阻止这个行为之前按下了发射钮。

中央温度高达六十五万摄氏度的炽热等离子团在瞬间便熔穿了喷火坦克薄弱的后部装甲，引燃了仍然处于半满状态下的燃料罐。数百升高挥发性燃料的爆炸形成了一朵迷你蘑菇云，淅淅沥沥的火雨随之洒落在了破败街道的两侧。

"你这浑……"我一边下意识地诅咒着，一边以最快的速度重新夺取了那名炮手的意识控制权——值得庆幸的是，至少这一过程还算相当轻松，那个来路不明的家伙压根儿就没有进行什么抵抗……因为他已经不在那儿了。

呃，那这意味着……

若是换成别的思维迟钝的家伙，大概会愣上好一阵子还不知所措，但思维速度和警觉程度同样优秀的我却在第一时间注意到了那浑蛋的动向：他居然狡猾地趁我重新控制炮手的刹那，将自己"转移"到了"基路伯"的驾驶员兼自卫机关炮射手的意识中，显然是打算用机关炮射击车队中的步兵战车。当然，同样的伎俩对学习能力超强的我可是用不了第二次的。在那家伙来得及轻举妄动之前，我就已经集中全部精力，把那名驾驶员控制住了……

而且又一次没有遭到丝毫抵抗。

"咦……？"

当"基路伯"坦克被解除安全限制的微型冷核聚变反应堆突然熔毁，将这头钢铁巨兽、前方的步兵战车，连同周围方圆近百米内的一切统统焚烧成渣时，我才意识到，那家伙并没有故技重施，先前的"基路伯"驾驶员接到的指令不过是虚晃一枪，当我的注意力被吸引过去时，这家伙趁机控制了机械师，直接引爆了这辆坦克。

喂！这家伙到底知不知道他在干什么啊？"基路伯"这样的好东西现在可不好找哦！我原本还在考虑，等到这鸟地方的破事结束之后，把捡到的这些武器装备带回据点镇或者阿卡迪亚岛赚上一笔……啊不对，是奉献给我们的伟大事业才对！这家伙居然敢当着我的面暴殄天物？为了人类的幸福，为了正义与公平，我一定要给他个足够深刻的教训才行！

怀着如此炽烈的义愤，我开始在一切与自己的意识相连的傀儡的思维中搜寻起那家伙。但不幸的是，我的努力很快便被证明为纯属无用功——众所周知，搞破坏从来都比做建设性工作要容易得多，而如果破坏者是个相当狡猾的家伙的话，这种差距还会被大幅拉大。与那家伙不同，每一分每一秒，我都不得不通过自己的意志下达大量的指令，让那些身处城市各个角落、以各种各样不同的方式参与战斗的傀儡们能够尽可能地配合我们朝着市中心推进，而那个浑蛋却只需要一心一意地替我添乱就行了。要防止他的破坏，我必须时刻警惕、处处设防，而他则只需要突然出现在某个个体的大脑之中，下达一个简单却有效的破坏性指令，就能让我遭受切切实实的损失。

在接下来的数十分钟内，我很可能经历了这辈子里最最剧烈的思维活动——而且绝对没有之一。但是，纵使我成功地阻止了那个不明身份的混账的数百次破坏企图，他仍然在这场极度不公平的游戏中拿到了不少分数，让数十名曾经与我在某种意义上融为一体的傀儡的意识变成了一片虚无。连之前对我大呼小叫、粗暴地扔出一连串不实指控的历史学家也意识到了情况不对，用一根数据线将手中的终端和我的"信标"连接在一起，试图分析问题所在……但很显然，他并没有取得什么进展。

"毫无疑问，这家伙是个拥有傀儡操控权限的家伙——当然，仅相当于持有未经升级的'信标'的你。至于他到底是一个高级只读程序、一个残留的古代AI、一个拟似人格，或者一个自然人，以及他是从何处接入控制网络的，我暂时还没有任何头绪。"历史学家说道，"除此之外，我不知道他采取这些行动的具体目的。我只知道,他肯定对我们怀有明确的敌意。"

"啊,好极了,你发现了那家伙对我们怀有敌意!"虽然我的意识已经在巨大的网络系统中变成了一团乱麻,但历史学家的这番话还是让我忍不住吐槽,"这还真是天才的发现啊!"

"呃……你就别管这个了,专心对付那浑球儿!"当两个原本处于我控制下的傀儡步兵突然转过"撕裂者"手枪和激光卡宾枪的枪口,互相打爆对方脑袋后,历史学家嘀咕道,"现在的局面很难看哦。虽然其他人也遭受了阻碍,但只有你控制的傀儡死伤最多,而且死法还没一个重样儿的。简直就像古地球上一个叫托尔斯泰的家伙说的那样,走狗屎运的家伙千篇一律,而倒霉蛋的死法则……"

"拜托!我又不是我那些'兄弟',他们在这方面的经验比我多得多,你又不是不知道!"我恼火地反驳道,"如果我能多点经验——噗啊!"

"呜哇啊!你一定是故意的吧?是故意的吧?"在我们又一次分开之后,历史学家一边"呸呸呸"地吐着口水,一边大呼小叫。

"我故意个头啦!看在救主领袖的分上,你觉得我会对你有兴趣吗?还有,刚才那是闹哪样啊?就算是急刹车,也不至于这么——"

"抱歉,两位。"答话的是装甲车的驾驶员、一名幸存至今的"战争老鼠","但刚才,前面的一辆车被摧毁了,我只能采取规避动作!"

"摧毁?被什么摧毁的?"

"空袭!"

3

好吧，虽然作为经验丰富的资深义勇军战士，我已经不记得这辈子挨过多少次空袭了，但在此时此刻，这个该死的词儿还是让我的心一下子凉了半截。没错，旧尼尼微城的废墟现在已经成了一座超级混乱的……伊斯坎德尔以前提过的那个古地球词语叫啥来着……对了，修罗场，每一秒钟都有无从计数的枪弹、炸弹、能量束、毒刺、腐蚀液和别的鬼东西从不同的武器中射出，在这片人间地狱的各个角落里四处横飞，而双方的伤亡数字比联合军政府的战争债券发行量上涨得还快。不过，唯有"空袭"这个词，是现在我最不希望听到的。

毕竟，那些已经转化到第二阶段、变成活体武器的傀儡们可没有能朝我们脑壳上丢炸弹的空军单位，目前拥有航空兵器的只有我们这边；除此之外，虽说正规军的"蜉蝣"攻击机一直在这附近活动，但我并不认为它们是元凶——毕竟，就算那些蠢货的眼睛再怎么瞎，也不会把一支正朝着市中心猛攻的队伍当成是敌人。这样一来，剩下的可能就只有一种了。

而且，这可不是什么有趣的可能。

　　在竭力将意识重新集中后,我启动了"信标"的另一个固有功能——搜索模式。而正如我预料的那样,就在我们附近不到两千米的空中,我找到了一个只可能属于傀儡的信号。虽然只有区区一个不断移动的定位信号,但凭着我出众的判断能力,外加不久之前的那次几乎当上单日王牌的经历,我立即断定,这个信号必然来自一架"地狱翼"的驾驶员。

　　这下头疼了。

　　由于傀儡们一贯不使用视距外制导武器的优良传统(这个词并不需要打引号,毕竟对我们这些老是挨揍的家伙而言,它确实是个优良传统没错),"地狱翼"虽然在性能上甩开联合军的各类飞行器一大截,但对地武器只有航炮和反装甲火箭,在预先知道它位置的情况下,拥有最起码的防空武器的我们理论上……

　　其实还是没有多少机会。

　　毕竟,在"地狱翼"攻击下吃过不少亏(后来还通过"亲自"驾驶充分地体验过一次)的我,可是超了解这东西的性能到底有多不讲道理的——单兵轻武器且不论,单纯的机枪乃至小口径机炮往往必须连续命中十来发甚至几十发,才能穿透坚固的陶瓷装甲,对它造成致命损害。更糟的是,这东西在低空和超低空的机动性能好得活像是厕所里的绿头苍蝇,除非火力密度足够大,否则打中的机会虽然比彩票买中头等奖要高点儿,但绝对是比不上二等奖的。

　　而就我所知,我们这帮人过去就连五等小奖的边儿也没摸到过。

　　在迅速理清了上述利害关系后,我又一次当机立断,趁着"地狱翼"朝着我们的方向重新机动的时候,尝试强行接入它的驾驶员——与先前的那几次不同,这一回,在将意识探入新身体的瞬间，我就感觉到了强烈的不适与敌意。那个与我们敌对的天知道到底是谁先生果然就在这儿，而且这一次，他显然不打算让步了。在"进来"的同时，读到了驾驶员记忆的我立即得知了那家伙的打算——和先前扰乱我的身体协调性来分散我的注意，趁机在被我控制的傀儡战斗部队中搞破坏的手段一样，这次空袭本身仍然只是个幌子。在我忙于四处"救火"、无暇仔细观察周围的间隙，这浑蛋悄悄控制了这架"地狱翼"的驾驶员，并且尽可能小心地将他与我的信号链接进行了伪装，让我误以为他早已死亡，好悄无声息地摸到我们背后来个"幽灵行动"。好吧，我必须承认，这该死的招数足够阴险、十分狡猾，但既然已经被我发现了，那么他成功的机会可就……

好吧，还是挺不小的。

"该死该死该死，混账混账混账！呜呀啊啊啊——"

虽说我平日里是个彬彬有礼的模范绅士，但到了这种时候，不由自主地展现优美雅致的语言艺术也实在是……没法子的事儿。毕竟，和先前那些毫无抵抗就被我重新"接收"的躯体不同，这一次，我不但在试图接管这名驾驶员的控制权时遭受了严重的阻碍，而且程度已经远远超出了两人三脚那种级别，达到了几乎可说是贴身肉搏的水准。很显然，那浑球儿眼下多半已经没有后招了，因此他也完全没有退让的打算。在这名傀儡士兵的躯体内，我们展开了一场他人恐怕永远无法想象、也难以理解的疯狂争夺。每一次呼吸、每一回最轻微的肌肉收缩，甚至是每一个从大脑发出的动作指令，都会成为我们争夺主导权的对象。一个又一个指令被撤销、下达，然后再次撤销，而这个可怜的飞行员也随之像帕金森病发作般不断抽搐、颤抖，猛烈地翻着白眼。

好耶！这局面对我有利！虽说从理论上讲，我和那浑球儿现在算是势均力敌,但开飞机可是个精细活儿。像这位伙计现在这样抖如筛糠、连操纵杆都快握不住的样子,可是没法有效地控制这架"地狱翼"继续攻击地面上的移动目标的哦!那位不知道到底是嘛玩意儿的浑蛋先生,现在这种情况你打算怎么办呢?要是无计可施了,就赶紧退出比较好哦!毕竟本大爷大人有大量,只要你自愿滚蛋,就可以不计前嫌……

就在我这么想的时候,这场无形的争夺战突然结束了。

那家伙居然真的溜了。

咦,难道那家伙真的知道自己没机会成功,所以主动放弃了吗?不,不对,根据我的丰富经验、极其敏锐的直觉,外加一贯的灾难性运气,肯定还会有什么不好的事发生——

而事实也确实如此。

就在我控制着那位被折腾得够呛的傀儡飞行员重新稳住"地狱翼"时,另一架同型号攻击机却突然从不远处的一排高楼废墟后一跃而出,像跳出水面捕捉飞虫的青蛙一样,跃向了正在地面上且战且进的车队。

惨了!居然还有这一手啊!

纵然意识到了情况有变,我也很清楚,自己这次真的是来不及了——这架真正担任攻击任务的"地狱翼"多半之前一直靠着极为优秀的低空机动性能,一直在附近的高楼之间穿梭,混杂在数量更多的地面信号之间,从而避开了一心盯着那架更加显眼的"诱饵"的我的仓促搜索。而现在,就算我想要去夺取它的控制权,也已经完全来不及了。那架"地狱翼"已经进入了攻击航线,再过两三秒就会向车队发起第二轮空中打击,只有这点儿时间的话……

呃,就已经够了。

4

"啊……嗨！该说一句'很高兴再见到你'吗？"

"那个……算了吧。反正这也不算是严格意义的'见面'。"惊魂甫定的我直接在意识中答道。透过刚被我控制住的飞行员的双眼朝下望去，之前险些突袭我们得手的那架"地狱翼"现在已经变成了一坨扭曲燃烧着的残渣，整个儿嵌在了一座坍塌近半的废弃大楼之中——考虑到这玩意儿本来可以在接下来的战斗中为我们所用，这还真是件值得惋惜的事。

"你怎么在这儿，马尔科姆将军？"

"更正两点，吾友。首先，我在本质上并非已经去世的马尔科姆·谢林，而仅仅是一个基于他的人格和自我而复制出来的产物，一堆算法、程序与数据共同运转的动态总和；第二，我本来就'在这儿'——毕竟，现在的我本质上是与傀儡工程所配套的'副产品'，一个拟似人格，与隐德莱希、我们刚刚解决掉的那浑蛋，还有你的朋友艾琳小姐是一回事儿。"

"咦？"

"哦，之前忘了向你解释这些了。"当"地狱翼"掠过一座已经被交叉横飞的高爆弹和燃烧弹变成炽烈火海的小广场时,"马尔科姆"对我说道,"我听你的历史学家朋友说,他对你解释过什么是'拟似人格'?"

"这我知道。那是——"

"行了,不用多说了。总之,关于'拟似人格'这东西的本质,看来我还得稍微再补充说明一下。""马尔科姆"迅速地抢过了话头,"正如伊斯坎德尔·罗蒙诺索夫先生告诉过你的那样,当圣体兄弟会打着娱乐设施的幌子,在黄金时代的最后那些年里启动傀儡项目时,拟似人格系统只是这个游戏的一个配套组成部分,是为了让那些扮演'非玩家角色'的傀儡,也就是所谓的NPC们更像是人的一种手段。当然,由于所谓的'真实战争游戏'不过是个掩人耳目的幌子,因此这套系统也制作得很粗糙。设计者们并没有从头开始设计用于模拟人类的真正人工智能,而是采用了'偷懒'的手段,直接复制了测试阶段那些与傀儡进行意识链接的家伙所留下的数据,再进行了一些改造,让它们看起来像是那么个样子……换句话说,所谓的'拟似人格',本质上不过是某个真实存在的人所留下的一段剪影。虽然只要资料库够大,再配上个过得去的算法,这段剪影也能像真人一样动起来,但那在本质上和皮影戏,或者和你们的那只玩具熊并没有差别。事实上,无论是我还是隐德莱希,都并没有意识,也没有自我,更不算是真正的人格,只是个复杂的把戏罢了。"

"我明白了。"我回答道——当然,这并不完全正确,马尔科姆刚才所说的大部分东西,我顶多也只勉强弄明白了个大概。

"然后呢?"

"然后嘛,你还需要知道一点,为了节约这个次要系统的开发成本,拟似人格的数据是被存储在傀儡控制中心的数据库里的——包括我也是如此。我们不会被真正'下载'到任何血肉之躯中,而仅仅是像你现在这样对他们实施远程控制。""马尔科姆"一边替我发布指令,让那些重归我控制下的傀儡战士更加高效地战斗,一边说道,"啊,当然,这种设计在当初帮了我大忙。作为自然人,我,或者更准确地说,那位真正的马尔科姆将军,并不像傀儡那样生来就具有必要的信号接收装置,因此,隐德莱希只能在欺骗我戴上特殊的植入器后,才能将我玩弄于股掌之中。而一旦信息传输在复杂环境下遭受干扰,我就有机会从它的影响下暂时摆脱出来,甚至还能反将它一军。在暂时恢复对自己的控制后,我立即设计了一个临时程序,在隐德莱希未曾注意到的状态下入侵了它控制的一个子系统,创造出了属于我的拟似人格。而在真正的我死亡后的几年里,正是这个拟似人格远程控制了几个傀儡个体,让他们找到并重新启动被遗忘的古代设备……"

"马尔科姆"没有再说下去,但这已经够了——从某种角度而言,或许这个来自真正的马尔科姆·谢林的"剪影"才是我的"父亲"。

但我绝不会承认这点,毕竟,我可不太希望成为奥菲莉亚的叔叔或者表叔之类的。要是她肯叫我"哥哥"或者别的什么,那倒是……

喂,我这都是在想啥啊?看在救主领袖的分上,现在可不是胡思乱想的时候!

"所以你刚才……"

"我只是分析了那个和你作对的伙计的信号特征,然后用我所控制的设备进行了针对干扰——现在他可是什么都做不了啦。""马尔科姆"显然对自己的成果颇为得意,"除了那家伙之外，我还发现了至少三十个进行类似干扰活动的敌方拟似人格……哦，当然，他们现在也都已经出局了。"

"那……那你能用这种办法对付隐德莱希吗？我是说，把被它控制的人解放出来之类的？"

"很不幸，虽然理论上并非绝无可能，但这么做会相当困难——要知道，那家伙可不是那些随意制造出来凑数的杂兵，而是兄弟会的老浑球儿完蛋之前精心留下的最后代理人。它有一整套精巧的伪装手段，可以让对方难以锁定它实施主动干扰，否则的话，我也不会勉为其难地让你们去强攻控制中心，并通过物理手段毁灭它了。"

"没关系，为了人类的幸福、为了正义与公平而战，乃是我们义勇军的分内之事，而义勇军从来都不负使命！"我立即真心诚意地答道——当然，素来将实事求是、谦逊诚实作为自己座右铭的我可没有随意夸下海口。随着那些四处捣乱、制造麻烦的孤魂野鬼们被"马尔科姆"逐一排除，城内仍然处于休眠或者尚未进行"转化"的傀儡战士们已经尽皆归入我和我的"兄弟"们的掌控之中。而随着时间的流逝，以及"马尔科姆"的协助，我也开始逐渐熟悉了同时操控数以百计躯体的特殊感受，甚至开始有点儿乐在其中。除此之外，就连那些先前为了避免被核打击波及而退往城郊的正规军，也从不同方向发起了一轮接一轮的牵制性攻击……好吧，虽然没法指望这些家伙的仓促攻势取得什么进展，但他们持续不断的炮击和空袭也确实替我们分担了一些压力。

当然，我们的对手也不是吃素的，在我们所选择的攻击路线上，各种各样由曾经的傀儡战士转化重组而成的牛鬼蛇神简直就像是十年没洗澡梳毛的癞皮狗身上的跳蚤，其数量和部署密度都达到了足以让密集恐惧症患者犯恶心的地步。"阿拉克涅""清道夫"、长相各异的杀人侏儒、庞大的"独眼巨人"，还有其他许多种画风清奇的鬼东西几乎每分钟都在从各个犄角旮旯里冒出来，对我们咆哮、射击、冲锋……但仍然无法抵挡得了各种助力的我们的持续推进。透过几架从傀儡军团手里接收过来的无人侦察机，我可以清楚地看到，在我们经过的地方，破碎焦黑的血肉残骸和损毁的武器铺成了一条骇人听闻的地狱大道。要是伊斯坎德尔经常念叨的那个古地球传说中的撒什么旦的降临此地，一定会对这等景象大为满意。

"虽然严格来说，我不是马尔科姆·谢林，但我还是要以他的名义对你们表示感谢。"当最后一处怪物们的阻击阵地被我们伤痕累累的联合部队突破，通往最终目的的道路豁然畅通之后，"马尔科姆"对我说道，"接下来的道路上还会有阻碍，但我认为，那些障碍本身对你们而言，并非是无法克服的。不过，某些……别的因素仍然可能会导致意外的发生。告诉我，如果到时候，你发现自己必须选择舍弃某些东西……甚至是某些人，你能够为了顾全大局而立即做出决定吗？"

"请放心，这不是一个问题。"在装甲运兵车停下之前，我回答道，"因为我是不会让'必须舍弃什么'的情况发生的——把事情从头到尾一件不落地做好，这才是我们义勇军的风格。"

"但愿吧。"这便是"马尔科姆"与我最后的对话。

第十四章

城堡与城堡里的公主

1

　　就像所有英雄传说一样，我们这些当代英雄的故事也有着一个相当"正统"的结尾：在突破层层艰难险阻之后，抵达敌方头目所盘踞的老巢，并与后者展开决战……呃，好吧，其实用"敌方头目"这个词儿来形容我们接下来要面对的那人，实在是有点儿不妥。如果罗蒙诺索夫兄弟、奥菲莉亚，以及"马尔科姆"的推测都没错的话，对方的真实身份很可能正是谋杀了自己的父母，然后在隐德莱希的控制下逃往此处的苏菲娅·阿卡迪亚·谢林，奥菲莉亚的妹妹和唯一的亲人。

　　当然话说回来，我们的目的也不是"战胜"，而是拯救苏菲娅，就像是勇者拯救被恶龙囚禁的公主一样。只不过，我们要去的地方并没有真正的恶龙，而原本由恶龙所负责的、给勇者制造麻烦的"光荣职责"则落在了公主头上。就算对于不得不经常面对命运所安排的恶意捉弄的我们而言，这种状况也实在是太过……黑色幽默了些。

"我们的目的地就是这种地方吗？真有意思。"当四周的枪炮声逐渐稀落下来后，"战争老鼠"的头头蕾琪，以及她那些幸存下来、暂时也还没落到缺胳膊少腿境地的部下们纷纷离开了装甲车，在这座遍地焦黑尸骸、四处散发着动物蛋白燃烧所特有的腥臭味的小广场上组成了战斗队形。虽然与出发时相比，这支攻击部队已经损失了四分之一的兵力，但考虑到我们所遭遇的抵抗的烈度，我们的战斗实力简直可以说是得到了出奇完好的保存。

"我还以为，作为传说中的城堡之一，这地方看上去应该更加……壮观一点呢。"

"喏，我倒不这么认为。"在与艾琳、咪咪、栗子和我的其他同伴们一道离开伤痕累累的战斗车辆后，伊斯坎德尔打量了一番眼前的景象，评论道，"毕竟，这地方和日出城不一样。日出城的城堡——也就是古代圣体兄弟会设在和谐星的地下研究与自动化生产中心——是在联邦时期被发现的，当时的科学院并没有把它当成秘密，所以才会直接在那上面建立相应的研究设施。但这座城堡则是谢林家族统治兰檀时期才被重新找到的，而谢林家族一直将其作为秘密，以便独自研究和获取其中的古老知识。"

"喂喂，这么说的话，我的家族听上去简直就像是坏人一样嘛。"刚从装甲车里摇摇晃晃地爬出来的奥菲莉亚将双臂抱在胸前，不高兴地嘟起了嘴。在她身边，伊斯玛仪和抱着玩具熊爪爪的可可正站在一块儿，低声交谈着什么。说起来，本该憎恨伊斯玛仪他们的可可的态度居然转变得这么明显，这倒是让我有点吃惊。

"我并无此意,奥菲莉亚阁下。毕竟,当世界堕入蒙昧与混沌时,能够正确地理解与运用知识的人有必要酌情采取必要的措施,以避免那些贪婪但却无知的群氓对探究真理事业的干扰和破坏。"历史学家心平气和地答道,"就这点而言,您的祖先其实做得很不错。"

没错,在隐藏我们的目的地这点上,谢林家族的祖宗确实干得相当漂亮:虽然位于市中心的第一环形运河之内,但这片小广场却没有半点儿"黄金地段"的样子,反倒更像是我曾在阿卡迪亚岛的偏僻小镇里见过的、除了流浪汉和闲得发慌的家伙外绝不会有人光顾的小公园。除了一些现在已经淹没在荆棘与灌木中的长椅、凉亭、秋千之类的陈设,以及早已沦为臭烘烘的淤泥潭的池塘之外,唯一引人注目的就只有位于公园中央的一座大型雕塑了——当然,虽然名义上算是雕塑,但这玩意儿事实上是将一台缴获的"基路伯"超重型坦克固定在一座巨大的混凝土平台上拼凑成的。或许是谢林家族的老祖宗曾经为了研究而对它进行过大肆拆解的缘故,这辆坦克不但没有了主炮和机关炮塔,连行走装置和附加装甲也被粗暴地卸掉了大半,看上去不但威风不在,反倒颇有几分凄凉的感觉。

"嗯,我瞧瞧……好了,在这儿!"在让自己的无人机"伙计"围着雕塑的混凝土台柱扫描一圈之后,浑身散发着欢快的薄荷与香草味的历史学家迅速走上前去,在"穆吉"的机械臂协助下揭开了雕塑旁的一块被藤蔓覆盖的混凝土地砖。由于有那些碍眼的荆棘和高得过分的杂草,我没看清楚那地砖下到底藏着什么机关,但经过跟在伊斯坎德尔身边的阿列克谢的一番鼓捣后,一扇被极为巧妙地隐藏在雕塑内部的门便自动打开了。

那扇门的大小只容两个人并肩进入。

"呃,别摆出那副模样,艾琳,这我也没办法。"或许是感受到了身后传来的失望情绪,历史学家摇了摇头,"和日出城的城堡一样,这些存储着最关键的设备与资料的地点,在被放弃时都被兄弟会的人刻意密封了起来。除了唯一留下的应急维修通道之外,它们根本没有别的正常入口。我知道你不想离开'走为上二号',如果愿意的话,你可以留在外面警戒。"

"不。"艾琳不假思索地否决了这个提议,"我和你们一起去。"

"我会和你们一起行动,"伊斯玛仪说道,"但我的兄弟们恐怕无法继续与各位同行——虽然腾出少数几个人不是大问题,可如果同时参与行动的人太多,我们会缺乏足够的人手对那些傀儡战斗部队发号施令。"

"我……我们也去。"之前与伊斯玛仪小声交谈的可可插了一句,同时尽可能地把怀里的爪爪举了起来,"既然我们都已经一起到这里了,至少也要让我和大家走到最后吧?"

没想到可可会说出这么正经的话来,是伊斯玛仪教她的吗?不过,不管是不是,我都可以确认一点,那就是这么做确实是她自己的意思。我虽然下意识地想要表示反对,但看着她恳求的眼神,拒绝的话语始终没能说出口来。

"我们会和你们一起……虽然最多只能去五个人就是了。"蕾琪说道,"我们'战争老鼠'的伤亡实在太大了,光是伤员和负责照顾伤员的人就已经占到了剩余总人数的三分之二以上。如果其他义勇军团队愿意提供援助……"

"不,这就够了,"历史学家摆了摆手,"考虑到城堡内部的结构,超过二十人以上的队伍反而会碍手碍脚。一旦我们进入城堡内部,我会重新封闭入口。而其他人——"

"放心吧。我们会在这里建立环形防线,等待各位凯旋的!"被蕾琪归入留守行列中的直美抢着说道。

"不,一旦我们进去,其他人就立即撤离——从距离这里最近的下尼尼微城入口往下走,能走到多深的地方就走到多深的地方!"

"咦?为什么?"这一次,连我和奥菲莉亚他们都陷入了困惑之中,"下尼尼微城可是那些怪物的老巢啊,往下走恐怕……不是很安全吧?"

"没错,但我有充分的理由认为,那么做至少比一直留在这儿安全得多。"历史学家伸出一只纤细的手臂,指向了西北方向的天空——在那儿,一阵清晨的强风刚刚驱散了低沉的云团,让一件位于百余米高的低空中的物体显露了出来。虽然这是我这辈子头一次亲眼看见这东西,但我不得不承认,葛明大将之前的那番描述确实颇为准确,这玩意儿相当庞大,而且充满了压迫感。

毕竟,那可是相当于好几万吨TNT当量的威力啊。

"那么,各位的意见呢?"在确定所有人都看清了那东西后,历史学家问道。

2

十二分钟后。

"那个,我说,为什么对方不用那一招对付我们呢?明明只要'咻'地来一下,我们就会全都动不了了。"

在用"撕裂者"手枪将一台长得活像是会飞的大眼睛的巡逻机器人击落后,咪咪突然问了一句。说实话,虽然来得迟了点儿,但这家伙居然会主动问出以她的标准而言如此"高深"的问题,确实有点儿出乎我的意料。不过,这也充分说明了我的求真务实、热爱真理的优良作风对大伙儿的积极影响。

"这并不奇怪。"负责回答的是对这地方最为熟悉的阿列克谢,在高举着重型防暴盾牌的平娜、艾琳和两名"战争老鼠"的贴身护卫下,这位历史学家现在就像他的兄弟一样,保持着优雅而从容不迫的态度,"因为我们的对手已经做不到这点了。"

"呃?"

"根据我对发掘出的古代技术资料的研究,钟慢力场这东西需要相当程度的能源作为支持,而且在能源恒定的状况下,其作用范围和效果会呈反比。在下来之前,我稍微测算了一下那枚

'落日'巡航导弹目前的飞行速度以及钟慢力场的控制区域,"当几发安保机器人的电击弹接连打在艾琳和平娜举起的盾牌上,然后弹飞到一旁后,阿列克谢说道,"它目前的飞行速度——以我们未受干扰的正常时空的尺度——大约是每秒26微米,而它的正常飞行速度大约是1.5倍声速。这意味着它附近的时间流速被降低到了两千万分之一,就算范围极小,这样的能耗也足够惊人了。而我之前在马尔科姆将军的研究设施内,已经查阅过了这座城堡的基本资料:和那座设施不同,由于之前战争中的破坏,这里的反应堆和备份反应堆均已失效,只能依靠和周围的地下温泉连接的几处热能发电机供能。即便按照最宽泛的估计,其供能上限也不超过标准额度的百分之七。"

"也就是说,这座城堡很可能已经没有多余的能源发动更多的钟慢力场,把我们的攻击部队困住了。对吗?"正在不太熟练地用一支捡来的M-G激光卡宾枪射击着保安机器人的奥菲莉亚问道。

"是的,除非那个正在操纵这一切的人敢于解除对那枚巡航导弹的控制,"阿列克谢点了点头,"但我不认为对方有这个胆量,既然那家伙宁愿让城堡内的能源如此吃紧,也要以近乎极限的水准限制巡航导弹的时间流速,那么很显然,它离起爆很可能只有极短的时间了——顺带说一句,如果这里的能源供应仍然充足的话,这么做完全没有必要。毕竟,只要用空间传送装置直接把那东西丢到足够远的地方,就能一劳永逸地解决问题了。但很显然,至少在眼下,这座城堡连送走最后一枚导弹的额外能源也拿不出来了。"

"我明白了,"咪咪语调欢快地答道,"所以说,这些家伙其实也已经到极限了,对吧?那我们可就没什么好怕的了。"

虽然咪咪平时经常会发表一些不经大脑、叫我无法苟同的言论,但这句话是个例外——就算是我,在从那处狭窄的入口进入这座城堡后不久,也意识到了我们的敌人其实已经是强弩之末。在城堡里,本该成为阻挡我们前进的难关的重型防爆门全都失去了作用,在没有能源的状态下因为故障自动保险装置的效果而处于开启状态。大多数室内监控系统都变成了摆设,自动防御设备能够正常启动的寥寥无几,甚至连那些曾在日出城让我们大吃苦头的安保机器人也变得呆头呆脑、迟钝不堪——历史学家声称,为了方便统一管理,城堡内的安保机器的能源是通过微波形式统一传输的,并未安装内置能源。当然,也正是拜这一"巧妙"的设计所赐,如果说我们在日出城科学院遗址下方遇到的那座城堡的攻略难度是"困难"的话,这地方大概只有"简单"甚至"休闲"的水准罢了。

"呀——呼!"或许是她那越战斗就越兴奋的体质的缘故,在把那支"撕裂者"的弹药统统打光之后,正在兴头上的咪咪索性扔掉了武器,直接举起一支硕大的维修用扳手(她是从哪儿找到这玩意儿的?)与剩下的安保机器人展开了肉搏。

当然,相较于"肉搏"而言,一边倒的"虐杀"其实更适合形容目前的情景。由于能源供应不足导致的机能衰退,这些在机械臂上装有电击枪和捕捉网发射器的履带式机器人在咪咪面前简直就像是一堆蹩脚的木偶。仅仅几秒钟的工夫,第一台安保机器人的锅盖状"脑袋"已经在咪咪的粗暴打击下被整个儿卸了下来,而第二台机器人的传感器被全部砸烂,变成一堆只能在原地打转的废铁的时间甚至只有第一台的一半。有些机器人勉强做出了反应,试图制住这个不走寻常路的对手,但由于过于悬殊的速度和敏捷性的差异,它们射出的捕捉网、电击飞镖和其他东西不是完全落空，就是命中了"自己人"。

"天，没想到咪咪这么享受欺凌弱小啊。"我耸了耸肩，嘟哝了一句。让我有些意外的是，正举着一支战斗霰弹枪警惕地站在我身后的栗子闻言后立即哆嗦了一下，露出了不知所措的神色——这位总是认真过头的驾驶员还是像以前那样无法理解幽默，因此一时间陷入了不知是应该感到自豪还是要按照惯例朝我道歉的困境之中。

当然，我并没有多解释什么，毕竟，栗子不知所措的表情看上去实在是非常可爱……呃，当她突然将霰弹枪的枪口指向我时，这表情可就不太可爱了。

"喂！你这是干——"

随着大口径霰弹被枪机击发，大量弹丸直接贴着我脑门儿和左侧肩膀飞了出去，其中还有不止一颗直接打中了我，让我感到了一阵阵的钝痛——要不是我们现在都穿着马尔科姆将军生前收藏的重型动力战斗服的话，恐怕我现在就已经挂彩了。

"哇啊啊啊！阿德！我很抱歉，我……我不是故意的！我真的很抱歉！"栗子显然没预料到会出现这样的结果，连忙丢掉了手中的武器，露出了一副可以被称为"欲哭无泪"的神色，看上去差一点儿就要在我面前跪倒在地了。不过，我只是宽宏地耸了耸肩，随即扶住了她——毕竟，多谢这套傀儡军团生产的战斗服中额外的声学传感器对我听力的补强，在中弹的瞬间，我听到了大多数弹丸击中位于我身后的某个硬物的声音。这意味着，她射击的目标并不是我。

而被她当成射击目标的那玩意儿现在正在嗡嗡作响地缓慢后退。

我皱着眉头打量着这个偷偷摸到我身后的小东西——在进

入城堡后,我们也遇到过不少像这样没有武器的侦测机器人。与那些依靠外部电源供能,结果在战斗中表现得一塌糊涂的安保机器人不同,这些小东西虽说"赤手空拳",但却颇为灵敏,其中甚至不止一台在过载微型同位素电池的同时冲向我们,试图使出舍身战术……万幸的是,在我的英明指挥下,它们的那几次尝试最终全部以失败告终。

但即便如此,我也不敢麻痹大意。在确认那台长着四部微型旋翼的"眼球"尚未被彻底摧毁后,我迅速地举起了激光手枪,准备防微杜渐地用最大功率输出给它补上最后一击——但就在我来得及这么做之前,这家伙的"瞳孔"亮了起来。

它投射出了一个全息投影。

3

"您好,苏菲娅·阿卡迪亚·谢林小姐。"

虽然"来人"没有自报身份,但对如我这般心思活络的聪明人而言,要猜出对方的身份实在是小菜一碟——且不说她那与奥菲莉亚毫无二致的面容(唯一的区别仅仅在于年轻了十七岁),在此时此刻,恐怕也不会有其他十岁出头的小女孩能在这种地方、以这样的方式与我们联络了。

"咦?她就是奥菲莉亚经常提到的苏菲娅吗?看起来很可爱呢!"刚与艾琳合作将最后一台还能动弹的安保机器人的"上半身"用蛮力硬拆下来的咪咪也注意到了对方的出现,并且立即展现出了浓厚的兴趣,"如果奥菲莉亚的可爱程度算一百分的话,苏菲娅至少是两百分吧?"

"我觉得不止哦,"艾琳插话道,"至少也应该是三百分——奥菲莉亚姐姐虽然长得好看,但眼神有时候会显得很凶呢,苏菲娅看起来就很老实也很温和哦。"

"那……那个,我也这么觉得。"栗子最后又补充了一句,"当然,呃,我可一点也没有要贬低奥菲莉亚的意思就是了……"

喂！说话之前麻烦看看场合好不好？你们忘了之前是谁在给我开工资吗？

好吧，如果撇开场合与周围的气氛不谈，她们三个的评价倒也并不算错——和有着咄咄逼人的吊梢眼外加那些让人不太容易产生亲近感的雀斑的奥菲莉亚不同，苏菲娅看上去确实更加温和可爱，显得毫无敌意。但之前我们所经历的事实已经充分表明，现象和本质之间的差距有时候会比从和谐星到古地球之间的距离还要远，因此，就算那个全息投影举起双手，做了一个表示"没有敌意"的手势，我仍然没有放下手中的武器。

"苏菲娅，我……我……我……"在我们所有人中，对于这个影像的反应最为强烈的自然是奥菲莉亚——但或许是因为来的不是真人，她并没有做出任何过激的举动，只是一动不动地站在原地，用没人能听清的声音小声嘟哝着什么。这是久别重逢后的过度激动，抑或只是因为她压根儿没想过在重逢后到底该说些什么才好？我不知道。但无论如何，至少她没有注意到咪咪她们刚才的无礼发言，而我的薪水……啊不对，我们之间的纯真友谊应该也不会因此受到威胁了。

"奥菲莉亚姐姐？唉，你这样子还真是难看呢。"与那副如同陈设柜上的玩偶般人畜无害的外表不同，苏菲娅·谢林说话的语气就……实在是有点让人喜欢不起来，就好比是把奥菲莉亚在正式场合发言时那种一本正经的大小姐腔调中仅存的一丝情感都过滤掉，再扔到液氮里冷冻一整天。"幽灵的牵线木偶，不成器的吉祥物，你应该在十年前的那一天就和我们的父母一起安详长眠才对——虽然就我的主观时间而言，不过是短短的几个小时之前，实在是没什么实感就是了。"

"喂！你怎么能这么对你的姐姐说话呢？"刚干完活儿的咪

咪一脚踢开被卸下的安保机器人的"脑袋",跳到了影像面前,义正词严地指责道,"这太不礼貌了!快道歉!"

呃,看来这家伙忘记了,刚才做出不礼貌发言的似乎不止苏菲娅一个。不过,我也懒得在乎这种不算太过分的失礼。

"苏菲娅小姐,不,也许我们该称您为隐德莱希才对。"我清了清嗓子,然后用我那优雅而不失威严的声音说道,"在下是义勇军中校、临时前线指挥官阿德南·阿卡迪亚·奥雷利安努斯。既然您选择以这种方式现身于我们面前,我是否可以认为,您正在尝试与我们谈判——"

"当然不是,你这人造子宫里爬出来的克隆蠢货!"苏菲娅立即答道,"我没空和你这样的垃圾虫谈判。"

啊啊啊!这家伙果然还是太过分了!相比之下,连奥菲莉亚发怒时的眼神都显得比较可爱了!

"既然你自称不是为了谈判,那是为何现身于我们面前呢?"伊斯坎德尔接替我继续问道,"难道是打算宣布投降不成?"

"没错,我非常建议你选择投降。"阿列克谢补充道,"根据我对这座城堡内部防御能力的了解,你目前可以使用的防御手段已经所剩无几。从理论上讲,如果继续交战,我们这边获胜的概率大概是百分之百。"

"不,我不会放弃我的行动——'功败垂成'这个字眼在我的辞典里可不存在,"看上去非常可爱的十一岁女孩摆了摆手,"我是来要求你们取消这次行动的。"

"要求?我猜,我们大概没有拒绝的余地了?"

"如果你们真的像那个克隆蠢货总是嘟哝的那样,是为了人类的幸福或者正义与公平之类的玩意儿而战的话,那就确实没有!之前在监听你们的战斗通信,尤其是傀儡指挥控制系统的内部信息流时，这些屁话把我耳朵都磨出茧子了。"苏菲娅答道，"还有，我就是苏菲娅·谢林本人，不是什么混账王八蛋隐德莱希，那堆比猴子输入的冗余数据还要分文不值的狗屎电子垃圾从来——从来都没有成功地控制过我！听明白了吗？嗯？"

"阿德阿德，你们别放在心上……"总算控制住自己情绪的奥菲莉亚轻轻拽了拽我的衣袖，小声说道，"苏菲娅从小就被当成天才，所以爸爸妈妈一直忙于让她学习知识和参加协助工作，没有太注重她的礼节教育，而且因为钟慢力场的影响，她现在还只有十一岁，心智也不太成熟，真的……"

"没关系，我可是非常宽宏大量的。"我立即拍了拍胸口，以一贯的诚恳语气说道，"我保证，我们一定会把苏菲娅救出……"

"救？救你个大头鬼啦！"苏菲娅立即非常粗暴地打断了我的话，"本小姐不需要你们这些蠢材来救！你们难道还没注意到，自己不过是一群拉车的蠢驴，被心怀不轨的家伙用悬在眼前的胡萝卜骗着跑吗？我在这里的全部工作，都是为了阻止我那自作聪明的老祖宗马尔科姆·谢林的失败留下的灾难性后果！而你们……你们现在纯粹是在捣乱！明白吗？"

"阻止？难道城市里……这些事不是你干的？"

"该死的，当然不是！在四十五年前，这档子烂事就已经开始了——你们知道下尼尼微城里的那些研究设施是干什么的吗？"苏菲娅粗暴地甩出了这个问题，然后不待我们答复便自顾自地给出了答案，"它们有很多用途：测试为了兄弟会的混账计划而特别研制的空间传送设备，培育作为傀儡配套产物的异兽，以及最重要的，在代号为'二号城堡'的设施——也就是这鸟地方——测试傀儡军团的指挥控制系统。只要通过这里的中央控制设备发出特定的信号，与其连接的傀儡士兵们所携带的决定他们向'第二阶段'变形、成为一个新的物种的基因'开关'就会被激活。当然,由于这一信号覆盖范围有限,而同样可以完成这一过程的、位于日出城下的一号城堡已经基本丧失功能,因此马尔科姆,不,隐德莱希那家伙才不得不主动挑起战端,把一整个无人控制的傀儡军团吸引到这里。"

"虽然我无法相信你,但你的这些话听上去很……符合逻辑。"历史学家点了点头,"也就是说,在你来这里之前,'转化'实际上已经开始了?"

"看来你们脑子里装的还不全是豆腐渣嘛。"苏菲娅表示,"没错,那些混账东西在四十多年前,也就是'鲜血黎明'战役还没结束时,就已经开始变形成更混账的东西了。只不过,马尔科姆那呆瓜恰好在那时候走了狗屎运,暂时摆脱了隐德莱希的控制,并且做了他这辈子唯一正确的一件事:他用钟慢力场封锁了傀儡军团的核心指挥节点,让还在传达中的指令被生生冻结在了时间之中,替我们争取了接近半个世纪的时间。只不过,我倒是没想到,那家伙居然多此一举地在这座城堡里也设下了陷阱,让这里会在被人闯入的瞬间自动激活钟慢力场发生器——结果害得我白白浪费了十年! 整整十年啊啊啊——"

"没关系哦,"艾琳试着安慰她,"至少这么一来,你就比同龄人年轻了十岁。这其实也不是坏事呢。"

"也许吧,虽然我从小一直在做该死的研究,也没机会认识几个同龄人就是了。"苏菲娅啐了一口,不过,至少她的情绪看上去似乎缓和了一点儿,"总之,要是你们还有点儿良心或者头脑——虽然我不指望你们两样都有——的话,就立即照着我说的做,停止你们的鲁莽行动! 这才是对全人类,以及全银河的非人类智慧生物的未来最负责的做法!"

"也许你说的是对的,但目前为止,我们还无法采信你的一面之词。"伊斯坎德尔摇了摇头。

"根据我的推断,苏菲娅小姐应该说的是实话,但暂时还没有决定性证据能够证明这一点……"阿列克谢纠正道,"所以,如果可以的话,我们最好当面谈谈——"

"不行!"苏菲娅立即用力摇起了头,"我信不过你们中的某个人! 你们这些瞎子真的不知道吗? 隐德莱希那家伙,其实就在你们身边!"她哼了一声,"我给你们最后一次机会,在五分钟内解除武装,滚一边儿去,否则本小姐会——"

不幸的是,在她来得及说明自己会干什么之前,一束高能激光便命中了机器人的投影装置,让它变成了一堆冒烟的残骸。

"我听够这些了,诸位。"在影像消失后,仍然举着激光卡宾枪的蕾琪说道,"这不过是拖延时间的把戏而已——她现在已经无计可施也无处可逃了,所以只能使用这种招数做最后的挣扎。"

"咦? 你怎么知道?"

"因为我刚才已经访问过城堡的内部网络,确认了中央控制室的位置以及这段信号的确切来源。""战争老鼠"的首领用与她的深色呼吸面罩同样冰冷的语气说道,并用激光卡宾枪指了指不远处墙壁上的一台终端,接着,她又转过枪口,打开下挂式战术手电,将光束对准了位于我们目前所处的地下走廊终点处的一扇锁死的大门。惨白的手电光线照亮了大门——又是一幅基因双螺旋与两名牵手的深色皮肤男子的图案,看上去有种莫名的诡异感。"现在,挡在她和我们之间的,就只有这扇门而已。"

"那我们该——"

"既然有扇门把我们和目标隔开了,那接下来还能怎么办?"

蕾琪先是双手一摊，然后朝"战争老鼠"之一挥了挥手，伸出五指，做了个"爆破"的手势。后者立即从背包里取出了一枚专门用于破坏工事的锥形装药爆破装置，看起来打算把它直接贴在大门的机械锁部位上，然后……

　　然后他就死了。

4

"呜哇呀啊——"

当那个可怜的男人的脑袋被巨大的金属爪像捏烂一只小番茄般捏爆时，我毫不意外地听到了惨烈的尖叫声——当然咯，目睹了这种可怕的事儿，没人尖叫两声反倒有些说不过去。虽然德尔塔那个胆小鬼不在这儿，但我们的队伍中可是有可可这样彻头彻尾的非战斗人员的。所以……

呃，等等，刚才发出尖叫的似乎不是可可来着？

又过了大约半秒钟，我才从周围所有人（包括可可）的目光注视下意识到，刚才放声尖叫的正是我自己——当然，这一事实绝对不能说明我在这一危急时刻曾经有过任何的怯懦或者动摇。众所周知，人类之所以会演化出"尖叫"这一行为，其最初的目的是为了向周围的同伴们告警，让其他人能够及时意识到危险的到来。而毋庸置疑，在那一瞬间，一贯英勇无畏、临危不惧的我之所以下意识地尖叫，显然只可能是这个缘故。

更何况……呃，从大门后冲出来的那玩意儿确实也很危险。

"这啥鬼——"在目睹自己的同志以通常只会在三级卡通片

里出现的方式惨死后,另一名"战争老鼠"惊叫着试图取下背在背后的榴弹发射器,但他只来得及将这个动作完成一半,就看到了掉落在地板上的、原本属于他的残肢。接着,在他来得及爆发出痛苦的哭喊之前,巨大的金属爪已经以极为残暴的方式径直命中了他的胸口,将他的肋骨与胸腔内的关键器官一并打得粉碎。接着,两名伊斯玛仪的"兄弟"也以相似的方式遭了毒手。虽然明知那不是我,但看着与自己长得一模一样的人像仪式上的诅咒娃娃一样被生生撕碎,我仍然感到了一阵几乎窒息的恐惧。

当然,对我而言,在短短几秒钟内犯下如此之多暴行的那玩意儿倒也颇有点儿眼熟——在不算太久之前,我们曾在日出城地下的城堡中对付过一台。如果我没记错的话,这种足有两个人高、有着充满机械感的棱角分明的外形的双足机器被称为MEW,也就是所谓的"多功能工程步行机",从理论上讲是一台彻头彻尾的民用产品,主要被古代的技术人员们用于在城堡内进行维修工作。

只不过,正如我早已从漫长的义勇军生涯中学到的那样,这世界上从来都不存在什么纯粹的"民用产品"。在日出城那次,我就差一点儿被艾琳所驾驶的那台MEW给打成肉饼,而眼前的这货甚至比上次那台看上去还要凶恶得多——它的两支巨大的机械臂上额外安装了一套看上去就极为骇人的金刚石链锯和一部等离子切割炬,而原本光秃秃的金属框架结构外也安装了一层厚重的封闭式装甲板。或许在一千年前,这个水准的玩意儿确实算不上真正的军用装备,但在这个时代,它可是件货真价实的高效率杀人凶器。

"我再说一次!立即放下武器,从这里离开!听明白了就给我滚，你们这些比死人还聋的蠢材废物点心！"苏菲娅那有着极为可爱柔和的声线以及极为不可爱的遣词造句方式的话语直接从装在MEW驾驶舱上方的播音器里传了出来，"我对你们半毛钱都不值的烂命没有任何兴趣！别逼着我继续浪费力气，把你们一个个糊到墙上去！"

呃，我必须承认，确实有那么一瞬间，我产生了一丁点儿微不足道的退却念头（当然，这完全是因为我不愿意看到同伴们流血牺牲，绝不是由于胆怯），但蕾琪的"战争老鼠"与伊斯玛仪的"兄弟"们的行动立即打消了我的念头——他们完全无视了苏菲娅的威胁，呐喊着对这台庞然大物发起了突击。虽然在进入地下时，我们没有携带反装甲火箭这类可以在远距离上有效对付这种东西的装备，但这些英勇无畏的人还是立即分成了几个小组，一部分人一边用普通轻武器进行牵制射击，一边朝着那台MEW发射照明弹、小型燃烧弹和烟幕弹，试图以此干扰对方的观察能力；而另一部分人——以咪咪和平娜为首，拿出了原本为了拆毁障碍物才带来的爆破装置，准备通过贴身肉搏炸断目标相对脆弱的机械双腿。

"标准战术，有些像是以前在古地球上猎猛犸的招数。不过，这能行吗……"在那些人呐喊着冲上去时，我听到历史学家小声地嘟哝了一句。

当然，单就战术层面来看，这么做自然是没有任何问题的，如果非要说有什么不足之处的话，那就是……他们没能成功地达成目标。当遮蔽视野的烟雾与足以让红外传感器失效的火焰共同腾起时，几乎所有人都以为，那台笨重的MEW肯定会因为变成"瞎子"而丧失防卫能力，然后被放倒在地，但随后的事实却证明，我们的预测完全错了，而且错得离谱。即便在几乎令人窒息的浓烟之中，MEW的反应也没有丝毫延缓，装备着切割炬与重型链锯的双臂舞动如飞，仿佛能够未卜先知般准确地迎向一个又一个试图靠近它的人，并将那些不幸的牺牲者切得粉碎。

"没用的……我早该想到的……"在所有人中，唯一没有做出任何反应、仍然呆呆地站在原地的奥菲莉亚突然半是自言自语地说道，"苏菲娅她是……是天才……"

"啊哈！看来我愚蠢的姐姐还是知道这点的嘛。"随着这场短暂而血腥的"肉搏"趋于停息，巨大的MEW用它的厚重碟状足做出了一个看上去压根儿不可能的跳跃动作，从烟雾与火焰中一跃而出。而在它身后，几乎所有参与攻击的人都已经变成了死状凄惨的残骸，只有咪咪和平娜勉强算是例外——但她们的状况也相当差。两人都弄丢了手中的爆破装置，咪咪的肩膀上留下了一道深深的灼痕，看上去实在是有些狼狈，而平娜则直接在一堆金属箱子上撞晕了过去，只有轻轻起伏的胸口表明她还有一口气儿。"感谢我们的父母，在他们的'治疗'之后，我对机械的操纵感一直都好得惊人；更何况，你们刚才的战术实在是烂到了可笑的地步——虽然安保机器人对付不了你们，但在你们进来的路上，我可是好好观察过了你们的人数、装备和行动规律，而要以此推断你们这种单细胞脑袋的蠢蛋可能采取的行动并且拟定反制对策，简直比做小学数学题还要简单。"

"这家伙真的上过小学吗？"我自言自语了一句。不过，对方的说法也确实无可厚非——只要能熟练操作的话，MEW这样的古代玩意儿确实可以爆发出压倒性的力量和敏捷度，在懂得怎么使用它的人手里，这绝对是一件极为凶残的大杀器。

"好啦！都结束了！"待在被厚重的防弹玻璃隔开的MEW驾驶舱内的苏菲娅又一次说道，"马上把武器放下！就算你们自个儿不要命,一次宰太多的人也会让我晚上做噩梦的!"

"那个……呃……"我看了看蕾琪和伊斯玛仪,又看了看正用一只手捂着受伤的肩膀、罕见地露出了强烈的痛苦与疲惫神态的咪咪,不知所措、浑身颤抖的栗子,以及神色凝重、天知道在想些什么的两位历史学家和艾琳,一时间不知该如何才好——毕竟,基于我曾经发下的那些誓言,在此时此刻,我绝不应该表现出懦弱或者退缩,但话说回来,我也确实想不出什么办法对付这台大家伙……

"喂!可可!"

就在我正忙着思考该怎么让这糟糕透顶的局面变得稍微有利些时,奥菲莉亚突然尖叫了一声——就在苏菲娅驾驶那台MEW迈着充满压迫感的步伐朝我们走来时,一个小小的身影突然冲向了远处那扇已经开启的大门。或许是由于可可是我们中看上去最没有威胁的一个,苏菲娅完全没把她当一回事儿,直到后者已经冲过遍地的血肉模糊,纵身跳进那座散发着令人目眩的光芒的房间之中,正在充当反派Boss角色的公主大人才意识到出了问题,连忙转身追去——

接着,有什么东西卡进了它机械足的关节之中。

由于一切发生得太快,我事后才弄清楚那几秒钟内的事情:当苏菲娅的MEW冲向大门时,一直像一只普通玩具熊一样趴在一旁的爪爪突然跳了起来,用伊斯坎德尔为它特别安装的钛合金爪子刺进了这台双足机器没有得到充分装甲防护的"膝关节"。虽然这一下子造成的直接损伤可谓微不足道,但高强度钛合金却被牢牢地卡在了关节内部,并且随着后者的动作而越陷越深……

"嘿,抓到你了!"当MEW终于在离大门只有咫尺之遥的地方被迫停下脚步时，被扯断了一只胳膊的爪爪在地板上说道。

而MEW在倒下前的最后一个动作则是抬起了还能动的那只碟型机械足，直接踩扁了它。

"都结束了！苏菲娅！我们会帮助你——"当机械巨人摔倒的余音不再在地下空间内回荡后，奥菲莉亚第一个冲了上去。但她刚跑出几步，一支套筒和握把上布满了繁复装饰花纹的袖珍手枪已经抵在了她的后背上。

"别动。"握着与他的小手颇为相称的袖珍手枪的伊斯坎德尔·罗蒙诺索夫语气冰冷地说道，"把手举起来。"

第十五章

隐德莱希与决意

1

等一下！这到底是在闹哪样啊？

肯定有什么地方搞错了吧？

好吧，虽然事后想起来有点儿惭愧，但在看到一直贯彻着比艾琳还彻底的绝不（亲自）使用武器的传统、连拿刺刀切个水果都回回要我代劳的历史学家突然破天荒地拿起了枪（虽然那只不过是支为联合军的高级军官定制的、装饰性远超过实用性的袖珍手枪），而且还把枪口指向了一直和他关系不错的奥菲莉亚时，第一时间从我脑子里蹦出来的确实只有这两个念头。

而不幸的是，没有任何地方搞错。我所见到的一切也确实都是真的。

"伊……伊斯坎德尔·罗蒙诺索夫先生？呃，请问您这是在做什么啊？"奥菲莉亚显然没有料到，自己居然会被平时看上去最不可能舞刀弄枪的娇小的历史学家持枪威胁，一下子慌了神儿，"现在不是开玩笑的时候……"

"没错，你可别胡来！"阿列克谢喊道，"平时你连切个土豆平均都要削伤自己起码两回，拿着这种东西可不好，要是走火了的话……"

"我可没有开玩笑，奥菲莉亚女士。还有，别打任何歪主意。虽然这种5.56毫米口径的小玩具没什么实战用途，但在这个距离上，要击中你的左心室或者右心室，就算是我也能做得到的。"虽然经过刚才那场短暂而血腥的搏杀，这一带的空气中到处都充满了刺鼻的磷氧化物的味道、无烟火药味，以及血液特有的铁锈腥味，但在这些令人反胃的气味之中，我仍然嗅到了另一种味道……那是一种类似于在阳光下曝晒过的古旧书籍的气味，一种在漫长寻觅结束后如释重负的味道。"不，也许我应该称呼你'隐德莱希'才对。"

隐德莱希？奥菲莉亚……隐德莱希？这都是哪儿跟哪儿啊？

"我……我不知道你在说什么……"奥菲莉亚动了动身子，似乎是想要转过身来，但历史学家立即用手枪捅了捅她的后背，示意她保持先前的姿势，"难道、难道不是苏菲娅……"

"我是你个头啊！你这把我的蠢老姐当傻子玩儿的王八蛋电子垃圾！"苏菲娅那实在让人不知该将其评价为可爱还是不可爱的声音从倒地的MEW里传了出来。大概是因为疼痛，她的声线听上去显得有点儿走样，但本人至少应该还没什么大碍。"该死的，那边那个谁！你要是刚才肯听我的警告，我也不至于把你带来的这些可怜虫都给拍扁了！"

"我从不听信任何人的一面之词，"历史学家摇了摇头，"包括你的也一样。无论何时，能让我做出决定的只能有两种因素：具有逻辑上的可能性的推测，以及证据确凿的事实。

"当然，直到二十五秒之前，根据我的推测，你和奥菲莉亚女士是隐德莱希代理人的可能性之比仍然接近百分之五十比百分之五十，虽然奥菲莉亚女士的可能性其实略高于你，但这仍然无法说明任何事——因此我也没有理由必须采信你关于我们之中有隐德莱希代理人的说法。"历史学家用平和的语气说道，"但是，就在刚才，我获得了决定性的证据——"

"你发现了我和奥菲莉亚·谢林颅骨内植入的活体元件进行连接的通信信号，对吧？"在说出这句话的瞬间，奥菲莉亚的表情突然完全变了——先前那种惊慌而委屈的神色已经不见踪影，取而代之的是一种纯粹的恶意。这种恶意从她本就显得有些凶恶的吊梢眼中流露出来后，更是让人有种说不出的糟糕感觉。"看来，你有必要的侦测手段。"

"当然。在日出城的地下，我找到了不少还能派上用场的古老资料，其中就包括了如何运用'信标'来侦测傀儡控制系统所使用的特殊中微子通信——幸运的是，这一功能属于'信标'功能列表中的最低授权等级，因此，就算不依靠阿德南中校或者伊斯玛仪先生这种具有'资质'的人，我也能运用这种功能。"历史学家耸了耸肩，"不过，你比我想象的还要狡猾。"

"过奖了。我仅仅是稍微利用了一下凡夫俗子们的思维定式，以免被那些马尔科姆的小喽啰发现罢了。"奥菲莉亚继续冷笑着，"当初，因为我的小小失误和一些纯属偶然的意外，几乎已经要替我完成我的目的的马尔科姆·谢林侥幸摆脱了我的控制，还反将了我一军，让我在银河中为人类种族清除威胁的事业受到了严重的挫折。不过，正如他曾经被我轻易戏弄，只因为我的几句保证就为自己植入了信号接收器一样,马尔科姆并没有他自以为的那么聪明——诚然,他猜到了我可能继续在那些自以为是的科技考古学和技术史学家身上采取同样的手段,也设法对我植入了干扰程序,让那些这么做的家伙有一定概率无法为我所用,甚至成为我的敌人,但我也不会坐以待毙。"

"所以,你故意在绝大多数情况下断开与奥菲莉亚的链接,只在最需要的时候才对她进行操纵?"历史学家哼了一声,"很聪明的办法,就像过去地球上的防空部队通过让雷达关机来避免被电子侦察机找到一样。怪不得作为马尔科姆代理人的苏菲娅也迟迟没有注意到你的异常。"

"不要用'代理人'这个词称呼本小姐,木鱼脑袋!"在勉强将摔得变形的驾驶舱盖推开一条缝后,苏菲娅露出了半个脑袋,朝我们大喊道,"我和马尔科姆将军是同志与合作者的关系,他只是向我提供建议,可不会直接控制我的行动。我是凭自己的意志行动的!"

"是啊,可惜你认识的那位'马尔科姆'甚至不是真正的马尔科姆·谢林在死前搞出来的那位假货,而只是由那个假货仓促拼凑出来、用于对我进行干扰的病毒文件在你脑子里制造的蹩脚镜像罢了。"隐德莱希通过奥菲莉亚之口嘲讽道,"这个镜像与创造出他的本体之间虽然可以进行联系,但由于设计过程十分仓促,这种缺乏安全措施的联系是很容易被截断和干扰的——只要在通信的关键部位做一点儿必要的'调整',我就能让那个原版假货相信,你才是那个成为我的提线木偶的人,而奥菲莉亚则是个彻头彻尾没问题的'不适合者'。这可真是讽刺,不是吗?"

"你这浑蛋垃圾虫电子病毒狗屎臭大蛆——"苏菲娅又一次用可爱的声线很不可爱地咒骂了起来,不过我的大脑立即自动过滤掉了那些词儿。毕竟,对美少女产生负面印象可不是什么美好的感受。

"那么,十年前……"

"没错,是我干掉了奥菲莉亚和苏菲娅的父母。虽然那两个蠢货没什么特别的能耐,但他们当时已经快要误打误撞地发现所谓的'提升思维能力的植入手术'的真相了。不幸的是,苏菲娅居然从我手里逃了出去,还立即想清楚了整件事的来龙去脉,打算到旧尼尼微城的城堡里直接毁掉我的本体——多亏了马尔科姆·谢林当年多此一举地在这儿设下了钟慢力场陷阱,才为我争取了十年时间。"隐德莱希眉飞色舞地继续说着,"不过,直到两三年前,种种迹象都显示,当年马尔科姆启动的钟慢力场已经无法长久维持。随着被延宕的转化指令逐渐到位,巨大的'尤格多拉希尔'开始成长,一些傀偏变形过程中的附带产物——比如被各位称为'清道夫'的聚合体生命——也逐渐在废墟周围出现,甚至在封锁线外被人目击。于是我意识到,是时候把这幕拖了太久的大戏演完了。"

"所以,这就是我向最高统帅部递交的申请会被批准的真正原因?"历史学家说道,"我可是在五年前就提交了去日出城调查的申请,但却一直被那些官僚无视……"

"直到奥菲莉亚,哦不对,直到我发现了那些申请为止。"随着隐德莱希越说越兴奋,奥菲莉亚脸上那种标准的"恶棍千金大小姐"式的表情也变得越来越夸张了,"没错,正是我利用了大学里那些与谢林家族过从甚密的历史学家,让他们说服了最高统帅和议员们。而我原本可是希望你能成功的——这样一来,我就能得到藏在日出城地下的所有珍贵资料和数据,从而更方便地完成我的工作。哦,还有,可怜的奥菲莉亚之所以会'自愿'来到兰檀成为监察官,其实也有我的功劳。是我在她的白日梦和潜意识的闪念中悄然加入了那些想法,让这位懦弱又可笑的大小姐相信,她能在这里找到她的妹妹……当然,这是事实,我可没有进行任何欺骗和诱导。"

"看来我们还得替奥菲莉亚感谢你咯?"艾琳有些生气地叉起了腰,"博士,闲话已经说够了,需要我稍微……限制一下奥菲莉亚的行动自由吗? 毕竟这浑蛋赖在她脑子里不出来也挺麻烦。"

"不必了,我这边很快就好。"仍然举着手枪的历史学家充满自信地摇了摇头,"在刚才确定了信号源之后,'穆吉'与'贺尼'已经去处理了。我相信,隐德莱希先生应该很快就会彻底结束它作奸犯科的伟大事业——从物理层面上结束。你明白吗?"

"我当然明白,"奥菲莉亚哼了一声,"但你的'伙计'们似乎有些不听话哦。"

2

　　一切发生得相当突然,而且完全出乎我的预料——如果说,伊斯坎德尔突然用枪指着"自己人"还勉强在我"可以理解"的范畴之内,那么,之后两秒钟里发生的事就完全达到了我"无法理解"的地步。这一次,突然对历史学家发起袭击的并不是任何一个人,而正是他所信任的,在理论上绝对不可能背叛的"伙计"们。

　　而更糟糕的是,他自己并没有预料到这种状况的发生。

　　"啊?"在遭到来自侧后方的突袭的瞬间,历史学家只来得及用力推了奥菲莉亚的后背一把,借着反作用力让自己趁势滚向一边,避开了闪烁着电弧的机械臂原本势在必得的一击。但紧接着,他的另一台"伙计"已经从完全不同的角度袭击而来,离得手只差了字面意义上的咫尺之遥——阿列克谢在它离伊斯坎德尔只剩下一尺来远时,直接用身体拦在了它前面,稍微减缓了这台无人机的前进速度,接着,一扇盾牌趁着它被反弹开的时机猛地砸向了它,将它像网球一样打飞了出去。

　　"罗蒙诺索夫先生,请问这是怎么回事?"从高举盾牌的艾琳的表情变化来看,她现在似乎把性格最温和,但同时也有着令人惊讶的优秀格斗技巧的简放了出来，"您的'穆吉'与'贺尼'是出故障了吗？需不需要让爱尔卡——"

"算了，我的'伙计'恐怕不在爱尔卡的保修范围之内。"伊斯坎德尔摇了摇头，"阿列克谢怎么样了？"

"放心，我可不会死在你前面啊。"他的兄弟倚墙而坐，小声嘟哝道。虽然刚才腹部狠狠吃的一记痛甚至让他暂时无法站立起来，但正如阿列克谢自己所说，他目前还没有性命之虞。

"好，还有……谢谢。"历史学家放心地舒了一口气，随即转身对众人喊道，"所有人，马上控制住奥菲莉亚，不能让她进控制室！"

"明——白！咪咪这就……呜喵！"咪咪应了一声，第一个想要冲上去，却突然抱着自己的小腿摔倒在了地板上——看来，之前与苏菲娅驾驶的MEW过招时，她的腿部也挨了一下，而且多半伤得不算太轻。这对眼下的我们而言，实在是件相当不幸的事儿。

但无论如何，我们还有其他人可以……咦？

大概是之前连续发生的意外事件大大提高了我的警戒阈值的缘故，当蕾琪和幸存的两名"战争老鼠"突然朝我们举起武器时，我几乎在瞬间便察觉到了异样，并在他们把手指搭上扳机之前，做出了一个只有真正久经磨炼的优秀战士才能做出的卧倒隐蔽动作——而正是这个动作让我又一次在名为"想尽一切办法生存下去"的超长赛跑中战胜了时刻觊觎我宝贵生命的死神，从而有机会在今天讲述这个故事。

但并不是所有人都来得及意识到，致命的背叛居然来自自己身后——从我脑袋上方不远处闪过的激光束和呼啸而过的实体弹药准确地命中了同样企图拦住奥菲莉亚的伊斯玛仪和他仅剩的一位"兄弟"，前者被好几发步枪弹接连打穿了后背，而后者则直接被激光束熔穿了背部的护甲板，当场死于主要脏器的不可逆受损。正打算跑过去照看咪咪的栗子也注意到了异动，但她并没有在第一时间寻找掩体，而是下意识地转身。结果，一发迎面而来的步枪弹就在这个瞬间命中了她的眉心上方。

"可恶……待会儿替我向……向可可道个歉。"

在倒地之后，伊斯玛仪仍然试图举起他"兄弟"的武器还击，但他的手刚刚伸出，就无力地垂落了下来。

"看来她是没法在这些……这些破事儿结束之后向我们复仇了，"那张与我一模一样的脸上露出了哀伤的苦笑，"我……很……遗憾。"

"浑蛋……浑蛋可恶可恶该死该死啊啊啊——"

我只记得我像冲动亢奋的狂战士般爆红了双眼，撕心裂肺地咆哮着从地上一跃而起，断绝了一切寻找掩护的意识，只有一个念头，就是用手中的M-G激光卡宾枪朝那些突然射击战友的"战争老鼠"们发起反击。在一次呼吸的时间之内，离我最近的那名"战争老鼠"便被高能激光束穿透了呼吸面罩的目镜，激光直接蒸发了他的眼球，穿透了他的视神经孔，把他的颅腔烧灼成了枯萎的空壳；而在第二次呼吸中，我几乎与第二名"战争老鼠"同时凭着条件反射开火。只不过，我的射击准确地打在了他胸甲上方接近咽喉的脆弱部位，而他却是打穿了我的肩甲。

但就算只是在肩膀上挨了一发，而且只是相对不那么重要的左肩被击中了，那种整条胳膊被熔融的护甲材料和空气被电离后产生的滚烫离子云包裹的感觉，也令就算是意志坚若密度最高的玄武岩、有着比钛合金装甲板还要坚强的勇气的我，在超出个人主观能动性作用范畴的、不由自主的非条件反射动作面前实在无可奈何——由于手臂因剧痛而颤抖,我的第三次全出力短点射打偏了。激光束贴着蕾琪的头盔一侧掠过,烧化了呼吸面罩的外部涂层和固定用的系带,让她的脸第一次暴露在了我们的面前。

虽然作为一名绅士,我实在是不太乐意这么讲,但说实话,蕾琪长得并不漂亮——过于瘦削的脸、因为长期不见阳光而过度苍白的皮肤、深重的黑眼圈和眼袋都还只是次要问题,一道从她嘴角一直延伸到左耳下沿的醒目伤痕,以及缺掉一半的左侧外耳,才是最骇人的。虽说这副尊容本身就已经构成了她将自己的脸藏在头盔和面具下的充分必要条件,但我知道,她之所以这么做,其实还有别的更深层的原因。

比如说,掩盖嵌在她后颈侧下方皮肤中的一截小型植入器。

"这啥——该死!"在看到那东西后的一刹那,我就完全明白为什么"战争老鼠"们竟然会对我们倒戈相向了。在早些时候,伊斯玛仪那家伙也曾经在可可身上使过这一招,而在之后,伊斯坎德尔又用过同样的装置来避免艾琳被我那些拥有傀儡操纵权限的"兄弟"们控制……老实说,在明白了前因后果之后,我对眼前的这一幕一点儿也不感到惊讶,但就这么完蛋,我实在还是不太甘心……

但我同样也清楚,一切已经没有挽回的余地了,在几次最大功率射击后,我的那支激光卡宾枪因为过热,已经暂时无法进行大威力射击,而从肩膀上传来的灼痛也极大地影响着我的准头;更重要的是,我可是清楚地见识过蕾琪在交战中的枪法的。在现在这个距离上,除非发生奇迹,否则再过一秒钟,我的半个脑袋瓜应该就会变成以凉拌菜而论太热、按烧烤来算又没熟透的状态。

然后奇迹就发生了。

好吧，严格来说，这根本不算是奇迹——虽然从"战争老鼠"突然朝自己人开火到我果断反击却功败垂成，总共也只过了不到五秒钟，但对于我的那位同伴而言，这已经足够她反应过来了——当发现一面沉重的防暴盾朝自己扑面而来后，蕾琪不得不扔掉了手里的武器，一个紧急侧滚才勉强躲避了这飞来一击；而在她来得及站定脚跟之前，一根可伸缩的金属扫把棍已经砸在了她没有头盔防护的太阳穴上，夺去了她的意识。

"呼……哈……没想到这家伙成为敌人之后，居然还挺难缠的。"在从被击晕的蕾琪身边捡回盾牌后，艾琳，哦不对，应该是简一边喘着气，一边说道，"阿德？你还好吧？"

"我的伤……不要紧。但栗子她……"

"栗子姊没事哦，阿德！"咪咪对我喊道，"防弹头盔把子弹弹开了！虽然她好像有点……呃……脑震荡，但至少呼吸和脉搏都还正常。"

"感谢救主领袖！"我长长地呼出了一口气——虽然刚才发生了如此之多超出我想象的事情，但最起码，我最在意的人里还没有一个真遭受了无法挽回的伤害。不过话说回来，似乎还有什么重要的事被我忘了……

"奥菲莉亚！"

或许是被一连串变故冲昏了脑子，直到我喊出这个名字，罗蒙诺索夫兄弟和其他人才如梦初醒，将视线转向了那扇开启的大门。很不幸，由于之前浪费了太多时间，当我们意识到这点时，奥菲莉亚已经冲入了大门之内，而重达数吨的装甲门板也开始沿着滑槽在低沉的"隆隆"声中逐渐关闭。

这可真的是麻烦了。

3

"来不及了！可恶！"

虽然每一个还能站得起来的人都竭力冲向了正在关闭的大门，但我们的大脑已经提前计算出了结果：一切都太晚了。就算是有着比人类短跑冠军还优秀的爆发力的艾琳，也不可能在大门关闭前跑完剩下的这段路程，但实在无法就此甘心的我们仍然拼命地挪动着双腿，朝着那越来越狭窄的一线光亮冲刺——毕竟，要是我们的努力居然以这样的方式功亏一篑，那也实在是太……黑色幽默了。

当然，或许是命运之神——如果那浑球儿真的存在的话——终于抛弃了我们（确切地说，其实只是放弃了对我们的恶意提弄）的缘故，在缩窄到原先的三分之一宽度时，那一线光亮收缩的速度开始减缓；而在还剩五分之一，也就是大约两米时，门板几乎静止不动了。

"喂！你们几个，愣着干什么？我可没法子凭这堆废铁撑太久啊！"在迟迟无法关上的大门夹缝中，苏菲娅透过MEW驾驶舱上方的扩音器对我们喊道——在刚才，正是她用近乎爬行的姿态让这台双足机器挣扎着移动到了防爆门的滑槽上，然后用那对造型极端不美观，还沾满了人类的血肉残渣的机械臂撑住了大门。在液压系统推动的金属重压下，这对机械臂只坚持了几秒钟便像麻花一样扭成了一团。接着，大门重重地撞上了MEW的机身部分，开始像胡桃夹子碾碎一只坚果一样一点点地把它挤扁。

"那你怎么办？"在从这台彻底报废的机器上方爬过去时，我注意到，苏菲娅被变形的驾驶舱盖困在了里面。虽然机身后部倒是有一处类似逃生舱门的设计，但不幸的是，它现在也已经被折断扭曲的机械臂给卡住了。"我们得把你弄出来——"

"本小姐……本小姐自有办法！用不着你这种木头脑袋来帮倒忙！"苏菲娅显然并不领情，"你以为本小姐连这……这点儿问题都解决不了吗？"

呃，虽然我不想伤害你的自尊心，但这话恐怕没错哦。

"没时间了，现在马上动手！"跟在我后面的艾琳干脆利索地把一支上了刺刀的自动步枪当成撬棍，试图从舱盖受损的位置将它强行撬开——只不过，她这么做的结果，只是生动地凸显了人类文明在过去十个世纪中材料科学的退步程度。那把以目前和谐星的标准而言算是优等品的多功能刺刀，在插入舱盖缝隙的一瞬间就断成了两截，其中一截甚至旋转着飞了出来，只差一点儿就划开了我的喉管。

"哇啊啊啊！你这是要干啥？"堪堪逃过被以如此奇特的方式割喉的我抱怨道，"要干掉我也犯不着这么做吧？"

"我怎么知道会这么难搞……算了！"原本还是简的艾琳咬了咬嘴唇，接着，一抹自信到可以称之为自负的笑容出现在了她的脸上。

　　正好是在这个最需要的时候，"她"终于来了！……呃，我说你早干吗去了？

　　与只知道用蛮力打开变形的舱盖的我们不同，爱尔卡显然没有尝试从正常的角度开启它；相反，在用天知道从哪儿掏出的一支多用途螺丝刀拧下几个螺栓之后，她立即翻身跳到了一旁——而舱盖随即在大门的进一步重压下整个儿弹飞了出去。

　　"你瞧，在力量不够的时候，因地制宜寻找外力协助也是一种值得考虑的选项。"我们的天才机械师一边与我将苏菲娅从驾驶舱里拽出来，一边得意地解释道。或许是身材娇小的关系，苏菲娅并没有像许多受损载具的驾驶员一样被卡在自己的驾驶座上，这倒是不幸中的万幸。

　　"你们这些呆瓜！"虽然被我们从那堆彻底沦为废铁的机器残骸里救了出来，但苏菲娅显然很不领情，"现在是管我的时候吗？为什么不马上去阻止奥菲……不，隐德莱希？你们知不知道，你们刚才这么做浪费了多少时间？现在就算是一秒钟——"

　　"此言差矣，我的朋友们，"还没等苏菲娅把话说完，我们便听到了奥菲莉亚尖刻的声音，"我们现在有非常——非常多的时间哦。接下来，一旦我们在和谐星上的'测试'结束，净化银河的壮举会持续很久很久，直到我们人类可以永远不受威胁地屹立于星海之间。大家是不是非——常——高——兴——呢？"

　　"高兴你个鬼哦！"灰头土脸的苏菲娅"呸"了一声，"你又不是人类，电子垃圾！"

　　"但我代表人类文明的最终利益：排除那些试图抢占人类生态位的潜在竞争对手，让现代智人这一物种能够更加安全地生存下去！"隐德莱希操控着奥菲莉亚的身体在这座深处地下的房间内悠闲地踱着圈子，仿佛正在会客厅里等待来访者的无聊主人，而曾经忠心耿耿地服侍伊斯坎德尔·罗蒙诺索夫，现在却转而"投靠"了她的那对无人机则正在分头执行不同的任务："穆吉"在控制室内的成排机械式操纵台前飞来飞去，时不时地用灵活的机械臂键入一些指令；"贺尼"则负责控制蜷缩在角落里的可可——很显然，那该死的电子幽灵将她当成了用来挟制我们的人质。"各位对我的伟大事业拒不配合，实在是令我非常伤心，你们难道不愿意对自己的基因和血统负责——"

"我不愿意。"伊斯坎德尔抢先说道，一股刺鼻的硫黄味随即在他身边扩散开来，"我自个儿的祖宗就没对他们的'基因和血统'负责过，我更没有这个义务。"

"没错，"阿列克谢补充道，"按照圣体兄弟会的浑蛋理论，我们这种祖上接受过大幅度基因改造的人类，恐怕也是你们所谓的'净化'对象吧？"

"我们可以特事特办，这没什么关系。毕竟，你们的家族所接受的那些玩赏用途的基因改造对纯洁人类的危害性基本可以忽略不计，就算留下来作为宠物，倒也未尝不可。"

"宠你个大头鬼啊！"罗蒙诺索夫兄弟同时吼道。

"那你们其他人呢？阿德南先生，尤其是你！你可是当年兄弟会所特意挑选的、未受污染的纯洁人类之一的克隆体，一个真正的人！就算你贪得无厌、胆小懦弱、猥琐无能、自以为是，但在此时此刻，难道你就没有感受到名为'生存'和'繁衍'的伟大使命的呼唤吗？你难道感觉不到这种渴望与冲动？"

"当然没有。"

我理直气壮地答道。

虽然我曾经听说，人类在面临危机状态时会产生强烈的繁殖欲望，但我现在只想把这浑蛋狠狠地捶上一顿——但很不幸，如果我真的这么做了,受到伤害的只会是奥菲莉亚,而苏菲娅口中的那堆"电子垃圾"却不会有一星半点儿的损失。"说实话,我只想把这里的破事解决完,然后拿上奖金回去,和我的朋友快乐地生活在一起,以后一辈子都不上战场。仅此而已。"

"那可真是不幸。你作为一个纯正的人,却完全不理解兄弟会的圣哲的思想。"被隐德莱希控制的奥菲莉亚双手一摊,"你觉得人类生存的意义是什么?是吃吃玩玩,或者获取一些虚妄的成就感?不,一切生物的生存,本身就是它们生存的目的。尽可能地排除竞争者,让基因延续,才是唯一有意义的行为,更是一切生物从诞生以来就无法拒绝的永恒义务,是已然延绵了数十亿年的伟大公理!任何形式的抗拒,都是在违背崇高的生物进化规律。爱、荣誉、权力、快乐……这些只是可耻的谎言,进化中残留的肮脏渣滓。只要愿意,我可以让你的染色体获得数以万亿次的复制机会,让无限扩散基因的福报降于你身,但你居然将其弃如敝屣——"

"废话够了!"伊斯坎德尔恼火地吼道,"立即把我的'伙计'还给我,然后抱着脑袋到一边蹲好!这些蠢事是时候结束了!"

"蠢事?不,做出蠢事的分明是你们身边的那个人啊!"隐德莱希指了指苏菲娅,不为所动地摇了摇头,"这个女孩明明也拥有几乎完全纯洁的基因,可以从伟大事业中获得巨大的利益,但她居然相信了马尔科姆的幽灵的低语,差点就破坏了这场至关重要的测试!啊,幸好马尔科姆的愚蠢为我争取了必要的机会,他先是在这里设下钟慢力场陷阱,又相信了我编造的虚假信息,把苏菲娅当成敌人,并且还因此误认为因为胆怯而反对前往这里的德尔塔先生才是我的代理人!哈!但凡他没有犯下这三个错误中的任何一个,我恐怕都再也无法完成伟大的事业了。但现在,我还可以力挽狂澜,让一切回到正轨……"

"如果我打爆你的脑袋呢?没了代理人,你打算怎么'力挽狂澜'?"我从历史学家手里接过袖珍手枪,指向了奥菲莉亚的眉心。

"来啊。"在短暂的沉默后,奥菲莉亚充满挑衅意味地指了指自己的额头,"你当然可以这么做,尽管开枪吧。"

我的手指抽搐了一下,但最终并没有扣下去。

"你做不到的,我的朋友——在作为整个计划的'保险'被设计出来时,我就被赋予了分析人类思维模式和行为模式的特殊功能,"奥菲莉亚将一根手指伸到眼前,慢慢地晃了晃,"只要稍微接触,我就能知道某些人想要什么,会做什么,可能做什么——所以,我可以轻而易举地利用谢林家族的代理人接触'战争老鼠',在几年前就让可怜的蕾琪中校和她的几位心腹自愿跳进我的掌心;当然,我也能操弄最高统帅、议长和各个军团的指挥官们,让这具身体能在此时此刻抵达这里;我甚至还能确认,我们聪明的伊斯坎德尔·罗蒙诺索夫博士在过去一个月内对他的'伙计'们的系统进行全面检查的可能性趋近于零,因此才能放心大胆地在它们的程序中植入一些小小的……有趣玩意儿;哦,对了,我同样了解你,阿德南先生,因此我知道,你朝我开枪的可能性,并不显著高于这具身体突然死于心脏病发作的可能性。"

"你这浑……"

按照大多数故事里的惯例,我应该在此时此刻大声咒骂一番,或者至少声色俱厉地指责对方的卑劣无耻才对。不过,我的聪明头脑让我明白,对于一个根本不存在"被说服"的可能、多半也没有任何内疚或者负罪感的拟似人格而言,这些话全都是毫无意义的。

"没关系，"就在我像是傻瓜一样站在原地时，伊斯坎德尔突然说道，"我们还有别的办法。"

"呃？"

"看到那边那个控制台了吗？最右边的那个。"历史学家朝着我的右侧指了指。不知为何，在说出这些话时，他显得有些……犹豫。"在它的右上方有一块触摸屏，按下它，然后选择关闭发生器功能的选项。这东西恐怕被上了密码锁，所以我没法用，但就我所知，像你这种'有资质'的人，完全可以直接跳过密码验证程序。"

"就这样？"

"没错，就这样。"历史学家避开了我的视线。

4

当然,我很清楚,如果我真的这么做了,一切绝不仅仅是"就这样"而已。在思考片刻之后,我重新将目光投向了被隐德莱希占据的奥菲莉亚。

"啊,你知道事情不简单,对吗？当然,你的历史学家朋友也明白这点——事实上,我敢保证,他现在多半正因为自己没有'资质'而在暗中开心呢。毕竟,和你一样,他的良心与道德观也让他无法做出……某些事情。"

"所以,如果我这么做了……"

"你会停掉属于这座城堡的信号发生器——那座控制台是城堡自卫系统的备用手动控制台。你应该知道的,无论在日出城还是在这儿,城堡可以不受傀儡或者其转化产物的威胁,正是因为自卫系统中的驱离设备时刻维持着信号的发送,让这里对傀儡们而言变成禁区。"奥菲莉亚用仿佛谈论今天早餐内容似的语调侃侃而谈,"如果你让它停转的话,后果恐怕……"她走到可可面前,伸手要捏对方的脸,但可可直接咬向了她的手指,迫使对方把手又缩了回去,"虽然我不知道外面的情况具体变成怎样了，但很显然，只要那些完成转化、变成了纯粹生物兵器的傀儡冲进这里，你的那些朋友只有死路一条。"

"但至少这样可以阻止你，"苏菲娅说道，"本小姐已经关闭了那些家伙的敌我识别能力了，电子垃圾！而且还顺带彻底删掉了所有相关程序的代码！我想，凭你那点连最低级的只读程序都不如的水准，肯定没本事弄清楚怎么重新弄好它吧？到时候……到时候大不了……"

"大不了什么？苏菲娅小姐，你很想替阿德南先生去做这件事吗？但恐怕你也做不到呢。"奥菲莉亚露出了更加标准的反派千金式笑容，"在之前，你甚至没有明确地告诉罗蒙诺索夫兄弟，你早就知道奥菲莉亚才是我的代理人！这是为什么？难道不是因为那时候你知道奥菲莉亚仍然有着自我意识吗？你不想让自己的姐姐知道到底发生了什么，不想让她害怕和伤心——那么，你难道真的能让她被那些你们所谓的'怪物'撕碎嚼烂吗？"

"别管她，阿德。"一直沉默不语的艾琳突然拍了拍我的肩膀，"某些牺牲总是必要的，我……们的离别，与和谐星上的其他人能幸福地生活下去相比，真的不算什么。"

"那也要他能做得到才行——就算已经因为事故和巧合脱离了控制系统，作为傀儡的你仍然无法代他完成这件事，这可着实有些不幸啊。"在隐德莱希借奥菲莉亚之口继续嘲讽我们的同时，被它控制的"穆吉"仍在紧锣密鼓地用机械臂轮流捣鼓着其他控制台。

虽然我对这地方的东西一窍不通，但我的直觉告诉我，再这么拖下去，隐德莱希所谓的"让一切回到正轨"恐怕也不需要太多时间了。

"但我可以保证……哎？"

在对艾琳点了点头后，我走向了历史学家指出的那处控制台。

"你干什么？你真的要这么做？别以为让这里的所有人都同归于尽，就能救得了和谐星上的那些变异的低劣非人类！"隐德莱希显然急了，但值得庆幸的是，它现在并没有多少手段直接阻止我的行动。

"苏菲娅在这座地下建筑里只待了六个小时的相对时间！这点时间根本不够让她夺取傀儡的完整控制权，让他们全面停止转化！而且，我已经重新上线了除了敌我识别之外的大多数被苏菲娅终止功能的系统，就算我们都死了，那些已经完成转化、进入自我繁殖阶段的傀儡也足以将和谐星上的一切荡平！这么做毫无意义！你救不了任何——"

"是吗？那我可得做做看才知道。"我只停下了短短的几秒钟，但在嗅到从历史学家的方向飘来的一股兴奋的薄荷香味后，便继续迈开了步子，"更何况，没准儿我这么做只是为了拯救那些和我们素未谋面的外星智慧生物呢？毕竟，没有了能操作这些设备的人，完成转化的傀儡们的繁殖孢子囊也就没法被传送设备撒向整个宇宙了吧？"

"但我知道你不可能是那种人！对你的心理学和行为模式分析的结果不支持这种可能性！"顾不上其他了的隐德莱希打了个手势，让正在工作的"穆吉"朝我飞了过来，似乎想要阻止我。只不过，它甚至连我的一根汗毛都没能碰着——在"穆吉"来得及接近我之前，艾琳已经以正常人绝对达不到的速度和准头跳到了它的飞行路线前方，并在半空中抓住了它装有电击器的机械臂。在她自身的重量拉拽下，可怜的迷你无人机顿时砸落在了地板上。

"抱歉了，博士！"在将爱尔卡的螺丝刀戳进"穆吉"的光学传感器镜头，让它彻底停歇下来之后，艾琳喊道。

而与此同时，我已经来到了控制台前。

"我知道你是什么人，阿德南·阿卡迪亚·奥雷利安努斯！也许你偶尔会被无意义的自我感动给冲昏头，但请冷静下来想想！"在彻底失去了阻止我继续行动的筹码后，隐德莱希能做的似乎也只有喊话了，"这么做对你而言值得吗？这个世界上的所有人都根本不在乎作为一个'人'的你——你被当作一件工具制造出来，被当成付费工具使用，甚至还被一次又一次地当成牺牲品！你不欠任何人任何东西，更不值得为他们付出任何东西！而我，可以创造一个能满足你的一切需要的新时代，在我们将建立的世界中，你可以作为一个真正意义上的'人'活下去！"

"对这一点，我无法反驳。"我的手指悬停在离触摸屏只有咫尺之遥的地方，但这种犹疑并非是因为我受到了隐德莱希话语的影响，而是因为我很清楚，只要我真的这么做了，某些牺牲便在所难免。

"但很不好意思，我是个胆小又懒惰的人……所以说，相对而言，我还是比较喜欢现在的和谐星。我很抱歉。"

接着，我按下了那个选项。

牺牲是在所难免的。

终　章

关于那件破事之后的那些事儿

"这就……完了吗?"

在我按照预先计划完成操作一分钟后,因为剧烈的震动而摔倒在地的我摸着脑门儿上肿起的大包,摇摇晃晃地从一地狼藉中爬了起来——由于刚才的大动静,这座地下建筑内所有没被钉好、绑好、粘好或者以其他方式固定好的东西都离开了原先的位置,混乱无序地散布在各个角落。我刚才就是被落下的灯具狠狠地砸了一下。

值得庆幸的是,这场大动静造成的物理损伤也就到此为止了。

"这就是两万五千吨TNT当量核弹爆炸的效果啊?"在爬起来后,我自言自语道,"还真是可怕哟。"

"是啊,还好这里离地面有差不多一百米远,而且那枚'落日'巡航导弹只能在空中引爆,不像很多古代武器那样有专门对付地下工事的特殊弹头。"在推开几乎把他整个人埋住的一大堆文件之后，历史学家也爬了起来，"当然，目前地表的情况可能……不太乐观，但这下面有必要的防护服。我想，大概四十八小时后，辐射强度就会下降到它们可以抵御的水准，然后我们就能出去了。"

"好极了。"奥菲莉亚插话道。

在听到她的声音后，我下意识地打了个激灵，但随即平静了下来——虽然奥菲莉亚看上去还是那个奥菲莉亚，但在看到她的表情后，我立即意识到，那个先前占据着她，并在数十年的漫长时光中不断操纵着她的人生的电子鬼魂已经彻底从她脑子里消失了。现在的她是一个自由人，对这一点，我毫无疑问。

苏菲娅也是。

"姐……姐姐！姐姐呜哇啊啊啊——"

在理论上应该已经年满二十，但事实上仍然只是十一岁的天才少女喜极而泣地冲向了奥菲莉亚，但后者只是轻轻地摸了摸她的头，然后便从她的拥抱中挣脱了出来。"能稍微等我一会儿吗，小苏菲？"奥菲莉亚柔声说了一句，然后带着担忧的神色，朝着一片狼藉的控制室另一头走去……

我很清楚她担心的是谁。

"很抱歉，刚才的事对我而言……就像是场梦一样。"在走过我身边时，奥菲莉亚面带歉意地说道，"那个占据我的东西……那个隐德莱希已经走了，难道说……"

"没错，我没关掉信号发射器——相反，我关闭了自动防御系统中的钟慢力场投射装置。"我点了点头，"刚才爆炸的，应该就是最高统帅部下令向旧尼尼微城发射的那些巡航核导弹中唯一被'冻结'的那枚。"

"呃……"

"事实上，在看到控制面板上的内容时，我就已经猜出来这是怎么回事了。"我有些尴尬地"嘿嘿"笑了两声，"罗蒙诺索夫博士肯定不会乐意让我们就这样和那家伙同归于尽——况且这根本解决不了问题。但是，让最后那枚因为转移装置能源不足而没被扔出去的核弹起爆，那可就是另一回事了。虽然它无法穿透我们所在的位置，但我以前在军事理论课上学过，核弹爆炸的电磁脉冲对没有防护的精密电子装置的破坏性是相当出色的。"

"所以……"

"更重要的是，这座城堡中用于储存拟似人格的那部分计算机设备所在的地方恰好足够接近地面——之前那家伙派他的'伙计'们'上去'，其实就是为了直接对那些设备下手，解决掉隐德莱希。"我继续解释道，"虽然我并不知道那些设备是否有针对EMP的防御策略，但既然罗蒙诺索夫博士暗示我这么做，那我有理由认为，答案应该是'否'。"

"其实原本是有的，但'穆吉'与'贺尼'在准备入侵系统之前已经把防护措施关闭了。幸运的是，直到那之后，隐德莱希才利用预先植入的病毒程序夺取了它们的控制权。"历史学家点了点头，"总之，现在隐德莱希已经被解决了，而我们大家……呃……"他似乎原本想说"平安无事"这个词，却欲言又止。

他也很清楚，不可能所有人都平安无事。

刚才的攻击对隐德莱希有效，因此，我们中的某个人也……

"艾琳？艾琳？"在走到倒地不起的艾琳身边后，奥菲莉亚小心地跪了下来，开始轻轻地摇晃她。正如我们一样，艾琳也受到了近百米厚的混凝土、金属板、合成材料加固框架的层层保护，在生理层面上没有被席卷地表的核爆炸伤及分毫……但问题是，隐德莱希已经消失不见，这便意味着城堡内专门用来存储拟似人格的设备全都已经毁了。而在杀出一条血路到这里来的路上,"马尔科姆"已经告诉过我,拟似人格这东西并不真的"存在"于作用对象的大脑之中,而是被统一集中存储,并对目标进行远端遥控。很可能正是由于这一点,"马尔科姆"和他的代理人才无法摧毁隐德莱希——作为一个必须依托那些存储设备才能存在的"影子",在"马尔科姆"的基础程序中极有可能存在着禁止他设法毁灭设备本身的强大禁令。因此,他无法这么做,也不能命令其他人替他完成这件事。

当然,作为终结威胁的代价,马尔科姆·谢林在这个世界上留下的那个"影子"现在已经不复存在,而他的存在目的——让像我这样头脑正常、正义勇敢的人得知潜伏在这座死亡之城内的威胁并将之终结——也已经实现。但这也意味着,曾经并存在艾琳身上的那三"人"——艾琳、爱尔卡和简——必然也已经被卷入其中。如果她们都消失了,那么艾琳会怎么样?她是会变成一个不认识我们的陌生人?抑或是……

"糟了!"由于脑子里塞了太多太多的事儿,我直到最后才迟钝地想起了这一点。如果艾琳变回一个依靠战斗本能行事的标准傀儡士兵,我们所有人多半都会成为她的攻击对象!"奥菲莉亚!别!别靠得那么近!这么做很——"

"呜——呜哇啊——"

还没等我把话说完,原本倒地不起的艾琳突然一个鲤鱼打挺坐了起来,一把搂住了奥菲莉亚。

"呜哇啊啊——"

"这、这是……"被大哭的艾琳搂住的奥菲莉亚有些慌张地向我们求助。而我也只能回以爱莫能助的表情……无论如何,起码她看上去对我们没有什么敌意,这倒是件好事。不过,莫非因为刚才那档子事儿的影响，艾琳过去的人格真的全都消失了？要是这样，那可是大事不妙……

"这下怎么办？我们要把艾琳姊当作小婴儿重新养大吗？"从重新开启的大门外一瘸一拐走进来的咪咪问道。之前一直处于昏迷状态的栗子斜倚在她的肩上，看上去神志似乎已经开始恢复了。

"呃，那也不坏啦！"苏菲娅说道，"就我所知，傀儡的基础形态被设计为拥有优秀的学习能力，就算在生理上已经是成年人，学习速度仍然可以保持在相当于幼儿到青少年时期的最佳状态。如果顺利的话，用上五年，不对，也许三到四年就可以……"

"那就是说，接下来的三年里，艾琳是我们的妹妹咯？"我耸了耸肩，"呃，我还没有照顾小妹妹的经验呢。要处理的事情一定很多吧，比如说帮忙洗澡、换洗内裤或者——呜啊！"

正如过去已经发生过无数次的那样，正在热切地期望得到一个无微不至地照顾他人的机会的我，又一次被一记耳光打回了现实——停止了哭泣，但脸上仍然留着泪痕的艾琳正愤怒地盯着我，而且奇怪的是，这一回，我无法判断出那到底是哪一个她……

"不准——惦记——我的——内裤！"这是她对揸着肿胀的脸龇牙咧嘴的我吼出的第一句话。

呃，总之，以上就是我和我的同伴与战友们在被称为"傀儡战争"的漫长战争的最后时日中的所作所为的大致梗概——虽然我绝对无意自夸，但毋庸置疑的事实是，如果没有我们的英勇奋战与不懈努力，和平将不可能降临于和谐星。纵然我们仅仅是恪尽职守，但我有理由认为，当我们的名字被载入史册时，后世的人们是应当给予我们一些掌声与欢呼的。

当然,为了让这个故事有始有终,我显然有必要稍微对被称为"第二次尼尼微城战役"或者"鲜血磨坊战役"的那一仗做个小小的总结:在整场战役中,参战的六个联合军标准旅全都受到了重创,总伤亡人数达到一万三千人以上,这还没包括搭上性命的上千名各路义勇军人员。傀儡们在转化后产生的怪物们的伤亡状况不明,但显然绝对不在少数,而且并未被彻底剿灭。事实上,直到今日,兰檀人仍然将进入下尼尼微城的地下建筑群,猎杀那些已经退化为野生动物的怪物们作为一种测试勇气的试炼活动。

值得庆幸的是,由于绝大多数人在核弹被引爆前及时躲进了最近的几处地下建筑群,那枚起爆的核弹头并没有造成我方人员的严重伤亡。我们可怜的"走为上二号"也幸存了下来——虽然离起爆位置只有区区数百米,但它的厚重装甲和三防装置仍然保护了车内的主要设备,使得我们能够在对它进行基本的洗消作业之后让它重新入役。而一部分被冲击波压扁,或者被光辐射烧焦的外部设备也很快得到了维修和替换——这一切都是拜艾琳所赐。

没错,艾琳并没有像我们推测的那样变回小婴儿。没人能说得清这是怎么回事儿,但罗蒙诺索夫兄弟在事后提出了一种假说。他们认为,与原本就有属于自己的独立人格的奥菲莉亚不同,在因为事故而加入我们之前,艾琳几乎就是一张纯粹的白纸,因此,那些拟似人格程序在她身上留下了足够深刻的"印记",并最终让她形成了一个混合了艾琳、爱尔卡和简的独立人格……好吧,虽然这个新人格同时具备了艾琳的糟糕脾气和爱尔卡那种鄙夷他人的坏习惯,但最起码,在某些时候,她也会像过去的简那样温柔地照顾我们。

　　总之，除了被损毁到无法修复的爪爪，以及不幸丧生的伊斯玛仪和我的几位"兄弟"之外，我在那一天没有失去太多的熟人，就连德尔塔那个蠢货，也在事后被我们从下尼尼微城的地堡里安然无恙地挖了出来。在确认还活着的人暂时不会有危险后，罗蒙诺索夫兄弟和苏菲娅又在城堡里忙活了整整一天，彻底中止了傀儡们的第二阶段转化程序，并停止了傀儡们对人类的主动攻击——事实上，他们的所作所为影响到的并不仅仅是旧尼尼微城，在之后的一周里，整个和谐星上的全部傀儡军团，无论是否发生了"转化"，全都结束了持续两百多年的漫长而无意义的战斗，并有序地撤回了他们最初出现的荒漠深处。虽然在那之后，也有不少人提议彻底毁灭傀儡，或者夺取他们为我们所用，但大多数人仍然决定不去招惹这些瘟神。至于罗蒙诺索夫兄弟和苏菲娅，则对当时所做的一切守口如瓶，从未告诉过人们任何细节。

　　顺便说一句，我们的传奇并没有在那一天结束——正如各位所知，在那之后，和谐星进入了长达十一年的被称为"冲突年代"的混乱之中。失去了傀儡军团这个共同的外部威胁，联合军政府和各个军团之间随即爆发了政治纷争。为了尽快让世界恢复和平与稳定，我们不得不又一次投身于战场，并在接下来的日子里转战于大陆的每一个角落，直到各方在日出城召开新议会，签署和平协议与新联邦条约为止。我必须承认，在这一过程中，罗蒙诺索夫兄弟和谢林家族的姐妹为我提供了极为巨大的帮助，我将会为此永远感谢他们。而那一部分从旧尼尼微城废墟里活下来的我的"兄弟"们更是作为谢林家族的直属突击队，在一系列战斗中留下了诸多传奇，当然，在这里，我就不再赘述这些人人耳熟能详的故事了……

　　是的,关于我们在这段时间内的所作所为,不可避免地存在着许许多多的谣言,但那些传闻全都是捕风捉影,经不起丝毫推敲的。我绝对不是999年5月突袭新阿卡迪亚城的"钢之泪水"行动的策划者,也没有参与强迫最高统帅阁下和他的内阁成员辞职的政变;我没有率队暗杀"血誓会"的会长,没有为了赏金加入新尼尼微城的街头混战,自然更和安东旅在1002年的新桃花石斯坦"黑色黄昏"战役中的覆灭没有什么关系。除此之外,我绝对没有和丘尔巴诺夫大将的女儿阿纳斯塔西娅发生过一夜情,也没有与兰檀临时政府的副主席有过丝毫暧昧;虽然并肩战斗了多年,但我和"战争老鼠"的指挥官蕾琪,和后来担任新联邦执政的奥菲莉亚·谢林,和咪咪、栗子、艾琳、平娜,以及其他所有曾与我携手合作的女性都没有发展出过任何超出战友与同志情谊的关系,而关于我有私生子女的说法更是绝对的一派胡言!在冲突年代中,我所做的一切仅仅是以爱与和平的真理感化人们,对遭受困难的不幸者伸出援手,促进人们的对话、交流与团结。在一切尘埃落定之后,除了让个人债务一笔勾销外,我要求的唯一奖赏仅仅是一笔足够我在帆角港租下一座临海的大房子,并与我的朋友们快乐地生活在一起的年金罢了。

　　我以我的良知、我的荣誉,以及我与我的朋友之间纯洁的友谊向各位起誓,以上所言字字无虚。

　　请相信我。